D0780016

GRAND MÉCHANT LOUP

De livre en livre, James Patterson confirme sa position de numéro 1 mondial du thriller. Sa série Alex Cross – docteur en psychologie et jazzman à ses heures – s'est vendue à plus de cinquante millions d'exemplaires dans le monde, et dix-huit de ses romans ont été en tête de la liste des best-sellers du *New York Times*.

Paru dans Le Livre de Poche :

LUNE DE MIEL

Les enquêtes d'Alex Cross :
LE MASQUE DE L'ARAIGNÉE

Le Women Murder Club :
2ᵉ CHANCE
TERREUR AU 3ᵉ DEGRÉ

JAMES PATTERSON

Grand méchant loup

ROMAN TRADUIT DE L'ANGLAIS PAR YVES SARDA

JC LATTÈS

Titre original :

THE BIG BAD WOLF

publié par Little, Brown and Company, New York

© 2003 by James Patterson.

© Éditions Jean-Claude Lattès, 2006, pour la traduction française.
Première édition mai 2006.
ISBN : 978-2-253-12305-7 – 1ʳᵉ publication LGF

À Joe Denyeau

PROLOGUE

Les deux parrains

Il circulait sur le compte du Loup une histoire de meurtre très peu plausible. Après avoir fait florès dans le folklore policier, elle s'était répandue comme une traînée de poudre de Washington à New York, puis de Londres à Moscou. Personne ne savait si elle concernait vraiment le Loup. Jamais réfutée officiellement, elle n'offrait certes aucune incompatibilité majeure avec d'autres épisodes tout aussi extravagants de la vie du gangster russe.

Selon cette légende, le Loup s'était présenté à la prison de très haute sécurité de Florence, dans le Colorado, un samedi soir en début d'été. Il y avait acheté ses entrées pour rencontrer le mafioso et parrain, Don Augustino Palumbo dit « Petit Mec ». Avant cette visite, le Loup avait la réputation d'être impulsif et de manquer parfois de patience. Malgré cela, il avait préparé cet entretien avec Petit Mec Palumbo pendant presque deux ans.

Palumbo et lui se retrouvèrent dans le QHS de la prison, où le gangster new-yorkais était incarcéré depuis sept ans. Le but de la manœuvre était d'aboutir à un accord qui unirait la famille Palumbo de la côte Est à la Mafia rouge afin de former *de facto* l'un des syndicats du crime les plus puissants et les plus impitoyables du monde. L'on n'avait jamais rien tenté de semblable. L'on racontait que Palumbò, sceptique, avait consenti à cette rencontre uniquement pour voir si le Russe parviendrait à s'introduire dans la prison de Florence... et comment il se débrouillerait pour en ressortir.

D'entrée, le Russe se montra respectueux envers le parrain de soixante-six ans. Il lui adressa un léger signe de tête pendant qu'ils échangeaient une poignée de main, paraissant d'un abord presque timide, contrairement à ce que l'on disait de lui.

— Tout contact physique vous est interdit, leur rappela le gardien-chef dans l'interphone. Le capitaine Larry Ladove, c'était son nom, avait touché soixante-quinze mille dollars pour organiser cette rencontre au sommet.

Le Loup ignora la mise en garde de ce dernier.

— Étant donné les circonstances, vous m'avez l'air en forme, déclara-t-il à Petit Mec. En excellente forme, même, je dirais.

L'Italien sourit imperceptiblement. Malgré sa petite taille, son corps était râblé et musclé.

— Je fais des exercices quotidiens, trois fois par jour. Je ne bois presque jamais d'alcool, mais je n'ai pas le choix. Je mange bien, pas par choix non plus.

Le Loup sourit, puis ajouta :

— À vous entendre, l'on dirait que vous vous attendez à ne pas moisir ici pendant l'intégralité de votre peine.

Palumbo toussota de rire.

— Bonne intuition. Trois condamnations à perpétuité à purger simultanément ? Je suis pourtant discipliné de nature. L'avenir ? Qui peut savoir avec certitude de quoi il sera fait ?

— Oui, qui le peut ? Une fois, après m'être évadé d'un goulag proche du cercle polaire, j'ai balancé à un flic de Moscou : « J'ai passé un certain temps au goulag ; tu crois que tu peux me faire peur ? » Que faites-vous d'autre entre ces murs ? À part vos exercices et vos menus diététiques ?

— Je tâche de prendre soin de mes affaires, que j'ai laissées à New York. Parfois, je joue aux échecs avec un fou furieux au bout du couloir. Un ex-agent du FBI.

— Kyle Craig, fit le Loup. Vous le croyez fou comme on le dit ?

— Ouais, totalement. Bon, expliquez-moi, *pakhan* : comment l'alliance que vous suggérez peut-elle fonctionner ? Je suis un individu discipliné et prévoyant, en dépit de ces circonstances mortifiantes. Je me suis laissé dire que vous étiez risque-tout. Que vous mettiez la main à la pâte. Que vous alliez jusqu'à vous impliquer dans les activités les plus secondaires. Extorsion, prostitution. Voitures volées ? Comment cela pourrait-il fonctionner entre nous ?

Le Loup finit par sourire, puis secoua la tête.

— Je mets effectivement la main à la pâte, comme vous venez de le dire. Mais je ne suis pas risque-tout, loin de là. Tout ça n'est qu'une affaire d'argent, non ? D'espèces sonnantes et trébuchantes ? Laissez-moi vous confier un secret que personne d'autre ne connaît. Cela va vous surprendre et appuiera peut-être mon point de vue.

Le Loup se pencha en avant. Et chuchota ledit secret à l'Italien qui écarquilla soudain les yeux de terreur. Avec une rapidité stupéfiante, le Loup s'empara de la tête de Petit Mec. Et lui fit subir une torsion puissante : la nuque du mafieux se brisa avec un craquement clair et net.

— Finalement, je suis peut-être un poil risque-tout, reconnut le Loup.

Puis, se tournant vers la caméra de surveillance, il dit au capitaine Ladove :

— Oh, pardon, j'avais oublié, pas de contact physique.

Le lendemain matin, l'on retrouva Augustino Palumbo mort dans sa cellule, tous les os du corps, ou presque, brisés. Dans le « milieu » moscovite, on appelle *zamochit* ce genre de meurtre symbolique. Il assoit la domination pleine et entière de l'agresseur. Le Loup établissait par là qu'il était désormais le Parrain, le seul et l'unique.

I

L'affaire
de la « femme blanche »

1

Le centre commercial Phipps Plaza à Atlanta combine le tape-à-l'œil de ses sols dallés en granit rose à celui de ses escaliers à courbure majestueuse, de ses décorations en bronze et de ses dorures de style napoléonien, le tout brillamment éclairé comme par des spots halogènes. Un homme et une femme surveillaient leur cible – « M'man » – qui quittait Niketown avec des baskets et autres babioles pour ses trois filles, empaquetées sous le bras.

— Elle est très jolie. Je vois pourquoi le Loup l'aime bien. Elle me rappelle Claudia Schiffer, fit l'observateur de sexe masculin. Tu as noté la ressemblance ?

— Tout le monde te rappelle Claudia Schiffer, Slava. Ne perds pas de vue ta jolie petite Claudia, sinon le Loup te croquera pour son petit déjeuner.

L'équipe de kidnappeurs, le Couple, portait des vêtements de marque et de prix, ce qui lui facilitait la tâche pour se fondre dans le décor de Phipps Plaza, situé dans Buckhead, le quartier chic d'Atlanta. À 11 heures du matin, l'endroit n'était guère fréquenté, ce qui pouvait poser problème.

Leur cible courait çà et là dans un univers bien à elle, petit cocon d'activité balisé, qui la voyait entrer et sortir de Gucci, Caswell-Massey, Niketown, Gap-enfants et Parisian (pour y voir Gina, son acheteuse personnelle), sans prêter la moindre attention au monde extérieur dans chacune de ces enseignes. Se référant à son agenda relié cuir, elle effectuait les courses prévues de façon rapide, efficace et chevronnée, faisant l'emplette d'un jeans délavé pour Gwynne, d'un nécessaire de toilette en cuir pour Brendan, de montres de plongée Nike pour Meredith et Brigid. Elle prit même rendez-vous chez Carter-Barnes pour se faire coiffer.

La cible avait de la classe et un sourire agréable pour le personnel qui s'occupait d'elle dans ces élégantes boutiques. Elle tenait la porte à ceux qu'elle précédait, même aux hommes, qui déviaient de leur trajectoire pour remercier la séduisante blonde. « M'man » était sexy, allure saine et bcbg de nombre d'Américaines des banlieues chic. Et de fait, elle ressemblait au top model Claudia Schiffer. Ce qui allait causer sa perte.

Selon sa fiche signalétique, Mrs Elizabeth Connolly, mère de trois filles, était diplômée de Vassar (classe 87), détentrice, selon ses propres termes, « d'une licence d'histoire de l'art, pratiquement sans valeur dans le monde tel qu'il est mais inestimable pour moi ». Avant son mariage, elle avait été journaliste au *Washington Post* et à l'*Atlanta Journal-Constitution*. Âgée de trente-sept ans, elle avait l'air d'en avoir à peine plus de trente. Une barrette en velours dans les cheveux, elle portait, ce matin-là, un col roulé à manches courtes, un pull au crochet, un pantalon près du corps. Elle était intelligente, croyante – mais dans la limite du raisonnable – et coriace quand le besoin s'en faisait sentir, du moins selon sa fiche.

Être coriace, ma foi, le besoin s'en ferait bientôt sentir.

Mrs Elizabeth Connolly était sur le point d'être enlevée.

On l'avait achetée ; et, sans nul doute, elle était l'article le plus cher en vente, ce matin-là, dans Phipps Plaza.

Son prix : 150 000 dollars.

Lizzie Connolly, saisie d'un léger vertige, se demanda si son taux capricieux de sucre dans le sang faisait à nouveau des siennes.

Elle nota dans un coin de sa tête d'acheter le livre de cuisine de Trudie Styler – elle admirait vaguement Trudie, cofondatrice de la Rainforest Foundation et femme de Sting. Elle doutait sérieusement de pouvoir aller au bout de cette journée, en gardant la tête vissée sur les épaules et non pas retournée devant derrière comme la pauvre fillette de *L'Exorciste*. Linda Blair, c'était bien le nom de l'actrice ? Lizzie en aurait mis sa main au feu. Bah, quelle importance ? Quelle différence faisait une précision de ce genre ?

La journée promettait d'être un vrai tourbillon. D'abord, c'était l'anniversaire de Gwynnie, dont la fête pour vingt et un de ses camarades d'école les plus proches, onze filles, dix garçons, était prévue pour 13 heures à la maison. Lizzie avait loué un château gonflable et déjà préparé le déjeuner pour les enfants, sans parler pour leurs mères ou leurs nounous. Lizzie avait même loué pour trois heures un chariot de crèmes glacées Mister Softee. Mais il fallait s'attendre à tout lors de ces fêtes d'anniversaire… rires, pleurs, excitation et cotillons mis à part.

Après la fiesta de l'anniversaire, Brigid avait sa

leçon de natation et Merry, rendez-vous chez le dentiste. Brendan, son mari depuis quatorze ans, lui avait dressé une « mini-liste » de ses besoins courants. Et, bien entendu, LPTPMC. Autrement dit, *le plus tôt possible, ma chérie.*

Après avoir fait l'emplette d'un T-shirt à fausses pierreries pour Gwynnie chez Gap-enfants, il ne lui restait plus qu'à acheter le nécessaire de toilette de remplacement pour Brendan. Ah si, et son rendez-vous perso chez le coiffeur. Plus dix minutes avec « son sauveur » chez Parisian, Gina Sabellico.

Elle garda son calme pendant les dernières étapes – ne jamais leur montrer qu'on se tue à la tâche – puis se précipita vers son nouveau break Mercedes 320, sagement garé dans un angle, au niveau trois du parking souterrain de Phipps. Pas le temps pour son thé rouge préféré chez Teavana.

Le parking, en ce lundi matin, était quasi désert mais elle faillit heurter un homme à longs cheveux bruns. Lizzie lui sourit par réflexe, révélant des dents d'une blancheur parfaite, à l'éclat récemment ravivé, irradiant sympathie et sensualité… sans même s'en rendre compte.

Elle ne prêtait en fait attention à personne – toutes ses pensées tournées vers la fête d'anniversaire qui approchait à grands pas – quand une femme qu'elle croisait l'empoigna brusquement, lui ceinturant le torse comme si Lizzie était un *running back* des Atlanta Falcons, tentant de franchir la « ligne d'image », comme l'avait appelée une fois sa fille Gwynnie. La femme qui l'avait saisie en étau… était d'une force démoniaque.

— Qu'est-ce que vous prend ? Vous êtes folle ?

Lizzie poussa enfin de hauts cris, se débattit énergiquement, lâcha ses paquets, entendit quelque chose se briser.

— Eh ! Y a quelqu'un, au secours ! Lâchez-moi !

Alors un second agresseur, le type en sweatshirt BMW, lui agrippa solidement les jambes et la meurtrit pour de bon, en la faisant basculer avec l'autre femme sur le béton crasseux et glissant du parking.

— Me file pas de coups de pied, salope ! lui hurla-t-il en pleine figure. T'avise pas de me foutre des coups de pied, bordel !

Mais Lizzie ruait des quatre fers... en hurlant de plus belle.

— Au secours, à l'aide, quelqu'un ! Il y a quelqu'un ? Je vous en prie !

Puis tous deux la soulevèrent comme une plume. L'homme baragouina quelque chose à la femme. Dans une langue étrangère. Un idiome d'Europe de l'Est, peut-être. Lizzie avait une domestique à demeure qui était slovaque. Y avait-il un lien ?

La femme qui l'avait attaquée, la bloquant de son bras passé autour de sa poitrine, poussa de côté affaires de golf et de tennis de sa main libre, puis dégagea vite fait un espace à l'arrière du break.

Alors l'on fourra Lizzie à l'intérieur de son propre véhicule. On lui pressa fort sur le nez et la bouche une sorte de gaze à odeur nauséabonde ; on l'y maintint si fermement qu'elle en eut mal aux dents. Elle sentit le goût du sang dans sa bouche. Premier sang, songea-t-elle. Mon sang. Elle eut une poussée d'adrénaline et repartit à résister de toutes ses forces. À coups de poing et à coups de pied. Elle se fit l'effet d'un animal pris au piège qui défend chèrement sa liberté.

— Tout doux, lui dit l'homme. Tout doux, mollo, molly... ma p'tite Elizabeth Connolly.

Elizabeth Connolly ? Ils me connaissent ? Comment ça ? Pourquoi ça ? À quoi ça rime ?

— T'es très sexy comme maman, lui dit l'homme. Je comprends pourquoi tu plais tant au Loup.

Quel Loup ? Qui est le Loup ? Qu'est-ce qui lui arrivait ? Connaissait-elle quelqu'un qu'on surnommait le Loup ?

Alors les émanations âcres et puissantes de la gaze terrassèrent Lizzie qui sombra dans l'inconscience. On l'emporta à l'arrière de son break.

Mais juste le temps de traverser la rue jusqu'au Lenox Square Mall... où l'on transféra Lizzie Connolly dans une fourgonnette bleue Dodge qui démarra aussitôt en trombe.

Fin du shopping.

Lundi matin, tôt. J'étais indifférent au reste du monde et à ses problèmes. C'est ainsi que la vie est censée se dérouler, sauf qu'elle semble rarement tourner aussi rond. Du moins, pas d'après l'expérience que j'en ai, fort limitée en l'espèce quand il s'agit de ce que l'on qualifie de « la belle vie ».

J'accompagnai Jannie et Damon à la Sojourner Truth School ce matin-là. Alex Junior trottinait gaiement à mes côtés. « Mon chaton », comme je l'appelle.

Le ciel au-dessus de Washington D.C. était en partie couvert, mais de temps à autre, le soleil, perçant les nuages, nous réchauffait la tête et la nuque. J'avais déjà joué du piano – du Gershwin – pendant trois quarts d'heure. Et pris mon petit déjeuner avec Nana Mama. Il fallait que je sois à Quantico à 9 heures ce matin même pour mes cours d'orientation, ce qui me laissait le temps d'aller à l'école sur le coup de 7 h 30. C'était ce que j'avais visé dernièrement, du moins je le pensais. Avoir du temps à passer avec mes enfants.

Du temps aussi pour lire Billy Collins, un poète que je venais de découvrir. J'avais d'abord lu ses *Nine Horses*, c'était maintenant le tour de *Sailing Alone Around the Room*. Billy Collins faisait paraître l'impossible à portée de main, donc possible.

Du temps enfin pour parler avec Jamilla Hughes

tous les jours, souvent plusieurs heures d'affilée. Et quand je ne le pouvais pas, pour correspondre avec elle par mail et, à l'occasion, par de longues lettres au fil de la plume. Elle bossait toujours à la brigade criminelle de San Francisco, mais je sentais la distance entre nous se réduire. Je ne désirais pas autre chose et espérais qu'il en allait de même de son côté.

Entre-temps, les enfants changeaient à toute vitesse et j'avais du mal à suivre, Alex Junior en particulier, qui se métamorphosait à vue d'œil. J'avais besoin d'être davantage avec lui et, désormais, je le pouvais. C'était le deal, pour cela que j'avais intégré le FBI, en partie du moins.

Alex Junior dépassait déjà les quatre-vingt-cinq centimètres et les quinze kilos. Ce matin, il était vêtu d'une salopette à rayures et coiffé d'une casquette de base-ball des Baltimore Orioles. Il avançait dans la rue tel un courant d'air. Son éternelle peluche, une vache appelée Meuh, lui donnait du lest si bien qu'il gîtait sur la gauche en permanence.

Damon marchait en tête à un rythme différent, un *beat* plus rapide, plus marqué. Bon Dieu, que j'aimais ce garçon. Sa tenue vestimentaire exceptée. Il était affublé d'un bermuda en jeans, de Nike Uptowns et d'un T-shirt gris sous un maillot du basketteur Alan Iverson dit « The Answer ». Ses jambes minces se couvraient d'un duvet couleur pêche ; l'on aurait dit que tout son corps se développait à partir des pieds en remontant. Grands pieds, longues jambes, torse juvénile.

Je remarquais tout et n'importe quoi ce matin. J'avais le temps pour ça.

Jannie était accoutrée à son habitude d'un T-shirt gris avec « Aero Athletics 1987 » imprimé en lettres rouge vif, d'un pantalon de jogging capris à bande rouge et d'Adidas blanches, aussi à bandes rouges.

Quant à moi, je me sentais bien. Il m'arrive encore que quelqu'un m'arrête en me disant que je ressemble à Mohamed Ali jeune. Je sais comment repousser le compliment, mais j'aime à l'entendre bien plus que je ne le laisse voir.

— T'es drôlement silencieux ce matin, p'pa, me dit Jannie en se pendant à mon bras libre. T'as des problèmes à ton école ? Avec ton orientation ? Ça te plaît d'être agent du FBI jusqu'ici ?

— Ça me plaît bien, lui répondis-je. Les deux prochaines années, c'est une période probatoire. L'orientation, c'est une bonne chose, mais je trouve ça bien trop répétitif à mon goût, surtout ce qu'ils appellent « la pratique ». Exercices de tir, nettoyage de son arme, arrestations simulées de criminels. Ça explique pourquoi j'arrive en retard certains jours.

— Alors, t'es déjà le chouchou du prof, me fit-elle avec un clin d'œil.

J'ai éclaté de rire.

— Je ne crois pas que j'impressionne beaucoup les profs, pas plus que les autres flics de terrain en tout cas. Comment vous vous débrouillez toi et Damon, cette année ? Y a pas un bulletin ou un truc comme ça dans l'air ?

Damon haussa les épaules.

— On a des A partout. Pourquoi tu changes tout le temps de sujet quand on parle de toi ?

J'acquiesçai.

— Tu as raison. Eh bien, mes cours se passent bien. Quatre-vingt est considéré comme une note éliminatoire à Quantico. J'espère passer haut la main la plupart de mes tests.

— La plupart ?

Jannie haussa le sourcil, me décochant l'un de ces regards « inquiets » chers à Nana Mama.

— Qu'est-ce que tu nous chantes là, la plupart ? On s'attend à ce que tu réussisses tous tes tests.

— Ça fait un bail que je suis pas retourné à l'école.

— Pas d'excuses.

Je lui répliquai par l'une de ses phrases fétiches :

— Je fais du mieux que je peux et c'est tout ce que l'on peut demander à quelqu'un.

Elle sourit.

— Bon, très bien, alors p'pa. Tant que le mieux que tu puisses faire te fera avoir que des A sur ton prochain bulletin.

À environ un bloc de l'école, je serrai Jannie et Damon sur mon cœur… afin de ne pas les embarrasser, Dieu m'en garde, devant tous leurs cools d'amis. Ils m'ont serré en retour et embrassé leur petit frère avant de s'envoler. « Ba-bye », leur a dit Alex Junior et de même Jannie et Damon ont crié à leur frère « Ba-bye, ba-bye ! ».

J'ai pris Alex Junior dans mes bras ; direction la maison ; puis ce serait le départ au boulot de Cross, futur agent du FBI.

— Dada, me dit Alex Junior pendant que je le portais.

— C'était bien, ça… Dada. Les choses se remettaient en place pour la famille Cross. Après toutes ces années, ma vie frôlait finalement un équilibre certain. Je me demandais combien de temps ça durerait. Le reste de la journée, du moins, pouvait-on l'espérer.

Le programme de formation de nouvel agent à l'Académie du FBI de Quantico, appelée parfois « le Club Fed », se révélait ardu, générateur de tension, relevant de la gageure. En majeure partie, j'aimais bien ça et m'efforçais de refouler mon scepticisme. Mais j'avais intégré le Bureau avec la réputation d'arrêter les tueurs en série et l'on m'avait déjà affublé du surnom de Tueur de Dragons. Si bien qu'ironie et scepticisme pourraient bientôt poser problème.

La formation avait débuté un lundi matin, six semaines plus tôt. Le Dr Kenneth Horowitz, agent spécial superviseur baraqué et coiffé en brosse, s'était planté devant notre classe en tâchant de blaguer :

— Les trois plus gros mensonges du monde sont « je n'ai envie que d'un baiser, c'est tout », « j'ai déjà posté le chèque » et « je suis du FBI et je suis là pour vous aider ».

L'éclat de rire fut général, peut-être à cause du côté éculé de la vanne, mais du moins Horowitz avait fait de son mieux et peut-être était-ce là le but.

Ron Burns, le directeur du FBI, avait fait en sorte que mon temps de formation n'excède pas deux mois. Il m'avait également fait d'autres fleurs. L'âge limite pour entrer au FBI est de trente-sept ans. J'en avais quarante-deux. Burns avait dérogé à cette restriction et exprimé l'avis qu'elle était discriminatoire et devait être modifiée. Plus je fréquentais Ron Burns, plus j'avais le sentiment qu'il était une sorte de rebelle, peut-être parce que lui-même était un ex-flic de terrain de Philadelphie. Il m'avait fait intégrer le FBI en tant que GS13, l'échelon le plus haut auquel je pouvais prétendre, vu d'où je venais. L'on m'avait promis aussi des missions de consultant, ce qui entraînerait un meilleur salaire. Burns avait voulu m'avoir au Bureau et y avait réussi. D'après lui, je pourrais obtenir tous les moyens raisonnables, nécessaires au bon exercice de mon boulot. Je n'avais pas encore abordé ce sujet avec lui, mais d'après moi, il se pourrait que j'aie envie d'avoir dans mon équipe deux inspecteurs du Washington PD : John Sampson et Jérôme Thurman.

Le seul détail que Burns avait passé sous silence, c'était mon superviseur de cours à Quantico, un agent du nom de Gordon Nooney. Ce dernier chapeautait la formation des agents. Avant ça, il avait été *profiler* et, avant d'entrer au FBI, psychologue des prisons dans le New Hampshire. Je le découvrais statisticien, au mieux.

Ce matin-là, Nooney guettait mon arrivée. J'avais cours d'Anormalité psychologique, une heure et cinquante minutes consacrées à comprendre le comportement des psychopathes, spécialité que je n'avais pas manqué d'étudier en presque quinze ans passés dans les forces de police de Washington D.C.

Il y avait de la fusillade dans l'air, en provenance probablement de la base de Marines voisine.

— Ça roulait bien depuis D.C. ? me demanda Nooney.

La pique derrière sa question ne m'échappa pas : l'on m'autorisait à rentrer le soir chez moi tandis que les autres agents en formation dormaient à Quantico.

— Sans problème, répondis-je. Trois quarts d'heure par la Quatre-vingt-quinze avec une circulation fluide. Ça m'a laissé du temps à revendre.

— Le Bureau n'a pas la réputation de modifier le règlement à titre individuel, insista Nooney, avant de me gratifier d'une ombre de sourire pincé, flirtant avec la réprobation. Mais, évidemment, vous êtes Alex Cross.

— J'apprécie la faveur qu'on me fait, dis-je sans en rajouter.

— J'espère seulement qu'elle vaut le dérangement, maugréa Nooney en s'éloignant vers l'administration.

Hochant la tête, j'entrai en cours qui se donnait dans un amphi en gradins, genre symposium.

La leçon du Dr Horowitz, ce jour-là, m'intéressait. Elle portait sur l'œuvre du Professeur Robert Hare, qui avait effectué d'originales recherches sur les psychopathes en soumettant leurs cerveaux au scanner. Selon les travaux de Hare, si l'on montre à des personnes en bonne santé des mots « neutres » ou « porteurs d'une charge émotionnelle », elles réagissent vivement à ceux chargés d'émotion tels que cancer ou mort. Les psychopathes enregistrent les mots de façon égale. Une phrase telle que « je vous aime » ne présente pas plus de signification pour eux que « je prendrai un café ». Peut-être même moins. Selon l'analyse des données de Hare, les tentatives pour réformer les psychopathes ne font que les rendre plus manipulateurs. C'était en tout cas un point de vue.

Même si certaines données m'étaient familières, je me retrouvai à jeter sur le papier les « caractéristiques » de Hare concernant la personnalité et le comportement des psychopathes. Elles étaient au nombre de quarante. Au fur et à mesure que je les

notais, je me surpris à convenir que la plupart son-
naient juste.

Facilité d'élocution et charme superficiel
Besoin de stimulation constante/prédisposition à
l'ennui

Absence totale de remords ou de culpabilité
Réaction émotionnelle de surface
Absence totale de compassion.

Je me souvenais plus particulièrement de deux psychopathes : Gary Soneji et Kyle Craig. Je me demandais combien de ces quarante « caractéristiques » tous
deux possédaient en commun et je me mis à ajouter des
G.S. et des K.C. en regard de celles que je jugeais
appropriées.

Puis je sentis qu'on me tapait sur l'épaule. Et je me
détournai du Dr Horowitz.

— L'agent Nooney a besoin de vous voir tout de
suite dans son bureau, m'annonça un assistant administratif qui s'éloigna, pleinement confiant que je lui
emboîterais le pas.

Et je n'y manquai pas.
Je faisais partie du FBI maintenant.

L'agent Gordon Nooney m'attendait dans son bureau exigu du bâtiment administratif. Il était contrarié, ça crevait les yeux, et ça eut l'effet désiré : je me demandai l'erreur que j'avais bien pu commettre depuis le moment où l'on avait parlé avant le cours.

Il ne tarda pas à me faire savoir d'où provenait sa colère.

— Inutile de vous asseoir. Vous allez ressortir aussi sec. Je viens de recevoir un appel fort inhabituel de Tony Woods du bureau du directeur. Il y a un « problème » en cours à Baltimore. Apparemment, le directeur vous veut sur place. Cela passe en priorité avant vos cours de formation.

Nooney haussa ses larges épaules. Par la fenêtre, dans son dos, j'apercevais des bois touffus et aussi Hoover Road où deux agents faisaient du jogging.

— De quelle formation avez-vous besoin, Dr Cross, hein, bordel de merde ? Vous avez coincé Casanova en Caroline du Nord. Vous êtes celui qui a fait tomber Kyle Craig. Vous êtes comme Clarice Starling du *Silence des agneaux*. Vous êtes déjà une star.

Je pris une profonde inspiration avant de lui répondre.

— Ça n'a rien à voir. Mais ne comptez pas sur moi

pour m'excuser d'être venu à bout de Casanova ou de Kyle Craig.

Nooney fit un geste de la main dans ma direction.

— Pourquoi devriez-vous vous excuser ? Vous êtes dispensé de cours pour aujourd'hui. Un hélicoptère vous attend là-bas à l'HRT[1]. Vous savez bien entendu où se trouve l'Hostage Rescue Team ?

— Oui, je le sais.

Dispensé de cours, pensai-je en courant vers l'héli-surface. J'entendais claquer des coups de feu en prove-nance du stand de tir. Puis je montai à bord de l'héli-coptère et bouclai ma ceinture. Moins de vingt minutes plus tard, le Bell se posait à Baltimore. Je n'avais pas encore digéré mon entretien avec Nooney. Avait-il compris que je n'avais pas réclamé cette mission ? J'ignorais même ce que je venais faire là.

Deux agents en berline bleu foncé m'attendaient. L'un d'eux, Jim Heekin, prit aussitôt les choses en main en me remettant d'entrée à ma place.

— Vous devez être l'EDN, me dit-il pendant notre poignée de main.

Comme ces lettres ne me disaient rien, j'en ai demandé la signification à Heekin au moment de monter en voiture.

Il a souri et son collègue, aussi.

— L'Enfoiré De Nouveau, me répondit-il, avant d'enchaîner. Jusque-là, l'affaire sent mauvais. C'est chaud de chez chaud. Un inspecteur de la crime de la ville de Baltimore est dans le coup. C'est sans doute la raison de votre présence ici. Il s'est barricadé dans sa maison. Avec la plupart de ses proches. On ne sait pas s'il est suicidaire, criminel ou les deux, mais il semble-rait qu'il ait pris sa famille en otage. La situation res-

---

1. Équivalent du RAID pour le FBI (*N.d.T.*).

semble à une autre, l'an dernier, due à un policier au
sud du New Jersey. La famille du policier en question
s'était réunie pour fêter l'anniversaire du grand-père.
Tu parles d'une fête d'anniversaire.

— Sait-on combien de personnes se trouvent dans
la maison avec lui ? questionnai-je.

Heekin fit non de la tête.

— Au plus juste, on les évalue à au moins une
dizaine. Y compris deux enfants. L'inspecteur a refusé
de nous laisser parler à un seul des membres de la
famille et n'a pas voulu répondre à nos questions. La
plupart des voisins ne veulent pas de nous non plus sur
les lieux.

— C'est quoi son nom ? demandai-je en prenant
des notes perso.

Je n'arrivais pas à croire que j'allais me retrouver
embringué dans une négociation avec un preneur
d'otages. Ça n'avait toujours pas de sens pour moi...
puis, tout à coup... ça en a eu.

— Il s'appelle Dennis Coulter.

Je relevai la tête, surpris.

— Je connais un Dennis Coulter. J'ai bossé sur une
affaire de meurtre avec lui. Et partagé une fois un
grand plateau de crabes à la vapeur chez Obrycki's,
mais ça fait un bail.

— On sait tout ça, m'a dit l'agent Heekin. Il vous a
réclamé.

L'inspecteur Coulter m'avait réclamé. Et merde, qu'est-ce que ça voulait dire ? J'ignorais qu'on était intimes à ce point-là. Et ce, pour une bonne raison : parce qu'on ne l'était pas. Je ne l'avais rencontré que deux, trois fois. On avait eu certes des rapports amicaux, sans être des amis au vrai sens du terme. Alors, que me voulait donc Dennis Coulter ?

Il y avait quelque temps de ça, j'avais bossé avec lui lors d'une enquête sur des dealers qui tentaient d'infiltrer et de contrôler le marché à Washington D.C., Baltimore et partout ailleurs entre les deux villes. J'avais trouvé Coulter très dur, très égoïste mais faisant bien son boulot. Je me rappelais qu'il était un grand fan d'Eubie Blake[1], et que Blake était de Baltimore.

Coulter et ses otages étaient terrés quelque part dans la maison, de style colonial en bardeaux gris, sur Ailsa Avenue, à Lauraville, dans la partie nord-est de Baltimore. Des stores vénitiens étaient tirés hermétiquement aux fenêtres. Quant à ce qui se passait à l'intérieur, tout le monde en était réduit aux suppositions.

---

1. Pianiste de jazz de formation, compositeur de ragtime et de comédies musicales dont *Shuffle Along*, premier *musical* noir à avoir été joué à Broadway (1921). Mort centenaire en 1983 (*N.d.T.*).

L'on atteignait par trois marches de pierre la véranda, sur laquelle se trouvaient un rocking-chair et une balancelle en bois. La maison était repeinte de frais, ce qui me suggéra que Coulter ne prévoyait sans doute pas de connaître une existence troublée. Que s'était-il donc passé ?

Plusieurs dizaines de flics de Baltimore, y compris des membres du SWAT, cernaient ladite maison. L'on avait sorti les flingues et, dans certains cas, on les braquait sur les fenêtres et la porte d'entrée. L'unité d'hélicoptères Foxtrot de la police de Baltimore avait répondu présente à l'appel.

Pas bon, tout ça.

J'avais déjà ma petite idée.

— Que diriez-vous si, pour commencer, tout le monde abaissait son arme ? demandai-je au divisionnaire du PD de Baltimore. Il n'a encore fait feu sur personne, que je sache ?

Ledit divisionnaire et le chef du SWAT conférèrent brièvement, puis l'on abaissa les armes à la ronde, du moins celles dans mon champ de vision. Pendant ce temps, l'un des hélicos continuait à faire du vol stationnaire à proximité de la maison.

Je me tournai à nouveau vers le divisionnaire. J'avais besoin qu'il soit dans mon camp.

— Merci, lieutenant. Lui avez-vous parlé ?

Il me désigna un homme accroupi derrière un véhicule de patrouille.

— L'inspecteur Fescoe a eu cet honneur. Il a Coulter au bigo depuis bientôt une heure.

Je fis l'effort de rejoindre l'inspecteur Fescoe et de me présenter à lui.

— Mick Fescoe, me dit-il, ne semblant pas fou de joie de me rencontrer. On m'avait annoncé votre venue. Ça se passe bien par ici.

— Cette intrusion n'est pas de mon fait, lui répondis-je. Je viens de quitter le PD de Washington D.C. Je ne tiens pas à entraver l'action de quiconque.

— Alors, ne le faites pas, me balança Fescoe.

C'était un type mince et nerveux qui, à le voir, avait dû toucher un ballon à un moment ou un autre de sa vie. Ses mouvements trahissaient l'ancien joueur.

Je me frottai le menton.

— Pourquoi m'a-t-il demandé, vous le savez ? Je ne le connais pas si bien que ça.

Le regard de Frescoe se porta vers la maison.

— D'après lui, l'IGS l'a piégé. Il ne fait confiance à personne, lié de près ou de loin au PD de Baltimore. Il a su que vous étiez entré récemment au FBI.

— Voudriez-vous lui signaler ma présence ? Mais dites-lui bien aussi qu'on me briefe en ce moment. Je veux entendre sa voix avant de lui parler.

Fescoe acquiesça, puis appela la maison. Le téléphone sonna plusieurs fois avant qu'on ne décroche.

— L'agent Cross vient d'arriver, Dennis. On le briefe actuellement, lui transmit Fescoe.

— Tu parles qu'on le briefe. Passe-le-moi. Ne m'obligez pas à tirer dans le tas, ici dedans. Je suis à deux doigts de vous créer un vrai problème. Passe-le-moi tout de suite.

Fescoe me tendit le téléphone.

— Dennis, ici Alex Cross. Je suis là. Je désire qu'on me briefe d'abord.

— Alex Cross ? Vraiment ? demanda Coulter, paraissant surpris.

— Ouais, c'est moi. Je ne connais pas trop bien les détails. Sauf que vous prétendez être piégé par l'IGS.

— Je ne me contente pas de le prétendre, c'est un fait. Et je peux vous raconter aussi pourquoi. Je vais vous briefer, moi. De cette façon, ce sera du brut de décoffrage.

— Très bien, lui répliquai-je. Jusqu'ici, je suis dans votre camp. Je vous connais, Dennis. Et je ne connais pas l'IGS de Baltimore.

Coulter me coupa.

— Je veux que vous m'écoutiez. Ne dites rien. Contentez-vous de m'écouter jusqu'au bout.

— Très bien, lui répondis-je. Je vous écoute.

Je m'installai par terre, derrière une voiture de patrouille, et m'apprêtai à écouter l'homme armé qui retenait soi-disant une dizaine de membres de sa famille en otages. Bon Dieu. J'étais à nouveau au taf.

— Ils veulent me tuer, commença Coulter. Le Police Department de Baltimore m'a dans le collimateur.

Pop !

Je sursautai. Quelqu'un, qui venait de décapsuler une canette de boisson gazeuse, me tapotait l'épaule.

En levant les yeux, qui vis-je si ce n'est Ned Mahoney, chef de l'Hostage Rescue Team à Quantico, qui me tendait un Coca light, sans caféine. J'avais suivi deux, trois de ses cours pendant ma période d'orientation. Il connaissait son affaire… en salle de classe du moins.

— Bienvenue dans mon enfer perso, lui dis-je. Qu'est-ce que je fiche ici, au fait ?

Mahoney me décocha un clin d'œil, puis s'accroupit près de moi.

— Vous êtes une étoile montante, peut-être même une étoile déjà au firmament. Vous connaissez la musique. Faites-le parler. Et encore parler, me dit Mahoney. Vous avez la réputation d'être très bon pour ça.

— Alors, que fabriquez-vous ici, vous ? lui demandai-je.

— À votre avis ? Observer, étudier votre technique. Vous êtes le chouchou du directeur, non ? Il vous juge doué.

Je pris une gorgée de soda, puis appliquai la canette

froide contre mon front. Sacré baptême du feu pour l'EDN.

— Dennis, qui veut vous tuer ? fis-je en parlant dans le portable à nouveau. Dites-moi tout ce que vous pouvez sur ce qui se passe ici. Je dois aussi vous poser des questions sur votre famille. Est-ce aussi vous poser monde va bien là-dedans ?

Coulter se rebiffa.

— Holà ! Ne perdons pas de temps avec des négociations à la con. On va m'exécuter. Voilà ce qui se passe. Ne vous y trompez pas. Regardez autour de vous, mon vieux. C'est une exécution.

Sans voir Coulter, je me le rappelais bien. Un mètre soixante-dix à tout casser, bouc au menton, toujours sur le coup et en train de lancer une vanne, un coriace. En résumé, complexé par sa petite taille. Il se mit à me narrer son histoire, sa version des choses et, malheureusement, je ne savais trop quoi faire de ce qu'il me dégoisait. Selon Coulter, des inspecteurs du PD de Baltimore étaient impliqués dans une énorme affaire de pots-de-vin, en liaison avec la drogue. Même s'il ignorait au juste combien, il savait que leur nombre était élevé. Il avait soulevé le lièvre. Et, avant qu'il ait pu dire ouf, sa maison s'était retrouvée encerclée par les flics.

Puis Coulter lâcha sa bombe.

— J'ai eu aussi droit à des représailles. Quelqu'un m'a balancé à l'IGS. L'un de mes coéquipiers.

— Pourquoi un coéquipier ferait-il une chose pareille ?

Il a éclaté de rire.

— Parce que je suis devenu gourmand. J'ai exigé une plus grosse part du gâteau. J'ai cru que je tenais mes collègues par les couilles. Ils ne l'ont pas entendu de cette oreille.

— Comment les teniez-vous par les couilles ?

— En prétendant que j'avais des copies de rapports… indiquant qui avait palpé et combien. Deux, trois années de rapports.

À présent, ça prenait tournure.

— Et c'est le cas ? lui demandai-je.

— Coulter hésita. Pourquoi ? Soit il les avait, soit il n'avait rien.

— Ça se pourrait, finit-il par lâcher. C'est sûr qu'ils le croient. Alors maintenant, ils vont me flinguer. Ils s'apprêtent à le faire aujourd'hui… il n'est pas prévu au programme que je ressorte de chez moi vivant.

J'essayai de percevoir d'autres voix ou bruits dans la maison pendant qu'il continuait à parler. Je n'entendis rien. Y avait-il encore quelqu'un de vivant à l'intérieur ? Qu'avait fait subir Coulter à sa famille ? Quel était son degré de désespoir ?

Je lançai un regard à Ned Mahoney en haussant les épaules. J'étais loin d'être en mesure de trancher : Coulter disait-il vrai ou bien n'était-il qu'un flic de terrain devenu barjo. Mahoney avait lui aussi l'air sceptique. Air qui m'intimait : ne me posez pas la question. Il fallait que je m'adresse ailleurs pour avoir des conseils.

— Alors, on fait quoi maintenant ? demandai-je à Coulter.

Il camoufla un rire derrière un reniflement.

— J'espérais que vous auriez une idée. Vous êtes censé être un crack, je me trompe ?

Décidément, tout le monde me bassinait avec ça.

À Baltimore, la situation ne s'améliora guère pendant les heures suivantes. Empira, peut-être même. Il devint impossible d'empêcher les voisins de sortir sur leurs vérandas pour assister au statu quo en cours. Puis le PD de Baltimore commença à faire évacuer les voisins de Coulter, dont beaucoup étaient aussi de ses amis. L'on avait transformé en centre d'accueil provisoire l'école primaire de Garrett Heights toute proche. Ce qui rappelait à tout le monde qu'il y avait probablement des enfants pris au piège à l'intérieur de la maison de l'inspecteur Coulter. Sa famille. Bon Dieu !

Je regardai autour de moi et hochai la tête, consterné, en voyant un nombre impressionnant de policiers de Baltimore, membres du SWAT inclus, ainsi que l'Hostage Rescue Team de Quantico. Des badauds à l'œil halluciné s'agglutinaient derrière les barrières contre lesquelles ils poussaient et s'écrasaient, prêts à applaudir au premier flic qui se ferait descendre...

Je me redressai et rejoignis avec précaution un groupe d'agents embusqués derrière une fourgonnette de secours d'urgence. Inutile de me faire préciser qu'ils ne voyaient pas d'un très bon œil l'intervention des Fédés. Tel avait été mon cas à moi aussi quand j'appartenais encore aux forces de police de Washington D.C. Je m'adressai au capitaine Stockton James Sheehan avec lequel j'avais échangé quelques mots à mon arrivée.

— À votre avis, où tout cela nous mène-t-il ?

— A-t-il accepté de laisser sortir quelqu'un ? me demanda Sheehan. C'est ma première question.

Je fis non de la tête.

— Il ne veut même pas parler de sa famille. Il ne confirme ni n'infirme qu'elle se trouve bien avec lui à l'intérieur.

— De quoi parle-t-il, alors ? s'enquit Sheehan.

Je lui communiquai en partie seulement ce que Coulter m'avait déclaré. Comment aurais-je pu lui rapporter le tout ? Je m'abstins de lui dire que Coulter avait juré que des policiers de Baltimore étaient impliqués dans un trafic de drogue à grande échelle… et, plus accablant encore, qu'il était en possession de documents permettant de les incriminer.

Stockton Sheehan m'écouta, puis proposa :

— Soit il laisse sortir certains otages, soit l'on va devoir entrer et le choper. Il ne flinguera pas sa propre famille.

— Il dit que si. Il menace de le faire.

Sheehan fit non de la tête.

— Je suis prêt à courir le risque. On entrera à la tombée de la nuit. Vous savez bien que nous y sommes tenus.

J'opinai sans marquer ni mon accord ni mon désaccord, puis me détachai du groupe. L'on avait encore grosso modo une demi-heure de jour. J'évitai de penser à ce qui se passerait, une fois l'obscurité venue.

Je rappelai Coulter. Il décrocha immédiatement.

— J'ai une idée, lui dis-je. Je crois que c'est la meilleure solution pour vous.

Je ne précisai pas à Coulter que d'après moi, c'était la seule et unique.

— Dites-moi à quoi vous pensez, me fit-il.

J'exposai mon plan à Dennis Coulter...

Dix minutes plus tard, le capitaine Sheehan me hurlait en pleine figure que j'étais « le pire connard de ces enfoirés de Fédés » à qui il ait eu affaire. J'ai subodoré que j'apprenais vite. Sans doute n'avais-je même pas besoin des cours d'orientation que je manquais à Quantico. Pas si j'étais déjà le « roi des cons du FBI ». Ce qui revenait à dire que la police de Baltimore n'approuvait pas mon plan pour désamorcer la situation créée par l'inspecteur Coulter.

Même Mahoney exprima des doutes.

— Je sens bien que vous n'êtes pas très porté sur le politiquement et le socialement correct, commenta-t-il quand je lui fis part de la réaction du capitaine Sheehan.

— Je croyais l'être pourtant ; et ma foi, il semblerait que non. J'espère que ça va marcher. Il vaudrait mieux que ça marche. Je crois qu'ils veulent le buter, Ned.

— Ouais. Moi aussi. Je pense qu'on est en train d'adopter la bonne marche à suivre.

— On ? lui demandai-je.

Mahoney acquiesça.

— Je suis avec toi sur ce coup-là, mon poteau. « Rien dans le bide, pas de mérite. » C'est une affaire pour le Bureau.

Quelques instants plus tard, Mahoney et moi, l'on observait les policiers de Baltimore lever le siège à contrecœur. J'avais dit à Sheehan que je ne voulais plus voir un seul uniforme bleu ni une combinaison de SWAT dans les environs. Si le capitaine avait son idée des risques raisonnables, moi, j'avais la mienne. S'ils investissaient les lieux, quelqu'un serait tué à coup sûr.

Si mon plan échouait, du moins personne ne serait blessé. Ou du moins, personne à part moi.

Je repris Coulter au téléphone.

— La police de Baltimore n'est plus en vue, lui dis-je. Je veux que vous sortiez, Dennis. Maintenant. Avant qu'ils n'aient l'occasion de réfléchir à ce qui vient de se passer.

Il ne répondit pas tout de suite, puis me dit :

— J'observe les alentours. Il suffit d'un tireur d'élite et d'une lunette de visée nocturne.

Je savais qu'il avait raison. Aucune importance. On avait une chance.

— Sortez avec vos otages, lui dis-je. Je viendrai moi-même à votre rencontre sur le perron.

Il ne m'en dit pas plus et je fus quasiment sûr d'avoir perdu le contact avec lui. Je me concentrai sur la porte d'entrée de la maison en tâchant de ne pas penser que des gens risquaient de mourir ici. Allez, Coulter, sers-toi de ta tête. Tu n'obtiendras pas de meilleur accord.

Il finit par reprendre la parole.

— Vous êtes bien sûr de ça ? Parce que moi, pas. Je crois que vous devez être dingue.

— Sûr et certain.

— Très bien, je sors, répondit-il avant d'ajouter : À vos risques et périls.

Je me tournai vers Mahoney.

— Il faut lui enfiler un gilet pare-balles dès qu'il pose le pied sur la véranda. Que nos hommes l'entourent. Je ne veux voir aucun flic de Baltimore près de lui et cela, sous aucun prétexte. On peut faire ça ?

— Couillu.

Mahoney eut un large sourire.

— On fait comme ça… on essaie, en tout cas.

— Je vais sortir avec vous, Dennis. Ce sera plus sûr

comme ça, lui dis-je dans le portable. Je viens à votre rencontre maintenant.

Mais Coulter avait son plan perso. Bon Dieu, il était déjà sur la véranda. Il levait les deux mains en l'air au-dessus de sa tête. Sans armes, c'était évident. Vulnérable au dernier degré.

Je redoutais déjà d'entendre claquer des coups de feu et de le voir s'affaler en tas. Je me précipitai vers lui.

Puis une demi-douzaine de types de l'HRT l'entourèrent, le protégeant de toute atteinte. Ils l'entraînèrent vite fait vers un véhicule en stationnement.

— On l'a mis dans le fourgon. Le sujet est en sécurité.

J'entendis le rapport de l'HRT.

— On l'embarque loin d'ici.

Je me retournai vers la maison. Et le reste de la famille ? Où étaient-ils donc ?

Avait-il tout échafaudé ? Ah, bon Dieu, qu'avait donc fait Dennis Coulter ?

Puis j'aperçus sa famille qui sortait en file indienne. C'était un spectacle incroyable. J'en eus les poils de la nuque hérissés.

Un vieillard en chemise blanche et pantalon noir retenu par des bretelles. Une femme âgée en robe rose bouffante et talons hauts. Des larmes coulaient sur ses joues. Deux fillettes en robe blanche habillée. Deux femmes d'âge moyen se tenant par la main. Trois garçons d'une vingtaine d'années, les bras en l'air. Une femme et deux petits bébés.

La plupart des adultes portaient des cartons.

Je me doutais de leur contenu. Oui, je le savais. Les rapports, les preuves, les témoignages.

L'inspecteur Dennis Coulter avait dit vrai après tout.

Sa famille l'avait cru. Ses membres venaient de lui sauver la vie.

Je sentis Mahoney me tapoter rudement le dos.

— Beau boulot. Très bon boulot, vraiment.

J'éclatai de rire et lui dis :

— Pour un EDN. C'était un test, pas vrai ?

— Je ne sais pas trop. Mais si c'est le cas, tu l'as passé haut la main.

Un test ? Bon Dieu. C'était donc pour ça qu'on m'avait expédié à Baltimore ? J'espérais bien que non.

Je rentrai tard ce soir-là, trop tard. Je fus content que personne ne soit debout pour m'accueillir, Nana en particulier. Je n'aurais pas pu supporter à cet instant l'un de ses regards désapprobateurs, perçants jusqu'à l'âme. J'avais besoin d'une bière, envie de me coucher. Et de dormir, si j'y arrivais.

Je me faufilai discrètement chez moi, ne désirant réveiller personne. Pas le moindre bruit sauf un bourdonnement électrique infime provenant je ne savais d'où. Je prévoyais d'appeler Jamilla dès que je serais à l'étage. Elle me manquait terriblement. Rosie la chatte vint se frotter contre ma jambe.

— Salut rouquine, lui chuchotai-je. J'ai fait des prouesses aujourd'hui.

Puis j'entendis pleurer.

Je grimpai à toute vitesse l'escalier en direction de la chambre d'Alex Junior. Il s'était réveillé et s'apprêtait à se payer une bonne braillante. Je ne voulais pas que Nana, son frère ou sa sœur se lèvent pour s'occuper de lui. De plus, je n'avais pas revu mon fils depuis ce matin très tôt et j'avais envie de lui faire un câlin. Son cher petit visage me manquait.

En jetant un œil dans sa chambre, je l'aperçus droit

9

comme un i dans son lit et visiblement surpris de me voir. Puis il sourit et tapa dans ses mains. Ça alors ! P'pa est sur le coup. C'est P'pa la plus grosse poire de la maison.

— Qu'est-ce que tu fais debout, mon chaton ? Il est tard, lui dis-je.

J'ai fabriqué le petit lit d'Alex de mes propres mains. Avec des barreaux de protection de chaque côté pour lui éviter de tomber.

Je me suis glissé près de lui.

— Pousse-toi, fais un peu de place à ton papa, lui chuchotai-je en lui baisant le sommet du crâne.

Comme je n'avais aucun souvenir de mon père m'embrassant, j'embrassai Alex chaque fois que l'occasion se présentait. Même chose pour Damon et Jannie, même s'ils s'en plaignaient en grandissant et en devenant moins sages.

— Je suis fatigué, bonhomme, lui dis-je en m'étirant. Et toi ? La journée a été dure, mon chaton ?

Je récupérai son biberon dans un vide entre le matelas et les barreaux. Il se mit à boire, puis vint tout près de moi. Il attrapa Meuh, sa vache en peluche, et s'endormit en quelques instants.

Si agréable. Magique. La douce odeur de bébé que j'adore. Son souffle léger... une respiration de bébé.

L'on fit tous les deux un gros dodo, cette nuit-là.

Le Couple se planquait depuis quelques jours à New York. À Lower Manhattan. C'était si facile de se noyer dans la masse, d'être comme rayé de la carte. New York était une ville où l'on pouvait obtenir tout ce qu'on désirait, quand on le désirait. Le Couple cherchait du sexe pur et dur. Pour commencer, en tout cas.

Ils étaient restés hors de portée de leur employeur depuis plus de trente-six heures. Sterling, leur contact, finit par les atteindre sur leur téléphone portable dans une chambre du Chelsea Hotel sur la 33e Rue Ouest. Sur la façade, l'enseigne HOTEL CHELSEA était en forme de L. *Hotel* était en blanc, à la verticale, *Chelsea* en rouge, à l'horizontale. C'était une célèbre icône new-yorkaise.

— J'essaie de vous joindre depuis un jour et demi, disait Sterling. Ne vous avisez pas de me faire barrage avec votre portable. Considérez ça comme un dernier avertissement.

Zoya, la femme, fit en bâillant un doigt d'honneur à l'appareil.

De sa main libre, elle fourra un CD, *East Eats West*, dans le lecteur. La musique rock déboula, dur et fort.

— On était occupés, darling. On est encore occupés. Merde, qu'est-ce que tu veux ? T'as davantage de blé pour nous ? La Parole est d'Argent...

— Baissez la musique, svp. S'il vous plaît. Y a quelqu'un que ça démange. Il est très riche. Il y a une grosse somme en jeu.

— Je te l'ai déjà dit, darling, on est occupés pour le moment. Autrement dit, pas libres. Pas la tête à ça. Ça le démange combien ?

— Même chose que la dernière fois. Une très grosse démangeaison. C'est un ami personnel du Loup.

Zoya grimaça en entendant mentionner le Loup.

— File-nous les détails, les particularités. Ne nous fais pas perdre notre temps.

— On fera ça comme d'habitude, darling. Une pièce du puzzle à la fois. Vous pouvez vous mettre en route quand, au plus tôt ? D'ici trente minutes, qu'en dites-vous ?

— Faut qu'on boucle un truc ici. Disons dans quatre heures. Ce besoin que quelqu'un ressent, cette démangeaison... elle est de quel genre ?

— Un article, de sexe féminin. Pas très loin de New York. Je vous indiquerai d'abord comment vous y rendre. Puis je vous donnerai les caractéristiques de la marchandise. Vous avez vos quatre heures.

Zoya regarda son coéquipier, qui se prélassait dans un fauteuil. Slava tripotait rêveusement la laisse d'un cockring en l'écoutant parler. Par la fenêtre, il fixait une confiserie, une boutique de tailleur, un magasin « toutes vos photos en une heure ». Une vue typique de New York.

— On se chargera du boulot, dit Zoya. Dis au Loup qu'on fournira à son ami ce dont il a besoin. Absolument sans problème.

Puis elle raccrocha au nez de Sterling. Parce qu'elle le pouvait.

Elle adressa un haussement d'épaules à son coéquipier. Puis le regard de Zoya se porta, à l'autre bout de la chambre d'hôtel, vers le lit à dosseret métallique décoratif. Un jeune homme blond y était allongé, nu et bâillonné. Il était menotté à des tiges verticales, séparées de trente centimètres.

— T'as de la chance, fit Zoya au blondinet. Plus que quatre heures à jouer, baby. Plus que quatre heures.

Alors Slava prit la parole.

— Et tu vas souhaiter que ça soit moins. T'as déjà entendu le mot russe... *zamochit* ? Non. Je t'apprendrai ce que ça veut dire *zamochit*. Le cours durera quatre heures. C'est le Loup qui me l'a enseigné. Et maintenant, c'est à mon tour de te l'enseigner. *Zamochit*. Ça veut dire qu'on te brise tous les os du corps.

Zoya lança un clin d'œil au garçon.

— Quatre heures. *Zamochit*. Tu emporteras les prochaines heures avec toi dans l'éternité. Tu n'oublieras jamais ça, darling.

À mon réveil, le lendemain matin, Alex Junior dormait paisiblement à mes côtés, sa tête sur ma poitrine. Je ne pus m'empêcher de lui voler un autre baiser. Puis encore un autre. Ensuite, étendu près de mon petit garçon, je me repris à penser à l'inspecteur Coulter et à sa famille. J'avais été bouleversé en les voyant sortir tous ensemble de la maison. Coulter avait été sauvé par les siens et moi, j'étais la poire rêvée dès qu'il s'agissait d'affaires de famille.

L'on m'avait demandé de m'arrêter au Hoover Building, auquel l'on se référait toujours comme au « Bureau », avant de rejoindre Quantico. Le directeur voulait me voir suite à l'épisode Baltimore. Je ne savais à quoi m'attendre, mais cette visite me rendait anxieux. J'aurais peut-être dû éviter le café de Nana ce matin-là.

Tous ceux qui l'ont vu ou presque tomberont d'accord que le Hoover Building est une étrange structure d'une laideur surnaturelle. Il occupe un pâté de maisons entier, délimité par Pennsylvania Avenue, les 9e, 10e et E Rues. Le plus sympa que je pourrais dire à son sujet, c'est qu'il ressemble à une « forteresse ». À l'intérieur, c'est encore pire. Le Bureau est silencieux comme une bibliothèque et sinistre comme un entrepôt. Ses longs couloirs sont d'une blancheur clinique.

Dès mon arrivée à l'étage de la direction, le sous-directeur administratif vint à ma rencontre, un dénommé Tony Woods, très efficace, que j'avais déjà appris à apprécier.

— De quel pied s'est-il levé ce matin, Tony ? questionnai-je.

— Il a aimé ce qui s'est passé à Baltimore, me répondit ce dernier. Son Altesse est de très bonne humeur. Ça nous change.

— Baltimore, c'était un test ? lui demandai-je, ne sachant jusqu'où je pouvais aller avec lui.

— Oh, c'était votre examen final. Mais, n'oubliez pas, tout sert de test.

On m'introduisit dans la salle de conférences du directeur, relativement petite. Burn y siégeait déjà en m'attendant. Il leva son verre de jus d'orange en un salut moqueur.

— Le voilà !

Il sourit.

— Je fais en sorte que tout le monde apprenne que vous avez fait du boulot du tonnerre de Dieu à Baltimore. C'est pile la façon dont j'avais envie de vous voir démarrer.

— Personne ne s'est fait descendre, dis-je.

— Vous avez bouclé l'affaire, Alex. En impressionnant fortement l'HRT. Et moi, par la même occasion. Je m'assis et me versai un café. Je savais qu'avec Burns, c'était « sers-toi toi-même », sans cérémonie.

— Vous faites circuler l'info… parce que vous avez de très grands projets pour moi en réserve ? lui demandai-je.

Burns éclata de rire, avec ses façons coutumières de conspirateur.

— Tout à fait, Alex. Je veux que vous preniez ma place.

Ce fut à mon tour d'éclater de rire.

— Non, merci.

Je sirotai mon café, qui était bien noir, un peu amer, mais délicieux… presque aussi bon que celui de Nana Mama. Enfin, peut-être moitié moins bon que le meilleur de Washington.

— Auriez-vous l'amabilité de me communiquer l'un de vos plans les plus immédiats me concernant ? lui demandai-je.

Burns rit de plus belle. Il était décidément de bonne humeur ce matin.

— J'ai simplement envie que le Bureau opère de façon simple et efficace, point trait. Il en allait ainsi quand je dirigeais l'antenne de New York. Je vais vous dire ceux en qui je ne crois pas : aux ronds-de-cuir ou aux cowboys. Il y en a trop des deux sortes au Bureau. Des premiers, surtout. Je veux des agents ayant l'intelligence du terrain sur le terrain, Alex. Ou peut-être ai-je bêtement envie d'avoir des agents intelligents. Vous avez pris un risque hier, sauf que vous n'avez sans doute pas envisagé les choses sous cet angle. Il n'y avait pas de politique qui tienne pour vous… rien que la bonne façon de faire son boulot.

— Et si ça n'avait pas fonctionné ? répliquai-je en reposant mon café sur un dessous de tasse à l'emblème du Bureau.

— Eh bien, ma foi, vous ne seriez pas ici en ce moment et l'on n'aurait pas cet entretien. Soyons sérieux, cependant. Il y a une chose contre laquelle je tiens à vous mettre en garde. Ça peut vous sembler évident, mais c'est bien pire que vous ne l'imaginez. On ne peut pas toujours séparer le bon grain de l'ivraie au sein du Bureau. Personne ne le peut. J'ai essayé, mais ça relève de l'impossible.

J'ai réfléchi à ce que Burns me laissait entendre… en partie qu'il savait déjà que l'une de mes faiblesses était de chercher les bons côtés d'autrui. Si j'admettais que ça pouvait parfois être une faiblesse, je n'avais pas envie de changer là-dessus ou peut-être ne le pouvais-je tout bonnement pas.

— Vous êtes un gentil ? lui demandai-je.

— Bien sûr que oui, me dit Burns avec un grand et franc sourire qui aurait pu lui valoir un rôle-vedette dans le feuilleton *À la Maison-Blanche*. Vous pouvez vous fier à moi, Alex. Toujours. Absolument. Comme vous faisiez confiance à Kyle Craig, il y a de ça quelques années en arrière.

Bon Dieu, il me flanquait la frousse. Ou bien, peut-être, le directeur essayait-il simplement que je voie le monde avec ses yeux, à lui : Ne se fier à personne. Et s'adresser à Dieu plutôt qu'à ses saints.

Un peu après 11 heures, j'étais en route pour Quantico. Même après mon « test final » à Baltimore, j'avais encore un cours de « Gestion du Stress et Forces de l'Ordre ». Je connaissais déjà la statistique en vigueur : Les agents du FBI sont cinq fois plus susceptibles de se tuer que d'être tués dans l'exercice de leurs fonctions.

Un poème de Billy Collins me trottait dans la tête pendant que je conduisais : « Raison de plus pour ne pas garder d'arme chez soi. » Concept agréable, bon poème, mauvais présage.

Mon portable sonna et j'entendis la voix de Tony Woods du bureau du directeur. Il y avait eu un changement de plans. Woods me donna l'ordre, en relayant le directeur, de me rendre sans attendre à l'aéroport national Ronald-Reagan de Washington. Un avion m'y attendait.

Bon Dieu ! L'on me confiait déjà une nouvelle mission, l'on m'ordonnait de sécher les cours une fois de plus. Les choses se précipitaient davantage même que je ne m'y étais attendu ; je ne savais trop si c'était une bonne ou une mauvaise chose.

— L'agent Nooney sait-il que je suis à moi seul l'escadre volante du directeur ? demandai-je à Woods.

Réponds-moi que oui. J'ai pas besoin d'un rab de problèmes à Quantico.

— Nous lui communiquerons dans les plus brefs délais votre destination, me promit Woods. Je m'en charge personnellement. Rendez-vous à Atlanta et tenez-vous au courant de ce que vous découvrirez là-bas. L'on vous briefera dans l'avion. Il s'agit d'une affaire de kidnapping.

Tony Woods ne voulut pas m'en dire plus par téléphone.

La plupart des vols du Bureau avaient lieu au départ de Reagan Washington National. Je montai à bord d'un Cessna Citation Ultra, couleur mastic, banalisé. Il y avait huit places dans l'appareil mais j'en étais le seul passager.

— Vous devez être quelqu'un d'important, me dit le pilote avant le décollage.

— Je ne suis pas important du tout, vous pouvez me croire. Je ne suis personne.

Le pilote se borna à s'esclaffer.

— Alors, bouclez votre ceinture, M'sieur mon nom est personne.

Il était parfaitement clair qu'un appel du bureau du directeur m'avait précédé. Et voilà que l'on me traitait comme un vieux de la vieille. Comme le médiateur-expert du directeur ?

Un autre agent sauta à bord juste avant le décollage. Il s'assit en face de moi, de l'autre côté de la travée et se présenta : Wyatt Walsh de Washington D.C. Faisait-il lui aussi partie de « l'escadre volante » du directeur ? C'était peut-être mon coéquipier ?

— Que s'est-il passé à Atlanta ? lui demandai-je. Qu'y a-t-il de si important ou de si insignifiant qui y requiert nos services ?

— On ne vous a rien dit ?

Il a paru surpris que j'ignore les détails.

— J'ai reçu un appel du bureau du directeur, il y a de ça moins d'une demi-heure. On m'a dit de venir ici. Et que je serai briefé pendant le vol.

Walsh laissa choir sur mes genoux deux volumes de rapports.

— Un enlèvement a eu lieu à Buckhead, le quartier huppé d'Atlanta. On a enlevé une femme, la trentaine. Une femme de race blanche, bcbg. Étant donné que c'est l'épouse d'un juge, l'affaire ressort donc du fédéral. Détail d'importance, ce n'est pas la première qui se fait kidnapper.

Tout s'est soudain enclenché sur le mode « vitesse grand V ». À peine avons-nous atterri que l'on m'a conduit en fourgon au centre commercial de Phipps Plaza à Buckhead.

Au moment où l'on stoppait sur le parking de Peachtree Road, l'ambiance fort inhabituelle qui régnait là me sauta aux yeux. L'on est passé devant les grandes enseignes : Saks 5e Avenue et Lord & Taylor. Leurs boutiques étaient quasiment désertes. L'agent Walsh m'apprit que l'on avait enlevé la victime, Mrs Elizabeth Connolly, dans le garage souterrain, non loin d'un autre grand magasin, Parisian.

Toute la zone du parking était classée en scène de crime et, plus particulièrement, le Niveau 3, où le kidnapping de Mrs Connolly avait eu lieu. Un design spiralé violet et or indiquait chaque niveau du garage, mais à présent du ruban jaune barrait ladite volute. L'Équipe d'Intervention Spécifique du Bureau était déjà sur place. L'incroyable degré d'activité indiquait que les services de police locaux prenaient l'affaire très au sérieux. Les paroles de Walsh me trottaient dans la tête : Ce n'est pas la première.

L'ironie de la chose me frappa : je me sentais plus à l'aise de m'adresser à la police qu'aux agents de l'antenne de terrain du Bureau. J'allai trouver Pedi et Ciaccio, inspecteurs au PD d'Atlanta.

— Je tâcherai de ne pas vous mettre des bâtons dans les roues, leur dis-je avant d'ajouter cette précision : J'ai fait partie du PD de Washington D.C.

— Passé à l'ennemi, hein ? dit Ciaccio, en réprimant un rire.

Elle était censée plaisanter, mais il y avait suffisamment de vrai dans sa remarque pour qu'elle me pique au vif. Ses yeux avaient un éclat glacé.

Pedi prit la parole. Il paraissait avoir dix ans de plus que sa coéquipière. Tous deux étaient séduisants.

— Pourquoi le FBI s'intéresse-t-il à cette affaire ?

Je leur en dis autant que je jugeais le devoir, donc pas la totalité.

— Il y a eu d'autres enlèvements, de disparitions du moins, semblables à celui-ci. Des femmes blanches, résidantes de banlieues chics. L'on est ici afin de vérifier s'il y a éventuellement un lien. Et, bien entendu, cela concerne aussi l'épouse d'un juge.

— On parle bien de disparitions intervenues dans la zone urbaine d'Atlanta ? me demanda Pedi.

Je secouai la tête.

— Non, pas à ma connaissance. Les autres cas de disparitions ont eu lieu au Texas, dans le Massachusetts, en Floride et dans l'Arkansas.

— Avec réclamation d'une rançon ? poursuivit Pedi.

— Dans l'une des affaires au Texas, oui. On n'a jamais réclamé d'argent nulle part ailleurs. Aucune des disparues n'a été retrouvée jusqu'à présent.

— Uniquement des femmes de race blanche ? s'enquit l'inspecteur Ciaccio en prenant quelques notes.

— Autant qu'on le sache, oui. Toutes plutôt fortunées. Mais jamais de rançon. Et rien de ce que je vous communique là n'a paru dans la presse.

J'ai observé le parking qui nous entourait.

— Qu'est-ce qu'on a comme infos jusque-là ? Aidez-moi un petit peu.

Ciaccio jeta un coup d'œil à Pedi.

— Joshua ? fit-elle.

Pedi haussa les épaules.

— OK, vas-y, Irène.

— On a quelque chose. Deux ados se trouvaient dans l'une des voitures garées par ici lors de l'enlèvement. Ils n'ont pas assisté au début des opérations.

— Ils étaient occupés à autre chose, ajouta Joshua Pedi. Mais ils ont levé la tête en entendant crier et ont aperçu Elizabeth Connolly. Les kidnappeurs étaient deux et, semble-t-il, plutôt doués dans ce genre d'exercice. Un homme et une femme. Ils n'ont pas repéré nos amoureux car ils étaient à l'arrière d'une fourgonnette.

— La tête baissée, occupés à autre chose ? répétai-je.

— Oui. Mais en se redressant, ils ont vu un homme et une femme qu'ils décrivent comme des trentenaires bien fringués. Ils tenaient déjà Mrs Connolly. Ils l'ont maîtrisée vite fait. Et jetée à l'arrière de son propre break. Puis ils sont partis avec sa voiture.

— Pourquoi les ados ne sont-ils pas sortis de la fourgonnette pour prêter main-forte à la victime ?

Ciaccio secoua la tête.

— D'après eux, tout s'est passé très rapidement et puis ils étaient terrorisés. Ça leur a paru « irréel ». Je pense aussi que ça les rendait nerveux qu'on apprenne qu'ils s'envoyaient en l'air sur la banquette arrière d'un véhicule au lieu d'être en classe. Ils sont élèves tous les deux d'une école prépa du coin, à Buckhead. Ils séchaient les cours.

On l'a embarquée en tandem, songeai-je en sachant que ça représentait une grande avancée pour nous. À ce que j'avais lu pendant le trajet, l'on n'avait repéré aucun tandem dans les autres cas d'enlèvement. Un tandem masculin/féminin ? Intéressant. Étrange et inattendu.

— Vous voulez bien répondre à votre tour à une question ? me demanda l'inspecteur Pedi.

— Si ça m'est possible. Posez-la.

Il lança un coup d'œil à sa coéquipière. J'eus le sentiment qu'à un moment ou un autre de leur parcours, Joshua et Irène avaient dû tâter eux aussi de la banquette arrière d'une voiture, étant donné le je-ne-sais-quoi qui passait entre eux quand ils se regardaient.

— On s'est laissé dire qu'il pourrait exister un rapport avec l'affaire Sandra Friedlander. Est-ce vrai ? Cette dernière affaire n'est toujours pas éclaircie depuis, quoi, deux ans à D.C. ?

J'ai fixé l'inspecteur en faisant non de la tête.

— Pas à ma connaissance, lui répondis-je. Vous êtes le premier que j'entends faire allusion à Sandra Friedlander.

Ce qui n'était pas tout à fait vrai. Son nom figurait dans les rapports top secret du FBI que j'avais lus en venant de Washington. Sandra Friedlander… et sept autres.

Ma tête bourdonnait. Mauvais signe. Je savais depuis ma lecture hâtive desdits rapports que plus de deux cent vingt femmes étaient portées disparues en ce moment même aux États-Unis et que le Bureau avait rattaché au moins sept de ces disparitions à des « réseaux de traite des blanches ». Ça prenait là une vilaine tournure. Il y avait une forte demande de femmes blanches, âgées de vingt à trente ans, dans certains milieux. Les prix pouvaient atteindre des montants exorbitants... en cas de ventes au Moyen-Orient et au Japon.

Atlanta avait été le pivot d'un autre type de scandale lié à l'esclavagisme sexuel, quelques années plus tôt. Il concernait des Mexicaines et des Asiatiques introduites clandestinement sur le territoire américain, que l'on avait forcées ensuite à se prostituer en Géorgie et dans les deux Caroline. Cette affaire avait un autre lien possible avec Juanita, au Mexique, où des centaines de femmes avaient disparu au cours des deux dernières années.

Je passais en revue dans ma tête ces faits déplaisants quand j'arrivai au domicile du juge Brendan Connolly dans le quartier de Tuxedo Park à Buckhead, près de la résidence du gouverneur. Le domaine Connolly, réplique d'une plantation 1840 nord-géorgienne, s'étendait sur plus d'un hectare. Une Porsche Boxster était garée dans l'allée circulaire. Tout respirait la perfection… semblait à sa place.

Je fus accueilli par une jeune fille encore en tenue d'écolière qui m'ouvrit la porte d'entrée. L'insigne sur sa robe-chasuble m'informa qu'elle suivait les cours de la Pace Academy. Elle se présenta comme étant Brigid Connolly, je remarquai son appareil dentaire. J'avais lu quelque chose sur Brigid dans les notes du Bureau concernant la famille. Le vestibule de la maison était élégant, avec lustre tarabiscoté et plancher en frêne bien ciré.

Deux fillettes plus jeunes – leurs têtes seules dépassaient – me gratifiaient d'un coup d'œil depuis l'embrasure d'une porte donnant sur le vestibule, après deux aquarelles anglaises. Les trois filles des Connolly étaient jolies. Brigid avait douze ans, Meredith, onze, et Gwynne, six. À en croire mes antisèches, la plus petite des trois était à la Lovett School.

— Je suis Alex Cross, du FBI, dis-je à Brigid, qui me parut d'un sang-froid remarquable pour son âge, en particulier dans une telle situation critique. Je pense que votre père m'attend.

— Mon papa va descendre, monsieur, me répondit-elle.

Puis elle se tourna vers ses cadettes et les morigéna.

— Vous avez entendu ce qu'a dit papa. Soyez sages. Toutes les deux.

— Je mordrai personne, fit l'une des fillettes, en me zieutant toujours depuis l'autre extrémité du vestibule.

Le visage de Meredith vira au cramoisi.

— Oh, excusez-nous. On parlait pas de vous.

— Je comprends, lui dis-je.

Elles finirent par sourire et je m'aperçus que Meredith portait elle aussi un appareil dentaire. De très mignonnes petites filles, gentilles tout plein. J'entendis une voix venant de l'étage.

— Agent Cross ?

Agent ? Je n'y étais pas encore habitué.

Je levai les yeux vers l'escalier. Le juge Brendan Connolly le descendait, en chemise habillée à rayures bleues, pantalon destructuré bleu foncé et mocassins renforcés noirs. Il avait l'allure svelte et l'air en forme, mais fatigué, comme s'il n'avait pas fermé l'œil depuis plusieurs jours. Je savais, d'après le dossier du patient du FBI, qu'il avait quarante-quatre ans et avait fait ses études au Georgia Institute of Technology et à l'École de droit Vanderbilt.

— Et vous, me demanda-t-il avec un sourire forcé, vous mordez ou pas ?

Je lui serrai la main.

— Je ne mords que ceux qui le méritent, lui dis-je. Alex Cross.

Brendan Connolly me désigna de la tête un grand fumoir-bibliothèque qui, à ce que j'en voyais, croulait sous les livres du sol au plafond. Il y avait aussi de la place pour un piano demi-queue. Je remarquai des partitions de chansons de Billy Joel. Dans un coin de la pièce, il y avait une banquette-lit – défaite.

— Une fois que l'agent Cross et moi en aurons terminé, je vous préparerai à dîner, dit-il à ses filles. J'essaierai de n'empoisonner personne ce soir, mais j'aurai besoin d'un coup de main, mesdemoiselles.

— Oui, papa, répondirent-elles en chœur.

Elles paraissaient adorer leur père. Il tira les portes coulissantes en chêne du fumoir nous cloîtrant tous deux à l'intérieur.

— Bon sang, que c'est moche. Et tellement dur.

Il laissa échapper une expiration profonde.

— De tenter de sauver la face devant elles. Ce sont les meilleures filles du monde.

Le juge Connolly désigna de la main la pièce tapissée de livres qui l'entourait.

— C'est la pièce préférée de Lizzie. Elle joue très bien du piano. Les filles, aussi. On est tous les deux de gros consommateurs de bouquins, mais elle aime particulièrement lire ici.

Il prit place dans un fauteuil club en cuir rouille.

— Je vous remercie d'avoir fait le déplacement jusqu'à Atlanta. Om m'a dit que vous étiez très bon dans les affaires difficiles. Comment puis-je vous aider ? me demanda-t-il.

Je m'assis en face de lui sur un canapé de cuir rouille assorti à son fauteuil. Sur le mur derrière lui, il y avait des photographies du Parthénon, de la cathédrale de Chartres, des Pyramides et une plaque honorifique du Chastain Horse Park.

— Beaucoup de personnes travaillent à retrouver Mrs Connolly et elles vont examiner de nombreuses pistes. Je ne vais pas trop m'appesantir sur les détails concernant votre famille. Les inspecteurs de la police locale peuvent s'en charger.

— Merci, dit le juge. C'est extrêmement déprimant de répondre à ces questions en ce moment. Et de devoir y répondre encore et encore. Vous ne pouvez pas imaginer.

J'acquiesçai.

— Connaissez-vous des habitants, ou même des habitantes, de cette ville qui auraient pu développer un intérêt malavisé envers votre épouse ? Un béguin de longue date, une obsession potentielle ? C'est la seule sphère privée que j'aimerais aborder avec vous. Et puis aussi, tous ces petits riens qui frappent parce que sortant de l'ordinaire. Avez-vous surpris quelqu'un à guetter votre femme ? Y a-t-il certains visages que vous ayez vus plus souvent que la normale dernièrement ? Certains livreurs ? Certains employés de Federal Express ou d'autres services ? Certains voisins suspects *a priori* ? Certains associés ? Même certains amis qui auraient pu fantasmer sur Mrs Connolly ?

Brendan Connolly approuvait du chef.

— Je vois ce que vous voulez dire.

Je le fixai droit dans les yeux.

— Votre femme et vous, vous êtes-vous querellés récemment ? lui demandai-je. Je dois le savoir, si tel est le cas. Alors on pourra avancer.

Brendan Connolly eut tout à coup les yeux humides.

— J'ai rencontré Lizzie à Washington. Elle travaillait au *Post* et j'étais un associé chez Tate Schilling, un cabinet juridique de l'endroit. Ce fut un coup de foudre réciproque. L'on ne s'est quasiment jamais disputés, l'on a à peine eu quelques éclats de voix. Agent Cross, j'adore ma femme. Ses filles, aussi, l'adorent. S'il vous plaît, aidez-nous à ce qu'elle revienne à la maison. Il faut que vous retrouviez Lizzie.

Le Parrain des Temps modernes. À savoir un Russe de quarante-sept ans qui vivait désormais aux États-Unis, où on le connaissait sous le nom du Loup. La rumeur le disait intrépide, ne répugnant pas à mettre la main à la pâte, touchant à tout et n'importe quoi : vente d'armes, extorsion de fonds, trafic de drogue mais aussi business blanc-bleu, genre banque et capital-risque. Personne ne semblait connaître sa véritable identité pas plus que son nom américain ni savoir où il vivait. Intelligent. Invisible. À l'abri du FBI. Ou de quiconque aurait eu envie de le rechercher.

Il n'avait pas trente ans quand, démissionnant du KGB, il était devenu l'un des plus impitoyables chefs de cellule du cartel russe, la Mafia rouge. Son totem, le loup de Sibérie, bien qu'habile chasseur, était aussi pourchassé sans relâche. Le loup de Sibérie courait vite, pouvant venir à bout d'animaux plus puissants que lui... mais on le chassait aussi pour lui faire la peau. Celui qu'on appelait le Loup était lui aussi un chasseur pourchassé... sauf que la police ignorait absolument où lui donner la chasse.

Invisible. À dessein. En fait, il se cachait au vu et au su de tout le monde. Par une soirée embaumée, celui qu'on appelait le Loup donnait une énorme réception en Floride, dans sa maison de 2 000 mètres carrés à

Fort Lauderdale. Le prétexte en était le lancement de son nouveau magazine pour hommes, intitulé *Instinct*, qui concurrencerait *Maxim* et *Stun* sur le marché.

À Fort Lauderdale, l'on connaissait le Loup sous le nom d'Ari Manning, richissime homme d'affaires originaire de Tel-Aviv. Il portait d'autres noms dans d'autres villes. De nombreux noms, dans de nombreuses villes.

Il traversait le fumoir, où une vingtaine de ses invités regardaient un match de foot sur plusieurs postes de télévision, y compris un Runco 16/9. Deux fanatiques de ce sport étaient penchés sur un ordinateur nanti de données statistiques. Sur une table proche, une bouteille de Stolichnaya était encastrée dans un bloc de glace. La vodka sur glace était la seule touche russe qu'il s'autorisait.

Avec son mètre quatre-vingt-cinq, ce Loup-là pouvait trimbaler ses cent vingt kilos comme un très grand et puissant animal. Il circulait parmi ses hôtes, sourire aux lèvres, plaisantant et sachant qu'ils ignoraient tous ce que cachait son sourire : nul de ces soi-disant amis, associés d'affaires ou autres relations sociales, n'avait une idée de qui il était vraiment.

Ils le connaissaient comme Ari, non pas comme Pasha Sorokin, et certes pas comme le Loup. Ils ne soupçonnaient aucunement qu'il achetait en toute illégalité des kilos de diamants en Sierra Leone et des tonnes d'héroïne en Asie et pas davantage qu'il vendait des armes et même des jets aux Colombiens, sans oublier les femmes blanches dont Saoudiens et Japonais faisaient l'acquisition par son entremise. En Floride du Sud, il avait une réputation de franc-tireur, à la fois socialement et sur le plan des affaires. Plus de cent cinquante invités se pressaient ici ce soir-là, mais il avait commandé à boire et à manger pour deux fois plus. Il avait fait venir le chef du Cirque 2000 de New York ainsi qu'un préparateur de sushis de San Francisco. Les serveuses habillées en pom-pom girls étaient seins nus, ce qu'il trouvait rigolo, et puis il était sûr de choquer. Le fameux dessert surprise de sa réception était des Sachertorte livrées de Vienne par avion. Rien d'étonnant à ce que tout le monde adore Ari. Ou bien le haïsse.

Il donna avec espièglerie une embrassade virile à un ancien *running back* pro des Miami Dolphins et parla avec un avocat qui s'était fait des dizaines de millions grâce au règlement à l'amiable avec l'industrie du tabac en Floride... échangeant des anecdotes à propos du gouverneur Jeb Bush. Puis il poussa plus loin à travers la foule. Il y avait tant de lèche-culs de l'ascension sociale et d'opportunistes qui fréquentaient sa demeure pour s'y faire voir avec les bonnes, et les mauvaises, personnes : imbus d'eux-mêmes, gâtés, égoïstes et, pire que tout, chiants comme de l'eau de vaisselle tiédasse.

Il longea le bord d'une piscine intérieure en direction de celle qui se trouvait à l'extérieur, deux fois plus grande que la première. Il bavarda avec ses hôtes et fit la promesse d'un don généreux aux bonnes œuvres d'une école privée. Sans beaucoup de surprise, il fut dragué par l'épouse d'un quidam. Il tint de sérieux propos au propriétaire du plus important hôtel de l'État, à un nabab concessionnaire Mercedes et au chef d'un conglomérat qui était l'un de ses « potes » de chasse.

Il méprisait tous ces adeptes du faux-semblant, en particulier les *has been*. Nul d'entre eux n'avait pris de vrai risque dans la vie. Pourtant, ils s'étaient fait des millions de dollars, des milliards même, et ne se prenaient pas pour de la merde.

Puis... il songea à Elizabeth Connolly pour la première fois depuis une heure environ. Sa douce Lizzie si sexy. Elle ressemblait à Claudia Schiffer, et il se rappela, attendri, l'époque où l'image de la top model allemande s'affichait sur des centaines de panneaux publicitaires à Moscou. Il avait désiré fort Claudia – comme tous les Russes de son sexe – et, à présent, son sosie était en sa possession.

Pourquoi ? Parce qu'il le pouvait. C'était la philosophie qui le guidait et régentait toute son existence.

Pour la même raison, il la retenait prisonnière ici, dans sa grande maison de Fort Lauderdale.

16

Lizzie Connolly avait du mal à croire que cet affreux cauchemar lui arrivait à elle. Ça ne lui semblait toujours pas possible. C'était impossible. Et pourtant, elle en était là. Elle était prise en otage !

La maison où on la gardait prisonnière était remplie de monde. Bondée ! D'après le bruit, une réception semblait battre son plein. Une réception ? Comment osait-il ?

Son fou furieux de ravisseur était-il si sûr de lui-même ? Était-il si arrogant ? Si cynique ? Était-ce possible ? Bien entendu que ça l'était. Il s'était vanté devant elle d'être un gangster, le roi des gangsters, le plus grand peut-être qui ait jamais existé. Il était tatoué de façon répugnante… sur le revers de sa main droite, ses épaules, son dos, autour de l'index droit, sans oublier ses parties intimes, sur les testicules et le sexe.

Lizzie percevait on ne peut plus clairement qu'une réception était en cours dans la maison. Elle distinguait même des bribes de conversation ; des banalités sur un futur séjour à Aspen ; la rumeur d'une liaison entre une nounou et une mère de famille du coin, la noyade, dans une piscine, d'un gamin âgé de six ans comme sa petite Gwynne ; des anecdotes de foot ; une blague mettant en scène deux enfants de chœur et un chat siamois qu'elle avait entendu raconter à Atlanta.

Bon sang, qui étaient-ils donc, tous tant qu'ils étaient ? Où la gardait-on ? Où est-ce que je me trouve, nom de Dieu ?

Lizzie faisait de gros efforts pour ne pas sombrer dans la folie, mais ça frisait l'impossible. Ces gens-là et leurs propos ineptes.

Ils se trouvaient si près de l'endroit où, liée, attachée et bâillonnée, un fou, probablement meurtrier, la retenait en otage.

Alors que Lizzie était à l'écoute, ses larmes finirent par couler. La proximité de ces voix et de ces rires, à quelques mètres à peine d'elle.

Je suis là ! Je suis bien là ! Merde, aidez-moi. S'il vous plaît, aidez-moi.

Je suis bien là !

Elle était dans l'obscurité. N'y voyait goutte.

Les invités, la réception se trouvaient de l'autre côté d'une lourde porte en bois. Elle était enfermée à double tour dans un réduit, une espèce de penderie ; ça faisait plusieurs jours que ça durait. On lui permettait des pauses salle de bains/toilettes, mais pas grand-chose d'autre.

Des cordes la ligotaient serré.

Du ruban adhésif la bâillonnait.

Si bien qu'elle ne pouvait appeler au secours. Lizzie ne pouvait pas crier... sauf dans sa tête.

Je vous en prie, aidez-moi.

Quelqu'un, s'il vous plaît !

Je suis là ! Juste là !

Je ne veux pas mourir.

C'était la seule chose qu'il lui ait dite dont elle était certaine... il allait la tuer.

17

Mais personne ne pouvait entendre Lizzie Connolly.

La réception se poursuivit, s'amplifia, devenant plus bruyante, plus extravagante et vulgaire. À onze reprises, ce soir-là, des limousines *stretch* déposèrent des invités cossus devant la demeure au bord de l'eau à Fort Lauderdale. Puis les limousines repartirent. Sans attendre leurs passagers. Personne ne le remarqua, du moins personne n'en fit la remarque.

Et personne non plus ne prit garde que ces mêmes hôtes s'en retournèrent le même soir dans des véhicules qui n'étaient pas ceux dans lesquels ils étaient arrivés. De fort luxueuses voitures, les plus belles du monde, toutes volées, sans exception.

Un *running back* de la NFL repartit dans une Rolls Royce Corniche décapotable marron foncé d'une valeur de 360 000 dollars, « faite main sur commande » depuis la peinture de la carrosserie aux boiseries, au cuir des sièges, aux finitions et même jusqu'au positionnement des R entrecroisés du cockpit.

Une star du rap, de race blanche, s'en alla en Aston Martin Vanquish bleu-vert, chiffrée à 228 000 dollars, capable de monter à 160 km/h en moins de dix secondes.

La plus onéreuse de ces voitures était une Saleen 57

fabriquée en Amérique, avec ses portières en « ailes de mouette », son look de requin et ses 550 chevaux.

En résumé, onze automobiles on ne peut plus chères, on ne peut plus volées, furent livrées à leurs acquéreurs dans la maison même :

Une Pagani Zonda argent estimée à 370 000 dollars. Le moteur de la voiture de course italienne ronfla, hurla, rugit.

Une Spyker C8 Double 12 argent, finitions orange, 620 chevaux.

Une Bentley Azure Mulliner argent décapotable... qui était à vous pour la bagatelle de 376 000 dollars.

Une Ferrari 575 Maranello... 215 000 dollars.

Une Porsche GT2.

Deux Lamborghini Murciélago – jaune d' or – 270 000 dollars pièce, dont le nom, comme celui de toutes les Lamborghini, était celui d'un taureau célèbre.

Un Hummer H1... moins prestigieux que les autres, peut-être, mais rien ne lui résistait.

La valeur totale des véhicules volés dépassait les trois millions ; leur vente en rapporta un peu moins de deux.

Ce qui faisait plus que couvrir les frais des Sacher-torte livrées en avion depuis Vienne.

En outre, le Loup était friand de belles voitures rapides... de tout et n'importe quoi rapide et beau.

Je revins à D.C. le lendemain en avion et rentrai chez moi à 18 heures ce même soir, en ayant terminé avec le boulot de la journée. À des moments pareils, j'avais presque la sensation de retrouver mes marques. Peut-être avais-je bien fait d'intégrer le Bureau. Peut-être... en descendant de mon antique Porsche noire, j'aperçus Jannie dans la véranda. Elle pratiquait son violon, ses « longs coups d'archet ». Elle voulait être la prochaine Midori. Son jeu était impressionnant... à mes oreilles, en tout cas. Quand Jannie désirait quelque chose, elle mettait le paquet.

— Quelle est donc cette gente damoiselle qui tient ce Juzek avec une telle perfection ? l'interpellai-je en foulant la pelouse.

Jannie lança un coup d'œil dans ma direction, sans un mot, mais sourit d'un air entendu, comme si elle était seule détentrice du secret. Nana et moi, l'on s'impliquait dans sa pratique, où figurait en bonne place la méthode d'enseignement Suzuki. On l'avait infléchie légèrement pour nous y inclure tous deux. Les parents étaient partie prenante dans la pratique et ça semblait porter ses fruits. Dans la méthode Suzuki, l'on prenait grand soin d'éviter la compétition et ses effets négatifs. L'on préconisait que les parents écoutent des enregistrements innombrables et prennent part aux leçons. J'avais assisté personnellement à de nombreux cours. Nana s'était chargée des autres. De cette manière, l'on avait assumé le double rôle de « professeur à domicile ».

— C'est tellement beau. Quelle merveille d'être accueilli chez soi par des sons pareils, dis-je à Jannie. Son sourire valait tout ce que j'avais subi au boulot ce jour-là.

— Ça adoucit l'humeur, dit-elle finalement.

Le violon sous le bras, l'archet pointé vers le sol, Jannie salua, puis se remit à jouer.

Je m'assis sur les marches de la véranda et l'écoutai. Rien que nous deux, le soleil couchant et la musique. L'humeur était adoucie.

Une fois qu'elle en eut terminé, l'on dîna d'une légère collation avant de s'empresser de gagner le Kennedy Center pour assister à l'un des concerts gratuits donnés dans le Grand Foyer. Le programme de ce soir s'intitulait « Liszt et la Virtuosité ». Mais ce n'était pas fini… il y avait plus. Le lendemain soir, il était prévu de s'attaquer au nouveau mur d'escalade du YMCA National Capital. Puis, avec Damon, débauche de jeux vidéo avec en vedette *Eternal Darkness : Sanity's Requiem* et *Warcraft III : Reign of Chaos*.

J'espérais que ce programme pourrait être tenu. Jeux vidéo inclus. J'étais sur la bonne voie à présent et j'aimais bien ça. Nana et les enfants, aussi.

Vers 22 h 30, pour boucler parfaitement la journée, j'eus Jamilla au téléphone. Elle était chez elle à une heure décente pour une fois.

— Salut, me dit-elle en entendant ma voix.

— Salut à toi. On peut parler ? Je tombe bien ?

— Je peux te consacrer quelques minutes. J'espère que tu m'appelles de chez toi. C'est bien le cas ?

— Je suis rentré vers 18 heures. On avait une sortie en famille au Kennedy Center. Gros succès.

— Je suis verte de jalousie.

Puis l'on a parlé de ce qu'elle fabriquait, puis de ma grande soirée avec les gosses et pour finir de ma vie et de mon œuvre au sein du Bureau. Mais, au bout d'un quart d'heure, j'eus l'impression que Jamilla désirait raccrocher. Je ne lui demandai pas si elle avait quelque chose de prévu ce soir-là. Elle me le dirait si elle en avait envie.

— Tu me manques en étant là-bas à San Francisco, lui dis-je, sans en rajouter.

J'espérais que ça ne passerait pas pour une preuve d'indifférence. Car Jam comptait beaucoup pour moi. Elle ne quittait pas mes pensées.

— Il faut que je me bouge, Alex. Bye, me dit-elle.

— Bye.

Jamilla devait se bouger. Et moi, pour finir, je tentai de faire du surplace.

Le lendemain matin, l'on me demanda d'assister à une réunion au sommet concernant l'enlèvement Connolly où fut soulevée la possibilité que ce kidnapping soit lié à d'autres, ayant eu lieu au cours des douze derniers mois. L'affaire avait été reclassée en « prioritaire » et affublée de « Femme Blanche » comme nom de code.

Une équipe Rapid Start du FBI avait déjà été dépêchée à Atlanta. Des photos-satellite du centre commercial Phipps Plaza avaient été réclamées dans l'espoir de réussir à identifier le véhicule utilisé par les suspects pour venir là avant de s'en aller avec le break Connolly.

Il y avait une vingtaine d'agents dans une pièce sans fenêtre, spéciale « affaire prioriaire », du Bureau à Washington. À mon arrivée, j'appris que Washington serait le « bureau d'origine » de l'affaire, ce qui signifiait qu'elle revêtait de l'importance aux yeux du directeur Burns. La Division d'Investigation criminelle avait déjà préparé un livret de briefing à son intention. Le point important pour le FBI, c'était que l'épouse d'un juge fédéral avait disparu.

Ned Mahoney de l'HRT s'assit près de moi et me parut non seulement avenant, mais amical. Il me salua d'un « Bonjour, la star » avec un clin d'œil. Une

19

minuscule femme brune en combinaison noire se laissa choir près de moi, de l'autre côté. Elle se présenta : Monnie Donnelley, analyste ès crimes violents, assignée à ce titre à l'affaire. Elle parlait extraordinairement vite, avec de l'énergie à revendre, presque trop.

— J'crois qu'on va bosser ensemble, me dit-elle en me serrant la main. J'ai déjà eu plein de bons échos à votre sujet. Je connais votre C.V. J'suis allée en fac à John Hopkins, moi aussi. Qu'est-ce que vous dites de ça ?

— Monnie est notre meilleur et plus brillant élément, intervint Mahoney. Et c'est un euphémisme grossier.

— Il a tout à fait raison, renchérit Monnie Donnelley en abondant dans son sens. Faites circuler l'info. Svp. J'en ai marre d'être une arme secrète.

Je remarquai que Gordon Nooney, mon superviseur, n'était pas présent dans la pièce où s'entassaient une cinquantaine d'agents. Puis la réunion sur la Femme Blanche débuta.

Un agent du nom de Walter Zelras nous montra des diapos. Il était très professionnel mais très ennuyeux. J'eus la vague impression d'être entré chez IBM ou à la Chase Manhattan Bank au lieu du FBI. Monnie me chuchota :

— Ne vous en faites pas, ça ne va pas tarder à empirer. Il est juste en train de se chauffer.

Zelras avait une voix monocorde qui me rappela celle de l'un de mes professeurs d'antan à Hopkins. Zelras et cet ancien prof attribuaient à tout le même poids, ne semblaient jamais exaltés ni perturbés par le sujet qu'ils traitaient. La communication de Zelras avait pour objet le lien que l'enlèvement Connolly pouvait entretenir avec plusieurs autres kidnappings de ces tout derniers mois, elle aurait donc dû être fascinante.

— Gerrold Gottlieb, me chuchota Monnie Donnelley derechef.

Je souris, manquant de peu d'éclater de rire. Gottlieb
était ce fameux professeur d'Hopkins au ton monocorde.

— Depuis une année, des femmes blanches séduisantes, issues d'un très bon milieu, déclarait Zeiras, ont
disparu à un taux trois fois plus élevé que la norme statistique. Cela se vérifie, ici, aux États-Unis et en
Europe de l'Est. Je vais faire circuler parmi vous un
authentique catalogue, vieux de trois mois, répertoriant
des femmes à vendre. Malheureusement, nous avons
été incapables de remonter jusqu'à la source de fabri-
cation dudit catalogue. Un lien à Miami n'a rien donné.

Une fois ledit catalogue entre les mains, je constatai
qu'il était en noir et blanc, les pages ayant été probablement imprimées à partir d'Internet. Je le feuilletai
rapidement. Dix-sept femmes y étaient exposées, nues,
avec mention de leur tour de poitrine, taille, « vraie »
couleur de cheveux, couleur des yeux. Elles étaient
affublées de sobriquets improbables : Candy, Sable,
Foxy, Madonna, Mûre. Leur prix s'échelonnait de
3 500 à 150 000 dollars. Ne figurait aucun renseignement sur leur biographie ni sur leur personnalité.

— Nous travaillons en étroite collaboration avec
Interpol sur ce que nous soupçonnons être un réseau de
« traite des blanches ». « Traite des blanches » doit être
ici entendu comme une transaction commerciale où
des femmes sont achetées et vendues, uniquement à
des fins de prostitution. Aujourd'hui, ce commerce
concerne d'habitude des femmes asiatiques, mexicaines, sud-américaines, non blanches… sauf en
Europe de l'Est. Il vous faut aussi noter que, pour la
première fois dans l'histoire, cet esclavage est plus
mondialisé et technologisé que jamais. Certains pays

d'Asie ferment les yeux quand l'on vend femmes et enfants… en particulier, le Japon ou l'Inde.

» Ces deux dernières années, un marché s'est ouvert pour les femmes blanches, les blondes plus spécialement. Ces femmes sont vendues à des prix allant de quelques centaines de dollars à plus de cinquante mille et sans doute au-delà. Comme je l'ai signalé, l'un de ces marchés, considérable, c'est le Japon. Un autre, le Moyen-Orient, évidemment. Les Saoudiens sont parmi les plus gros acquéreurs. Croyez-le ou non, il existe même un marché en Irak et en Iran. Y a-t-il des questions ?

Il y en eut plusieurs, et de bonnes questions pour la plupart, qui me montrèrent que c'était un groupe drôlement calé qu'on avait réuni là.

Je finis par poser une question, tout en répugnant à le faire à titre d'EDN.

— Qu'est-ce qui nous porte à croire qu'Elizabeth Connolly est liée aux autres ?

Je désignai d'un geste ce qui m'entourait.

— Je veux dire, liée à ceci ?

La réponse de Zelras ne se fit pas attendre.

— Un tandem s'est emparé d'elle. Le kidnapping en bande est très courant dans cette branche, en particulier en Europe de l'Est. Ils ont de l'expérience, sont très efficaces en matière de kidnapping et canalisés en réseaux. Il existe d'ordinaire un acheteur en amont quand l'on s'attaque à une femme de l'envergure de Mrs Connolly. Elle représente un gros risque mais aussi un très gros bénéfice. Ce qui rend attractif ce type d'enlèvement, c'est qu'il n'y a pas de demande de rançon. Le kidnapping Connolly colle à ce profil-là.

— Un acheteur peut-il exiger une femme bien ciblée ? demanda quelqu'un. Est-ce une possibilité ?

Zelras opina.

— Si l'on y met le prix, oui, absolument. La somme peut atteindre six chiffres. On travaille cet aspect du problème.

Le reliquat de cette longue réunion fut consacré en grande partie à débattre du cas de Mrs Connolly pour savoir si l'on pouvait la retrouver dans les plus brefs délais. Le consensus général était que non. Un détail nous rendait particulièrement perplexes : pourquoi les suspects avaient-ils kidnappé la victime dans un lieu aussi exposé au public ? Le profit semblait un mobile logique, mais aucune demande écrite de rançon n'avait été formulée. Quelqu'un avait-il passé expressément commande de Mrs Elizabeth Connolly ? Et si tel était le cas... qui ? Qu'avait-elle de si extraordinaire ? Et pourquoi choisir le centre commercial ? Il existait sans doute pour l'enlever des lieux plus commodes.

Pendant que l'on parlait d'elle, une photo de Mrs Connolly et de ses trois filles persista sur l'écran de la salle de conférences. Toutes quatre paraissaient si proches et si heureuses. C'était effrayant, triste. Je me surpris à penser à mon moment passé avec Jannie la veille au soir sur la véranda.

— Ces femmes qu'on a enlevées, en a-t-on retrouvé certaines ? demanda quelqu'un.

— Pas une seule, répondit l'Agent Zelras. Nous craignons qu'elles ne soient mortes. Que les kidnappeurs – ou ceux à qui les kidnappeurs les ont livrées – ne les considèrent comme jetables.

Je retrouvai mes cours d'orientation ce jour-là, après la pause-déjeuner, juste dans les temps pour bénéficier d'une nouvelle blague déplorable de l'Agent Spécial Horowitz. Il brandit une planchette à pinces pour bien nous en indiquer la source.

— Voici la liste officielle des chansons préférées de David Koresh [1] : *You Light Up My Life*, *I'm Burning Up*, *Great Balls of Fire* [2]... N'oublions pas ma préférée : *Burning Down The House*. J'adore les Talking Heads.

Le Dr Horowitz paraissait ne pas ignorer que ses plaisanteries étaient de mauvais goût, mais l'humour noir est l'apanage des policiers et son ton pince-sans-rire lui permettait de ne pas dépasser les bornes. De plus, il savait qui avait enregistré *Burning Down The House*.

L'on eut droit à une séance d'une heure de « Gestion Intégrée des Affaires » suivie de « Maintien de l'Ordre

---

1. Chef de la secte des Davidiens, il mourut dans le gigantesque incendie qui mit un terme au siège qu'il soutint contre les agents du BATF à Waco, le 19.04.93.

2. Autrement dit : *Tu as mis le Feu à ma Vie* (Debbie Boone), *Je Brûle* (Madonna), *Grosses Boules de Feu* (Jerry Lee Lewis), *Incendions la Maison* (Talking Heads) (*N.d.T.*).

et Communication », puis de « Dynamique du Tueur à Schéma Répétitif ». Pendant ce dernier cours, l'on nous déclara que les tueurs en série sont soumis au changement, qu'ils sont « dynamiques ». En d'autres termes, qu'ils deviennent plus malins et plus habiles à tuer. Et que seules leurs « caractéristiques rituelles » demeurent les mêmes. Je ne me donnai pas la peine de prendre des notes.

Le cours suivant eut lieu en extérieur. L'on était tous en blouson de sport, munis de protège-gorge et protège-visage pour un « cours pratique » à Hogans Alley. L'exercice en question comprenait trois voitures lancées à la poursuite d'une quatrième. Hurlements de sirènes à tous les échos. Ordres beuglés dans des haut-parleurs : « Stop ! Garez-vous ! Sortez du véhicule, les mains en l'air. » Nos munitions consistaient en cartouches Simumition chargées de peinture rose.

Fin de l'exercice vers 17 heures. Je pris une douche, m'habillai et en quittant le bâtiment de la formation pour gagner celui du réfectoire, où j'avais un box, j'aperçus l'agent spécial Nooney. Il me fit signe de le rejoindre.

— Vous rentrez à D.C. ? me demanda-t-il.

J'acquiesçai en avalant ma langue.

— Dans un petit moment. Je dois lire certains rapports auparavant. Ceux qui concernent l'enlèvement d'Atlanta.

— Affaire mahousse. Vous m'impressionnez. Le reste de vos condisciples passent la nuit ici. Certains d'entre eux pensent que ça contribue à établir des liens de camaraderie. Je le pense aussi. Êtes-vous un agent de changement ?

Je fis non de la tête, puis tentai de dérider Nooney. En vain.

— On m'a autorisé dès le début à rentrer chez moi

le soir. C'est une impossibilité pour la plupart des autres.

Alors Nooney se mit à insister lourdement, s'efforçant de réveiller une colère enfouie.

— Je me suis laissé dire que vous aviez aussi des problèmes avec votre supérieur hiérarchique au PD de D.C., lâcha-t-il.

— Tout le monde a des problèmes avec l'inspecteur-chef Pittman, répondis-je.

Nooney avait le regard vitreux. Il était évident qu'il ne voyait pas les choses du même œil.

— Presque tout le monde a aussi des problèmes avec moi. Ce qui ne veut pas dire que je me trompe sur l'importance de créer une équipe ici. Je ne me trompe pas, Cross.

Je résistai à en dire plus. Nooney me retombait sur le poil. Pourquoi ? J'avais assisté aux cours dans la mesure du possible ; j'avais encore du taf sur l'affaire de la Femme Blanche. Que ça lui plaise ou non, j'en étais partie prenante. Il ne s'agissait pas d'un autre exercice pratique... ça n'avait rien de simulé. Et c'était important.

— Je dois faire mon boulot, dis-je à Nooney pour en finir.

Puis je m'éloignai de lui. J'étais pleinement persuadé de m'être fait mon premier ennemi au sein du FBI. Et pas des moindres, par-dessus le marché. Tant qu'à faire, pourquoi commencer petit.

Ce fut peut-être une forme de culpabilité, attisée par ma prise de bec avec Gordon Nooney, qui me poussa à travailler tard dans mon box au niveau inférieur du bâtiment du réfectoire, où se trouvaient les bureaux du service Science du Comportement. Le plafond bas, le mauvais éclairage au néon et les murs en parpaing me donnaient vaguement l'impression d'avoir réintégré mon commissariat. Mais l'étendue des archives classées, accessibles aux agents du FBI aux fins de recherche, était étonnante. Les ressources du Bureau surpassaient tout ce que j'avais connu au PD de D.C.

Il me fallut deux à trois heures pour compulser moins du quart des dossiers de traite des blanches et encore ne s'agissait-il que des affaires ayant eu lieu sur le territoire américain. Un enlèvement en particulier attira mon attention. Celui de Ruth Morgenstern, procureure à Washington D.C. On l'avait vue pour la dernière fois, à 21 h 30 environ, le 20 août. Un ami l'avait déposée près de son appartement de Foggy Bottom.

Miss Morgenstern, vingt-six ans, cinquante-cinq kilos, avait les yeux bleus et des cheveux blonds aux épaules. Le 28 août, l'on retrouva l'une de ses pièces d'identité près de la porte nord de l'aéroport naval d'Anacostia et, deux jours plus tard, sa carte d'accès fédérale, dans une rue de la ville.

Ruth Morgenstern manquait toujours à l'appel. Dans son dossier figurait la mention : *décédée, selon toute vraisemblance.*

Je me demandai : Ruth Morgensten était-elle morte ?

Et Elizabeth Connolly ?

Vers 22 heures, alors que de sérieux bâillements se précisaient, je tombai sur une autre affaire qui réveilla mon attention. Je parcourus le dossier une première fois, puis le relus.

Il concernait l'enlèvement onze mois plus tôt d'une dénommée Jilly Lopez à Houston. Le kidnapping avait eu lieu à l'Houstonian Hotel. Un tandem – deux hommes – avait été vu rôdant près du 4 × 4 de la victime dans le parking souterrain. L'on décrivait Mrs Lopez comme « très séduisante ».

Quelques instants plus tard, je m'entretenais avec l'inspecteur de Houston qui s'était occupé de l'affaire. L'inspecteur Steve Bowen, tout en exprimant de la curiosité face à l'intérêt que je prenais à cet enlèvement, se montra coopératif. Il m'apprit que Mrs Lopez n'avait pas été retrouvée et que l'on n'avait plus entendu parler d'elle depuis sa disparition. Aucune rançon n'avait jamais été réclamée.

— C'était une dame vraiment très bien. Quasiment tous ceux qui m'ont parlé d'elle l'adoraient.

On m'avait dit la même chose d'Elizabeth Connolly à Atlanta.

Je détestais pour de bon cette affaire sans pouvoir me l'ôter du crâne. Femme Blanche. Toutes celles que l'on avait enlevées étaient adorables, pas vrai ? C'était leur point commun. Peut-être était-ce là le schéma des kidnappeurs.

Des victimes adorables.

Qu'y avait-il d'épouvantable là-dedans ?

En rentrant ce soir-là, à 23 h 15, une surprise m'attendait. Une bonne surprise. John Sampson était assis sur mon perron. Son mètre quatre-vingt-dix et ses cent vingt-cinq kilos étaient au rendez-vous. Il me fit l'effet d'emblée de la Grande Faucheuse... mais, en me décochant son large sourire, il se transforma aussitôt à mes yeux en Veuve joyeuse.

— Voyez-moi qui est là. L'inspecteur Sampson en personne, fis-je en lui retournant son sourire.

— Comment va, mec ? s'enquit John pendant que je traversais la pelouse. On dirait que tu rebosses tard le soir. Rien de neuf, que du vieux. Tu ne changeras jamais, mec.

— C'est la première soirée que je passe à Quantico, lui répondis-je, légèrement sur la défensive. Commence pas.

— J'ai dit un truc qu'il fallait pas ? T'ai-je même balancé « la première vanne d'une nombreuse portée » qui me démange le bout de la langue ? Non, pas du tout. Je suis la gentillesse même... enfin, d'après moi. Mais puisqu'on en parle, c'est plus fort que toi, pas vrai ?

— Tu veux une bière bien fraîche ? lui demandai-je en déverrouillant ma porte d'entrée. Où est ta jeune épouse, ce soir ?

Sampson m'a suivi à l'intérieur où l'on s'est pris chacun deux Heineken qu'on rapporta sur la véranda. Je m'assis sur le banc du piano et John se posa dans le rocking-chair, qui plia sous son poids. John est mon meilleur ami et ce, depuis nos dix ans. L'on était inspecteurs de la criminelle et coéquipiers jusqu'à ce que j'intègre le FBI. Il m'en veut encore un peu.

— Billie va super bien. Elle est de garde cette nuit à St. Anthony, ce soir et demain. On s'en sort bien.

Il éclusa la moitié de sa bière d'une goulée.

— Je suis loin de me plaindre, collègue. Tu as devant toi un homme heureux.

Je ne pus m'empêcher de rire.

— On dirait que ça te surprend.

Sampson se mit à rire lui aussi.

— Je croyais pas pouvoir être accro à la vie conjugale. Maintenant, tout ce à quoi j'aspire, c'est à me trouver avec Billie les trois quarts du temps. Elle me fait rire et elle pige même mes blagues. Et toi, où t'en es avec Jamilla ? Elle va bien ? Et ton nouveau boulot ? Ça fait quoi d'être un Fédé au Club Fed ?

— J'allais justement appeler Jam, lui dis-je.

Sampson avait rencontré Jamilla, l'avait bien aimée et connaissait notre situation. Jam était elle aussi inspecteur de la crime, par conséquent elle comprenait la vie. J'aimais vraiment être près d'elle. Malheureusement, elle habitait San Francisco... et adorait vivre là-bas.

— Elle est sur une nouvelle affaire de meurtre. Il y a aussi des assassins à San Francisco. Jusqu'à présent, ça se passe bien au Bureau.

Je décapsulai la seconde de mes bières.

— Mais faudra quand même que je me fasse aux Bureau... crates.

— Euh-oh, lâcha Sampson.

Puis il eut un sourire malicieux.

— Il y a déjà de l'eau dans le gaz ? Avec les Bureau… crates. Des problèmes d'autorité ? Alors pourquoi tu travailles si tard ? Tu n'es pas encore en orientation ou je ne sais comment ils appellent ça ?

Je racontai à Sampson l'enlèvement d'Elizabeth Connolly – version condensée – avant d'en revenir à des sujets plus agréables. Billie et Jamilla, le charme des idylles, le dernier roman de George Pelecanos, l'un de nos amis inspecteurs qui sortait avec sa coéquipière sans soupçonner que tout le monde était au courant. Et pourtant tel était bien le cas. C'était toujours pareil quand, Sampson et moi, l'on se retrouvait. Travailler avec lui me manquait. Ce qui me conduisit de fil en aiguille à la conclusion suivante : je devais trouver un moyen X ou Y de le faire entrer au FBI.

Mon balèze d'ami s'éclaircit la voix.

— Il y a autre chose dont je voulais te parler, que je voulais te dire. La vraie raison de ma venue ici ce soir, fit-il.

Je haussai le sourcil.

— Oh. Et c'est quoi ?

Son regard évitait le mien.

— C'est un peu difficile pour moi, Alex.

Je me penchai en avant. Il m'avait harponné.

Puis Sampson sourit. Je sus que ce qu'il voulait me communiquer, quoi que ce fût, était une bonne nouvelle.

— Billie est tombée enceinte, m'annonça-t-il en partant de son rire le plus franc et le plus sonore.

Puis Sampson sauta sur ses pieds et me serra dans ses bras à m'étouffer.

— Je vais être papa !

— Et c'est reparti, Zoya my darling, lui chuchota Slava tel un conspirateur. Tu as l'air des plus florissantes, soit dit en passant. Tout ce qu'il y a de parfait pour aujourd'hui.

Le Couple passait inaperçu parmi les autres banlieusards chics, se baguenaudant dans le King of Prussia Mall bondé, le « deuxième plus grand centre commercial d'Amérique », à en croire les panneaux promotionnels à chaque entrée. C'était l'une des raisons de la popularité de l'endroit. Des acheteurs regardants faisaient le déplacement depuis les États limitrophes car la Pennsylvanie ne taxait pas les vêtements.

— Tous ces gens ont l'air tellement riches, tellement bien dans leurs baskets, fit Slava. Tu trouves pas ? Tu connais l'expression « être bien dans ses baskets » ? C'est de l'argot.

Zoya éructa un rire déplaisant.

— On verra s'ils seront aussi bien dans leurs baskets d'ici une heure. Après qu'on aura bouclé notre affaire. Ils ont la peur à fleur de peau. C'est le cas de tout un chacun dans ce pays gâté pourri, tout le monde a peur de son ombre. Mais surtout de souffrir et même du moindre pet de travers. Tu le lis pas sur leurs gueules, Slava ? Ils ont peur de nous. Simplement, ils ne le savent pas encore.

Slava regarda aux alentours de la plaza principale que dominaient Nordstrom et Neiman Marcus. Il y avait partout des annonces pour le « Rock and Shop Tour » du magazine *Teen People*. Entre-temps, leur cible avait fait l'emplette d'une boîte de biscuits à cinquante dollars chez Neiman. Stupéfiant ! Puis elle acheta un nouveau machin absurde, un journal pour chien, *Red, White and Blue*, à un prix également prohibitif.

Ces gens sont idiots à un point. Tenir le journal intime de leur chien, songea Slava. Puis il aperçut à nouveau la cible. Elle sortait de chez Skechers, ses enfants en bas âge en remorque.

En fait, la cible semblait manifester un zeste d'appréhension à leur sujet en ce moment. Pourquoi donc ? Peut-être craignait-elle qu'on ne la reconnaisse et de devoir signer un autographe ou bavarder avec des fans. La rançon de la gloire, hein ? Elle se déplaçait rapidement à présent, guidant ses chers petits vers l'entrée du Dick Clark's American Bandstand Grill, sans doute pour y déjeuner, mais uniquement peut-être pour échapper à la foule.

— Dick Clark est originaire de Philadelphie, tout près d'ici, fit Slava. Tu le savais ça ?

— Qu'est-ce qu'on en a à foutre de Dick Clark, Dick Tracy ou Dick Ta Mère, répondit Zoya en martelant le biceps de Slava du poing. Arrête avec tes petits jeux stupides. Ça me file mal au crâne. Je suis sous Excédrine Spéciale Migraine depuis que je te connais.

La cible correspondait tout à fait au signalement que leur contrôleur leur avait donné : grande, blonde, une icône glacée, imbue d'elle-même. Mais bien foutue aussi dans le plus petit détail, songeait Slava. Ceci expliquait cela, supposa-t-il. Elle avait été achetée par un client qui se faisait appeler le Directeur des Beaux-Arts.

Le Couple patienta une cinquantaine de minutes. Un chœur de collégiens de Broomall, Pennsylvanie, s'exécutait dans l'atrium. Puis la cible et ses deux enfants ressortirent du restau.

— On y va, fit Slava. Ça devrait être intéressant, non ? Avec les gosses, ça tient du défi.

— Non, fit Zoya. Les gosses rendent le truc totalement dingue. Attends que le Loup apprenne ça. Il aura les boules. Ça aussi, c'est de l'argot, soit dit en passant.

La femme dont on avait fait l'acquisition s'appelait Audrey Meek et c'était une célébrité. Elle avait créé, sous l'appellation Meek, une ligne de mode féminine et d'accessoires très florissante. Meek était le nom de jeune fille de sa mère et celui qu'elle utilisait.

Le Couple, ne la lâchant pas des yeux, la fila jusqu'au parking sans éveiller ses soupçons. Ils se jetèrent sur elle pendant qu'elle rangeait ses sacs de shopping Neiman Marcus, Hermès et autres dans un 4 × 4 Lexus d'un noir luisant, immatriculé dans le New Jersey.

— Fuyez, les enfants ! Fuyez !

Audrey Meek se débattit farouchement tandis que Zoya tentait de lui plaquer une sorte de gaze à l'odeur âcre sur le nez et la bouche. Elle en vit des cercles, des étoiles et trente-six chandelles de toutes les couleurs pendant quelques secondes dramatiques. Avant de s'évanouir entre les bras puissants de Slava.

Zoya scruta les alentours du parking. Il n'y avait pas grand-chose à voir... à part les murs de béton marqués de lettres et de chiffres. Personne dans les environs immédiats. Personne pour remarquer que quelque chose dérapait sérieusement, malgré les enfants qui hurlaient et se mettaient à pleurer.

— Laissez ma maman tranquille ! criait Andrew

24

Meek en criblant de coups de poing Slava qui se contenta d'en sourire.

— Ah le gentil petit bonhomme, applaudit-il. Protège ta maman. Elle est fière de toi. Je suis fier de toi.

— Allons-nous-en, imbécile ! s'écria Zoya.

Comme d'habitude, c'était elle qui veillait au grain. Il en était ainsi depuis qu'elle avait grandi dans l'oblast de Moscou en décidant qu'elle échapperait au destin d'ouvrière ou de prostituée.

— Et les gosses ? On peut pas les laisser ici, fit Slava.

— Si, on les laisse sur place. C'est ce qu'on est censés faire, abruti. Il nous faut des témoins. Tel est le plan. Tu peux pas t'y tenir ?

— Quoi ? On les laisse dans le parking ?

— Ça va aller pour eux. Ou bien ça n'ira pas. Qu'est-ce qu'on en a à battre ? Allez, viens. Faut qu'on y aille. Maintenant !

Ils empruntèrent le Lexus pour partir avec Audrey Meek, la cible, inconsciente à l'arrière, abandonnant les deux enfants qui braillaient dans le parking. Zoya contourna le centre commercial à vitesse moyenne avant d'enfiler le Dekalb Pike.

Après un trajet de quelques minutes, ils atteignirent le Parc National Historique de Valley Forge où ils changèrent de véhicule.

Une dizaine de kilomètres plus loin, dans un parking écarté, ils changèrent à nouveau de moyen de locomotion.

Ensuite direction Ottsville, dans la région de Bucks County, Pennsylvanie. Mrs Meek rencontrerait sous peu le Directeur des Beaux-Arts qui était follement amoureux d'elle. Il devait l'être pour avoir déboursé 250 000 dollars afin de s'offrir le plaisir de sa compagnie, quoi que cela recouvre.

Le kidnapping avait eu des témoins… mais cette bourde était calculée.

II

Fidélité, bravoure, intégrité[1]

---

1. *Fidelity, Bravery, Integrity*, c'est la devise du FBI (*N.d.T.*).

25

Personne n'avait été jusqu'ici en mesure de bien cerner le Loup. D'après les renseignements fournis par Interpol et la police russe, c'était un truand qui ne rigolait pas et ne répugnait pas à mettre la main à la pâte, ayant reçu à l'origine une formation de policier. Comme nombre de ses compatriotes, il était doté d'un bon sens très extensible. Cette capacité native a été souvent mise en avant pour expliquer que la station spatiale Mir ait pu séjourner aussi longtemps dans l'espace. Les cosmonautes russes étaient simplement meilleurs que les Américains pour venir à bout des problèmes quotidiens. Si quelque chose d'inattendu battait de l'aile dans leur vaisseau spatial, ils le réparaient.

Le Loup ne faisait pas autre chose.

Par cet après-midi ensoleillé, au volant d'une Cadillac noire, il roulait vers la partie nord de Miami. Il lui fallait rencontrer un dénommé Yeggy Titov à propos de procédés de sécurisation. Yeggy aimait à se considérer comme un concepteur de sites web de classe internationale et un ingénieur de pointe. Il avait obtenu un doctorat à Cal-Berkeley et ne laissait jamais personne l'oublier. Mais Yeggy n'était qu'un sale pervers, un mégalomane avec une sale mentalité.

Le Loup cogna au battant métallique de la porte de l'appartement de Yeggy dans une tour dominant la

Baie de Biscayne. Coiffé d'une calotte, il avait enfilé un coupe-vent des Miami Heat, au cas où on l'apercevrait pendant sa visite.

— Ça va, ça va, j'ai pas fini de pisser ! beugla Yeggy de l'intérieur.

Il lui fallut encore deux, trois minutes avant d'ouvrir. Sur un short en jean, il portait un sweatshirt en lambeaux d'un noir délavé avec le visage souriant d'Einstein, imprimé dessus. Un vrai môme, ce Yeggy.

— Je t'avais dit de pas m'obliger à me déplacer, lui fit d'entrée le Loup, affichant néanmoins un grand sourire, comme s'il blaguait.

Yeggy lui sourit en retour. Ils faisaient affaires ensemble depuis un an environ... ce qui était fort long pour quiconque devait se farcir Yeggy.

— Tu tombes à pic, lui dit-il.

— Coup de bol, reprit le Loup, entrant sans se presser dans le salon, et qui eut aussitôt envie de se pincer le nez. L'appartement était un dépotoir inimaginable... jonché d'emballages de fast-food, de cartons de pizza, de berlingots de lait vides et de dizaines, si ce n'est d'une centaine, de vieux numéros de *Novoye Russkoye Slovo*, principal quotidien de langue russe aux États-Unis.

Si l'odeur de saleté et de bouffe pourrissante était déjà désagréable, la pire, c'était celle de Yeggy lui-même, qui empestait toujours la vieille saucisse. L'homme de science le conduisit dans une chambre à coucher, jouxtant le salon... sauf que ça n'avait rien d'une chambre. C'était le labo d'un individu suprêmement désordonné : sur la moquette marronnasse, étaient posés trois cartons d'UC beiges et, dans un coin, des composants (ventirads, circuits imprimés et autres disques durs) étaient jetés au rancart.

— Tu es un vrai porc, fit le Loup, riant de plus belle.

— Mais un porc très intelligent.

Au centre de la pièce, trônait un bureau modulaire. Trois moniteurs à écran plat étaient disposés en demi-cercle autour d'un fauteuil pliant qui avait vécu. Derrière les moniteurs, un embrouillamini de câbles constituait un risque d'incendie manifeste. Le store de l'unique fenêtre était tiré en permanence.

— Ton site est ultrasécurisé désormais, lui dit Yeggy. Top. À cent pour cent, impossible à cracker. Comme tu aimes.

— Je croyais qu'il l'était déjà, sécurisé, répliqua le Loup.

— Eh bien, maintenant, il l'est encore plus. On ne saurait être trop prudent par les temps qui courent. Laisse-moi te dire encore une chose… j'ai terminé la toute dernière brochure. C'est un classique, déjà un classique.

— Oui, et tu n'as seulement que trois semaines de retard.

Yeggy haussa ses épaules osseuses.

— Et alors… attends de voir le chef-d'œuvre. C'est du génie à l'état pur. Tu sais reconnaître le génie quand tu le vois ? Du génie, je te dis.

Le Loup examina les pages avant de répondre à l'homme de science. La brochure, imprimée en format 21 × 28 sur papier glacé, se présentait comme un dossier sous couverture transparente, relié par une tranche rouge. Yeggy l'avait tiré sur son imprimante laser couleur HP. Les couleurs étaient électriques, la couverture paraissait parfaite. Tant d'élégance était bizarre, en fait, comme si le Loup compulsait un catalogue de Tiffany's. Cela ne semblait en tout cas pas être l'ouvrage de celui qui vivait dans un tel merdier.

— Je t'avais signalé que les filles sept et dix-sept n'étaient plus avec nous. Elles sont mortes, point trait, finit par lâcher le Loup. Notre enfant prodige a la mémoire courte, on dirait.

— Broutille, simple broutille, fit Yeggy. Et puisqu'on en est là, tu me dois mille cinq cents dollars en liquide à la livraison. On peut considérer ça comme une livraison.

Le Loup glissa la main sous son coupe-vent, sortit un Sig Sauer 210. Il tira deux fois entre les yeux de Yeggy. Puis, histoire de s'amuser, il tira entre les yeux d'Einstein aussi.

— Il semblerait que vous ne soyez plus dans la course, Mr Titov. Détail, simple détail.

Le Loup s'installa devant un ordinateur portable et se chargea du catalogue de ventes lui-même. Puis il grava un CD et l'emporta avec lui, avec plusieurs numéros de *Novoye Russkoye Slovo* qu'il avait manqués. Il enverrait une équipe s'occuper du cadavre et brûler tout ce foutoir plus tard. Broutille, simple broutille.

26

Je séchai un cours de « Techniques d'Arrestation » ce matin-là. J'imaginai que je connaissais mieux le sujet que le prof. À la place, j'appelai Monnie Donnelley pour lui réclamer tout ce qu'elle avait sur la traite des blanches, en particulier les récentes activités de ce type de criminalité aux États-Unis ; bref, tout ce qui pouvait se rapporter de près ou de loin à l'affaire de la Femme blanche.

Contrairement à la plupart des analystes criminels du Bureau, logés quinze kilomètres plus loin dans le complexe du CIRG[1], Monnie avait un bureau à Quantico. Moins d'une heure plus tard, elle s'encadrait dans la porte de mon box spartiate. Elle me tendit deux disquettes, l'air fière d'elle-même.

— Voilà de quoi vous occuper un petit moment. J'ai ciblé uniquement les femmes blanches… séduisantes. Et les enlèvements récents. Il y a aussi beaucoup de matos sur la scène de crime à Atlanta. J'ai élargi la recherche pour obtenir des données sur le centre commercial, son propriétaire, ses employés, le voisinage de la victime à Buckhead. J'ai des copies des rapports d'enquête de la police et du Bureau pour vous.

---

1. Critical Incident Response Group (*N.d.T*).

Toutes choses que vous m'aviez demandées. Vous planchez dessus, c'est ça ?

— Je suis novice en ces matières. Je me prépare du mieux que je peux. Est-ce si peu courant, ici, à Quantico ?

— En fait, ça l'est pour les agents en provenance des services de police ou des forces armées. Ils semblent aimer bosser sur le terrain.

— Moi aussi, j'aime ça, bosser sur le terrain, ai-je avoué à Monnie. Mais pas avant de l'avoir un peu circonscrit. Merci pour ça, pour tout ça.

— Vous savez ce qu'on raconte sur vous, Dr Cross ?

— Non. Quoi donc ?

— Que vous flirtez avec la voyance. Que vous êtes très imaginatif. Doué peut-être même. Que vous arrivez à penser comme l'assassin. C'est pour ça qu'on vous a mis d'emblée sur l'affaire de la Femme blanche.

Elle demeura sur le seuil.

— Écoutez. Permettez-moi un conseil que vous n'avez pas sollicité. Vous devriez éviter de mettre Gordon Nooney en pétard. Il prend très au sérieux ses petits jeux d'orientation. Il a aussi mauvais fond. Et le bras long.

— Je m'en souviendrai, fis-je en approuvant. Alors, il y en a aussi certains qui ont un bon fond ?

— Tout à fait. Vous découvririez que la plupart des agents sont vraiment sérieux. Des gens bien, les meilleurs. Sur ce, bonne chasse, me dit Monnie.

Qui m'abandonna à mes lectures, abondantes. Beaucoup trop.

Je démarrai avec deux enlèvements ayant eu lieu au Texas que je pensai pouvoir être reliés à celui d'Atlanta. La simple lecture des faits suffit à me refaire bouillir le sang. Marianne Norman, vingt ans, avait disparu à Houston, le 6 août 2001. Elle séjournait avec son étudiant chéri dans l'immeuble de ses grands-parents. Marianne et Dennis Turcos, qui allaient l'automne suivant entamer leur dernière année à la Texas Christian University, avaient prévu de se marier au printemps 2002. De l'avis général, c'étaient les gamins les plus sympa du monde. On n'avait plus revu Marianne ni entendu parler d'elle, après cette soirée du mois d'août. Le 30 décembre de la même année, Dennis Turcos avait braqué un revolver sur sa tempe et s'était suicidé. Il déclara ne pas pouvoir vivre sans Marianne, que sa vie s'était terminée quand elle avait disparu.

La seconde affaire concernait une fugueuse, une mineure de quinze ans, originaire de Childress, Texas. On avait kidnappé Adrianne Tuletti dans un appartement de San Antonio où habitaient trois filles passant pour se livrer à la prostitution. Les voisins déclarèrent avoir vu deux personnes au comportement suspect, un homme et une femme, pénétrer dans l'immeuble le jour de la disparition d'Adrianne. L'un d'eux avait cru qu'il s'agissait peut-être des parents de l'adolescente venus ramener leur fille à la maison, mais on ne l'avait jamais revue ni on n'en avait plus jamais entendu parler.

J'observai un long moment sa photo… c'était une jolie blonde que l'on aurait pu confondre avec l'une des filles d'Elizabeth Connolly. Ses parents étaient instituteurs à Childress.

Cet après-midi-là, je reçus d'autres mauvaises nouvelles. De la pire espèce. Une styliste du nom d'Audrey Meek avait été enlevée dans le King of Prussia Mall en Pennsylvanie. Ses deux jeunes enfants avaient été témoins du kidnapping. Ce détail ne manqua pas de me stupéfier. Les enfants avaient raconté à la police que les kidnappeurs étaient un homme et une femme.

Je me suis apprêté à partir en Pennsylvanie. J'ai téléphoné à Nana et, une fois n'est pas coutume, elle me prodigua des encouragements. Puis je reçus un message émanant du bureau de Nooney. Je n'irai pas en Pennsylvanie. On m'attendait en cours.

Cette décision avait été prise au sommet de façon évidente et je ne compris pas de quoi il retournait. Peut-être n'étais-je pas censé comprendre.

Peut-être que tout cela n'était qu'un test ?

27

Vous savez ce qu'on raconte sur vous, Dr Cross ? Que vous flirtez avec la voyance. Que vous êtes très imaginatif. Doué peut-être même. Que vous arrivez à penser comme l'assassin. C'était mot pour mot ce que m'avait dit Monnie Donnelley, le matin même. Si c'était vrai, pourquoi m'avait-on écarté de l'affaire ?

J'allai en cours l'après-midi, mais j'étais distrait, furieux peut-être. J'eus une légère poussée d'angoisse : qu'est-ce que je fabriquais au FBI ? Qu'allais-je devenir ? Je n'avais aucune envie de lutter contre le système à Quantico mais l'on m'avait mis dans une position intenable.

Le lendemain matin, je devais être à nouveau prêt à suivre les cours de « Droit », « Crime en Col Blanc », « Violations des Droits Civils » et de « Pratique des Armes à Feu ».

J'étais certain de trouver intéressant celui des « Violations des Droits Civils », mais deux disparues du nom d'Elizabeth Connolly et d'Audrey Meek se trouvaient quelque part dans la nature. Peut-être l'une d'elles (ou bien les deux) était encore en vie. Peut-être pouvais-je aider à les retrouver… si j'étais si diablement doué.

Attablé à la cuisine, je terminais de petit-déjeuner en compagnie de Nana et de Rosie la chatte, quand j'entendis le *plop* du journal du matin sur la véranda de l'entrée.

— Reste assis et mange. Je vais le chercher, dis-je à Nana en repoussant ma chaise loin de la table.

— Je n'élèverai pas d'objection, répondit Nana en sirotant son thé avec un aplomb de grande dame. Il faut que je me ménage, tu le sais.

— Oui.

Nana briquait encore le moindre centimètre carré de la maison, dehors comme dedans, et préparait la majorité des repas. Quinze jours plus tôt, je l'avais surprise perchée sur une échelle coulissante à nettoyer les gouttières du toit. « *C'est pas un problème*, m'avait-elle beuglé de là-haut. Mon équilibre est excellent et je suis aussi légère qu'un parachute. » « Tu peux répéter ? » lui avais-je dit.

En fait, le *Washington Post* n'avait pas atteint la véranda. Il gisait, ouvert, à mi-perron. Inutile même de me baisser pour lire la première page.

— Ah merde, fis-je. Nom de Dieu.

Ça sentait pas bon du tout. C'était épouvantable, en fait. J'avais du mal à en croire mes yeux.

Le gros titre donnait dans le sensationnel : LIENS ÉVENTUELS DANS L'ENLÈVEMENT DE DEUX FEMMES. Le pire de tout, c'était que le contenu de l'article comportait des détails très précis, connus de très peu de personnes au FBI. Et, malheureusement, j'étais du nombre.

L'article soulevait le point crucial du couple, formé d'un homme et d'une femme, qu'on avait repéré lors du kidnapping le plus récent, en Pennsylvanie. Je me sentis pris de nausée. La déposition des enfants d'Audrey Meek était une information que l'on ne désirait pas voir divulguée par la presse.

Quelqu'un avait organisé la fuite au *Post* ;

quelqu'un avait mis les points sur les i aux journalistes. Personne au *Washington Post*, Bob Woodward mis à part et encore, n'aurait pu le faire tout seul. Personne n'était aussi malin.

Qui avait livré l'info au *Post* ?

Et dans quel but ?

Ça n'avait pas de sens. Quelqu'un tentait-il de saboter l'enquête ? Mais qui qui donc ?

Je n'accompagnai pas Jannie et Damon à l'école, le lundi matin. Je restai sur la véranda avec la chatte, à jouer du piano... Mozart, Brahms. Je me sentais coupable de ne pas m'être levé plus tôt et d'être allé donner un coup de main à la distribution de soupe de St. Anthony. D'habitude, je m'y collai deux matinées par semaine, et souvent le dimanche. Mon église.

Ça ne roulait pas ce matin-là. Le trajet jusqu'à Quantico me prit péniblement presque une heure et demie. Je voyais déjà le SAS Nooney planté devant le portail d'entrée, guettant mon arrivée avec impatience. Ce trajet du moins me donna le temps de réfléchir à ma situation présente. Je décidai que la meilleure façon d'agir, du moins actuellement, c'était de me rendre à mes cours. Et de faire profil bas. Si le directeur, Burns, désirait que je m'occupe de la Femme Blanche, il me le ferait savoir. Sinon, ça m'irait très bien comme ça.

Ce matin-là, le cours était consacré à ce que l'on appelait au Bureau un « exercice d'application pratique ». On devait enquêter sur un hold-up fictif à Hogans Alley, interrogatoires des témoins et des employés de banque compris. Notre formatrice était une autre SAS très compétente du nom de Marilyn May.

Au bout d'une demi-heure d'exercice environ,

l'agent May fit part à la classe d'un accident d'automobile fictif ayant eu lieu à un kilomètre et demi de la banque concernée. L'on procéda en groupe à une enquête sur ledit accident, afin de voir s'il était lié de près ou de loin avec le hold-up. Je me montrai consciencieux, mais j'avais été si souvent mêlé à ce genre d'enquête dans la vraie vie depuis une dizaine d'années qu'il m'était difficile de prendre ça trop au sérieux, en particulier quand je voyais certains de mes condisciples mener les interrogatoires en suivant le manuel. Je me dis qu'ils avaient dû regarder trop souvent les séries télé policières. L'agent May semblait elle aussi amusée par moments.

Pendant que je faisais le pied de grue sur le lieu de l'accident avec un nouveau coéquipier, ex-capitaine dans l'armée avant d'entrer au Bureau, j'entendis prononcer mon nom. En me retournant, j'aperçus l'assistant administratif de Nooney.

— L'agent spécial Nooney vous réclame dans son bureau, me dit-il.

Ah bon Dieu, quoi encore ? Ce type est marteau ! me disais-je en m'empressant de me rendre à l'administration. Je gagnai rapidement l'étage où Nooney m'attendait.

— Fermez la porte, svp, m'enjoignit-il.

Il trônait derrière un bureau en chêne, tirant une gueule d'enterrement.

Il commençait à me chauffer les oreilles.

— Je suis en plein exercice.

— Je sais ce que vous faites. C'est moi qui ai établi le programme et l'emploi du temps, me précisa-t-il avant d'ajouter : Je veux vous parler de la première page du *Washington Post* d'aujourd'hui. Vous l'avez vue ?

— Oui.

— Je me suis entretenu avec votre ancien inspecteur-chef pas plus tard que ce matin. Il m'a confié que vous aviez eu recours au *Post* par le passé. Que vous aviez des amis dans ce journal.

Je fis d'énormes efforts pour ne pas lever les yeux au ciel.

— Un très bon ami à moi travaillait au *Post*. On l'a assassiné. Je n'ai plus d'amis au journal depuis. Pourquoi laisserais-je filtrer des infos concernant les enlèvements ? Qu'est-ce que j'y gagnerais ?

Nooney pointa avec raideur un doigt dans ma direction. Et haussa le ton.

— Je connais vos méthodes de travail. Et je sais ce que vous visez... vous n'avez pas envie de faire partie d'une équipe. Ni d'être contrôlé ou influencé en rien. Eh bien, ça ne se passera pas comme ça. On ne croit ici ni aux *golden boys* ni aux cas de figure. On ne croit pas que vous soyez plus imaginatif ou créatif que n'importe qui d'autre de votre classe. Alors retournez à vos exercices, Dr Cross. Et mettez-vous au diapason.

Sans un mot de plus, je quittai son bureau, fumasse. Je revins sur le lieu du faux accident que l'agent Marilyn May relia bientôt sans difficulté au faux hold-up que l'on avait simulé à Hogans Alley. Tu parles d'un programme qu'avait conçu Nooney. J'aurais pu en concevoir un meilleur dans mon sommeil. Et puis, ouais, maintenant, j'étais fou furieux. Je ne savais simplement pas contre qui j'étais censé l'être. J'ignorais comment jouer à ce petit jeu-là.

Mais je voulais gagner.

Une autre emplette avait été effectuée... et une grosse.

Le samedi soir, le Couple avait pénétré dans le Halyard, un bar sur l'eau à Newport, Rhode Island. Le Halyard différait de la plupart des boîtes gay du soi-disant quartier rose de Newport. Si l'on y entrevoyait à l'occasion une botte genre SM ou un bracelet de force hérissé de piques, la plupart de ceux qui fréquentaient l'endroit avaient le look cheveux ébouriffés et tenue de plaisancier, sans oublier les lunettes de soleil Croakie, un grand classique de la mode.

Le D.J. venait de sélectionner un air des Strokes et plusieurs couples dansaient pour passer la nuit. Le Couple se fondit parmi eux, autrement dit, sans faire de vagues. Slava, T-shirt bleu layette et Dockers, avait enduit de gel ses cheveux noirs assez longs. Zoya, coiffée à la canaille d'un bob de marin, s'était donné l'apparence d'un joli jeune homme. Elle avait réussi au-delà de ses espérances, car elle s'était déjà fait draguer.

Slava et elle recherchaient un certain type physique et avaient repéré peu après leur arrivée une cible prometteuse. Son nom, comme ils l'apprendraient plus tard, était Benjamin Coffey, étudiant en dernière année à Providence College. Benjamin avait pris conscience qu'il était gay alors qu'il était enfant de chœur à St. Thomas, à Barrington, Rhode Island. Aucun prêtre ne l'avait tripoté ni n'avait abusé de lui là-bas, ne lui avait pas même fait des avances. Mais il avait découvert qu'un autre servant d'autel avait les mêmes penchants que lui et ils devinrent amants à l'âge de quatorze ans. Ils avaient continué à se fréquenter pendant les années de lycée, puis Benjamin avait déménagé.

Il continuait à garder le secret sur sa vie sexuelle à Providence College, tout en pouvant être lui-même dans le Quartier Rose. Le Couple épia ce très beau garçon pendant qu'il baratinait un barman dans la trentaine dont les muscles fermes étaient mis en valeur par la rampe lumineuse au-dessus de sa tête.

— Ce garçon pourrait faire la couverture de *GQ*, dit Slava. C'est lui qu'il nous faut.

Un cinquantenaire costaud s'approcha du bar. Sur ses talons, venaient quatre hommes plus jeunes et une femme. Tous les membres de la bande portaient pantalon de coutil blanc et chemise Lacoste bleue. Le barman se détourna de Benjamin pour serrer la main de l'homme d'un certain âge, qui lui présenta alors ses compagnons :

— David Skalah, matelot. Henry Galperin, matelot. Bill Lattanzi, matelot. Sam Hughes, cuistot. Nora Hammerman, femme d'équipage.

— Et lui, c'est Ben, fit le barman.

— Benjamin, corrigea le garçon avec un sourire lumineux.

Zoya échangea un coup d'œil furtif avec Slava et tous deux ne purent s'empêcher de sourire devant sa protestation.

— Ce garçon est juste ce qu'il nous faut, dit-elle.

Une version améliorée de Brad Pitt.

Il collait parfaitement au type physique spécifié par

le client : mince, blond, gamin, probablement encore un ado, lèvres rouges pulpeuses, l'air intelligent. L'intelligence était un must. Et l'acquéreur ne voulait pas entendre parler de « tapins », ces jeunes garçons qui se vendent dans la rue.

Dix minutes environ s'écoulèrent, puis le Couple suivit Benjamin aux toilettes, d'une propreté éblouissante, blanc sur blanc. Des dessins de nœuds marins ornaient les murs. Sur une table, eaux de toilette, bains de bouche et boîte en teck pleine de poppers au nitrite d'amyle étaient disposés avec soin.

Benjamin pénétra dans l'une des cabines et le Couple s'y engouffra derrière lui. Tout de la boîte à sardines.

Le garçon se retourna en se sentant poussé rudement.

— Pas libre, fit-il. J'étais le premier. Bon Dieu, vous êtes stones, tous les deux ? Lâchez-moi.

— La grappe ou les baskets ? fit Slava, riant de sa propre astuce.

Ils le forcèrent à se mettre à genoux.

— Eh là, oh, s'écria-t-il, alarmé. À l'aide ! Au secours ! Il y a quelqu'un ?

On lui appliqua avec force un tampon de gaze sur le nez et la bouche et il perdit connaissance. Alors le Couple souleva Benjamin et, le soutenant de chaque côté, le transporta hors des toilettes comme deux potes en aident un troisième qui vient de tomber dans les pommes.

Ils le firent sortir par une porte de service sur un parking bondé de décapotables et de 4 × 4. Si le Couple se fichait pas mal d'être vu, il prit garde à ne pas meurtrir le garçon. Ni bleus ni ecchymoses. Il valait beaucoup d'argent. Quelqu'un avait une envie folle de lui.

Et une nouvelle emplette, une.

30

Le nom de l'acquéreur était Mr Potter.

C'était le nom de code qu'il utilisait quand il effectuait un achat auprès de Sterling, quand lui et son vendeur devaient communiquer pour une raison ou une autre. Potter était très satisfait de Benjamin et l'avait dit au Couple quand ils lui avaient déposé le colis à sa ferme de Webster, New Hampshire, dont la population s'élevait à un peu plus de mille quatre cents âmes... un patelin où personne ne vous dérangeait. Jamais. La ferme qu'il y possédait était en partie restaurée. Un étage, antiques bardeaux en bois blanc et toit flambant neuf. À une centaine de mètres derrière elle, se dressait une grange rouge, la « maison d'amis ». C'était là que Benjamin serait enfermé, comme les autres avant lui.

Ferme et grange étaient entourées par plus de trente hectares de forêt et de terres agricoles qui avaient appartenu à la famille de Potter avant de devenir sa propriété. Il n'habitait pas la ferme, mais à Hanover, quatre-vingts kilomètres plus loin, où il trimait comme assistant d'anglais à Dartmouth College.

Mon Dieu, il ne pouvait détacher ses yeux de Benjamin. Bien entendu, le garçon ne pouvait pas le voir. Ni lui parler. Pas encore. Les yeux bandés, il était bâillonné et avait mains et jambes menottées.

À part ça, Benjamin ne portait rien d'autre qu'un mini string argent, qui paraissait précieux sur sa personne. La vue du très beau jeune homme coupa le souffle de Mr Potter pour la énième fois depuis qu'il était entré en sa possession. Ce qui le rendait fou dans son poste d'enseignant à Dartmouth, depuis ces cinq dernières années, c'était que l'on pouvait regarder, mais pas toucher, les garçons fréquentant l'université. C'était une frustration incroyable d'être aussi proche de l'objet des désirs de son cœur, mais à présent… ça semblait presque en avoir valu la peine. Benjamin était sa récompense. De sa patience. De sa gentillesse.

Il se rapprocha du garçon, progressivement. Et glissa sa main pour finir dans le flots épais de ses cheveux blonds. Benjamin sursauta. Il frissonna en fait, tremblant sans pouvoir se contrôler. C'était agréable.

— C'est bien… d'avoir peur, lui murmura Potter. La crainte dissimule un étrange plaisir. Fais-moi confiance, Benjamin. je suis passé par là. Je sais exactement ce que tu ressens en ce ce moment.

Potter arrivait à peine à le supporter ! C'était bien trop grand, un rêve devenu réalité. On lui avait refusé ses plaisirs défendus… et voilà maintenant qu'il avait devant lui ce jeune homme d'une perfection absolue, d'une beauté renversante.

Que se passait-il ? Benjamin essayait de lui parler malgré son bâillon. Potter avait envie d'entendre la voix douce du garçon, de le voir remuer sa bouche pulpeuse, de plonger ses yeux dans son regard. Se penchant en avant, il embrassa le bâillon qui couvrait la bouche de son prisonnier. Il sentit nettement les lèvres de Benjamin en dessous, leur élasticité.

Puis Mr Potter ne put y tenir une seconde de plus. Les doigts tâtonnants, balbutiant des propos incohérents, le corps tremblant comme pris de paralysie agitante, il ôta le bâillon et regarda Benjamin au fond des yeux.

— Je peux t'appeler Benjy ? lui chuchota-t-il.

31

Audrey Meek, autre captive, observait son geôlier obscène, déviant et sans doute fou à lier lui préparer tranquillement son petit déjeuner. Elle était ligotée... pas très serré, sans pouvoir s'enfuir. Elle avait du mal à croire à ce qui lui arrivait, à ce qui lui était arrivé et allait continuer vraisemblablement à lui arriver. Détenue Dieu sait où dans un bungalow joliment meublé, elle n'arrêtait pas de revenir à cet incroyable instant où l'on s'était emparé d'elle dans le centre commercial du King of Prussia en l'arrachant à Sarah et à Andrew. Mon Dieu, les enfants allaient-ils bien ?

— Et mes enfants ? redemanda Audrey. Je dois savoir avec certitude s'ils vont bien. Je veux leur parler. Je ne ferai rien de ce que vous me demandez avant de leur avoir parlé. Pas même manger.

Une période de silence inconfortable s'écoula, puis le Directeur des Beaux-Arts choisit de s'exprimer.

— Vos enfants vont très bien. Je ne vous en dirai pas plus, fit-il. Vous devriez manger.

— Comment pouvez-vous savoir que mes enfants vont bien ? fit-elle en reniflant. C'est impossible.

— Audrey, vous n'êtes pas en situation d'exiger. Plus maintenant. Ce genre d'existence est derrière vous.

Il était grand, un mètre quatre-vingt-cinq peut-être,

et bien bâti, avec une barbe noire en broussaille et des yeux bleus étincelants qui paraissaient à Audrey refléter une certaine intelligence. Elle lui donnait la cinquantaine. Il lui avait dit de l'appeler le Directeur des Beaux-Arts. Aucune raison pour ce nom-là, pas encore, en tout cas, pas plus que d'autre explication pour ce qui s'était passé jusque-là.

— Moi-même, je me suis inquiété, alors j'ai appelé chez vous. Les enfants s'y trouvent avec leur nounou et votre mari. Je vous le promets. Je ne vous mens pas, Audrey. Je diffère de vous sur ce plan.

Audrey secoua la tête.

— Et je suis censée vous croire ? Vous croire sur parole ?

— Oui, je pense que ce ne serait pas une mauvaise idée. Pourquoi pas ? À qui d'autre pouvez-vous vous fier ici ? À vous, bien sûr. Et à moi. Ça s'arrête là. Vous êtes à des kilomètres et des kilomètres de toute présence humaine. On n'est que tous les deux. Je vous prie de vous y faire. Vous aimez vos œufs brouillés un peu baveux, n'est-ce pas ? Mousseux ? C'est bien l'adjectif que vous employez ?

— À quoi vous jouez ? l'apostropha Audrey en s'enhardissant, puisqu'il ne l'avait pas encore menacée en réalité. Que fait-on tous les deux ici ?

Il soupira.

— Chaque chose en son temps, Audrey. Pour l'instant, qualifions ça d'obsession malsaine. En fait, c'est bien plus compliqué, mais laissons ça de côté pour le moment.

Sa réponse la surprit… il savait donc qu'il déraillait grave ? Était-ce une bonne ou une mauvaise chose, alors, qu'il sache exactement ce qu'il faisait ?

— J'aimerais vous laisser libre de vos mouvements, le plus souvent possible. Je n'ai pas envie de vous garder ligotée, bon Dieu… S'il vous plaît, ne tentez pas de vous échapper ou ça ne sera pas faisable. D'accord ?

Par moments, il semblait tellement raisonnable. Semblait. Bon sang ! N'était-ce pas ça le plus dément ? Bien sûr. Mais des trucs déments arrivent tout le temps aux gens.

— Je veux être votre ami, lui dit-il en lui servant son petit déjeuner… œufs à la bonne cuisson, pain toast aux douze céréales, tisane, confiture de mûres. Je vous ai préparé tout ce que vous aimez. Je veux vous traiter comme vous le méritez. Vous pouvez me faire confiance, Audrey. Commencez à me faire un petit peu confiance… goûtez vos œufs. Mousseux. C'est un délice.

Je rongeais mon frein à Quantico et je n'appréciais ça que modérément. J'assistai à mes cours le lendemain, puis à une heure de mise en forme. À 17 heures, j'allai voir ce que Monnie Donnelley avait réuni jusqu'ici sur la Femme blanche. Elle occupait un box exigu au second étage du bâtiment du réfectoire. L'une des parois portait un collage de photos et de photocopies d'éléments de crime d'une violence brutale, disposées en fantaisie cubiste qui arrêtait l'œil.

Je tambourinai de mes doigts la plaque métallique portant son nom avant d'entrer.

Monnie se retourna, puis sourit en me voyant planté là. Je remarquai des clichés sur papier glacé de ses fils, un portrait rigolo de Monnie avec eux et aussi une photo de Pierce Brosnan en James Bond sexy et débonnaire.

— Tiens, voyez qui vient réclamer qu'on le tance encore un peu. Vous pouvez déduire au vu de cette piaule que le Bureau ne comprend toujours pas qu'on est entrés dans l'Ère de l'Information, ce que Bill Clinton appelait la Troisième Voie. Vous connaissez la blague... le Bureau encourage la technologie d'hier pour demain.

— Vous avez du nouveau pour moi ?

Monnie pivota vers son ordinateur, un IBM.

32

— Attendez que j'imprime quelques morceaux de choix pour votre collection en bourgeon. Je sais que vous aimez les sorties papier. Un vrai dinosaure.

— C'est ma façon de travailler, c'est tout.

J'avais posé des questions autour de moi sur Monnie et obtenu partout la même réponse : elle était intelligente, incroyablement bosseuse et tristement sous-estimée par les instances dirigeantes de Quantico. J'avais aussi découvert que Monnie était une mère célibataire, avec deux enfants, qui luttait pour joindre les deux bouts. Le seul « reproche » formulé à son endroit était qu'elle travaillait trop, emmenant du taf chez elle presque tous les soirs, week-end compris.

Monnie rassembla un épais paquet de feuilles pour moi. Je pouvais dire que c'était une obsessionnelle rien qu'à sa façon d'égaliser toutes les pages. Il fallait qu'il en aille ainsi et pas autrement.

— Quelque chose vous a sauté aux yeux ? lui demandai-je.

Elle haussa les épaules.

— Je ne fais que de la recherche, vu ? Des corroborations supplémentaires. Des femmes blanches bcbg dont on a signalé la disparition, l'année dernière ou autre. Le chiffre est dingo, bien trop élevé. Nombre d'entre elles sont blondes et séduisantes. Les blondes ne sont pas à la fête, vues sous cet angle. Pas de favoritisme régional particulier, ce que je veux examiner de plus près. Le profiling géographique ? Parfois, ça permet de localiser exactement le foyer d'activité criminelle.

— Donc, pas de différences régionales manifestes jusqu'ici. Vraiment dommage. Et rien sur le plan des victimes ? Aucun schéma apparent du tout ?

Monnie fit claquer sa langue, secoua la tête.

— Rien qui crève les yeux. On trouve des disparues

en Nouvelle-Angleterre, dans le Sud et l'Ouest. Je vais pousser mes vérifications. Ces femmes sont décrites comme très séduisantes, pour la plupart. Et l'on n'en a retrouvé aucune. Elles ont été portées disparues et le sont restées.

Elle me fixa quelques secondes. On lisait de la tristesse dans ses yeux. J'ai senti qu'elle aurait aimé se trouver ailleurs.

Je tendis la main vers les feuilles.

— On fait de notre mieux. Je l'ai promis à la famille Connolly.

Ses yeux vert clair pétillèrent d'un éclat malicieux.

— Et vous tenez vos promesses ?

— J'essaie, lui répondis-je. Merci pour les pages.

Ne bossez pas trop dur. Rentrez chez vous et occupez-vous de vos enfants.

— Vous aussi, Alex. Occupez-vous de vos enfants. Vous bossez déjà trop dur.

Nana et les enfants, sans même parler de Rosie la chatte, m'attendaient, affalés sur la véranda, quand je rentrai ce soir-là. Leur gestuelle revêche et leur grise mine n'étaient pas de bon augure. Je croyais savoir pourquoi tout le monde avait l'air si content de me voir. Tu tiens toujours tes promesses ?

— 19 h 30. De plus en plus tard, me dit Nana en hochant la tête. Tu avais parlé d'aller voir *Drumline* au cinéma. Damon était tout excité.

— La faute à ma formation, lui répondis-je.

— Je ne te le fais pas dire, lança Nana qui se rembrunit de plus belle. Attends que les choses sérieuses démarrent pour de bon. Tu rentreras de nouveau à minuit. Si tu rentres. C'est pas une vie que tu mènes. Tu n'as pas de vie amoureuse. Avec toutes ces femmes qui t'adorent, Alex... Dieu sait pourquoi... laisse-toi faire par l'une d'elles. Laisse quelqu'un t'approcher. Avant qu'il ne soit trop tard.

— Peut-être que c'est déjà trop tard.

— Ça ne me surprendrait pas du tout.

— Tu es dure, lui dis-je en m'affalant sur les marches de la véranda près des enfants. Votre Nana est une sacrée cabocharde, leur dis-je. Il fait encore jour. Quelqu'un a envie de faire quelques paniers ?

Damon tiqua en refusant du chef.

— Pas avec Jannie. Aucune chance que ça arrive.

— Pas avec Damon superstar, minauda Jannie. Même si Diana Taurasi pourrait lui botter le cul au ballon prisonnier.

— Je me levai et me dirigeai vers l'intérieur.

— Je vais chercher le ballon. Et on jouera au ballon prisonnier.

À notre retour du parc, Nana avait déjà couché Alex Junior. Elle était revenue s'asseoir sur la véranda. J'avais apporté un demi-litre de glace pralinée et un demi-litre de glace Oreos. On en mangea, puis les enfants montèrent dans leurs chambres dormir, étudier ou glander sur Internet.

— Tu deviens indécrottable, Alex, m'assena Nana en léchant un reste de crème glacée sur sa cuillère. Je n'ai rien d'autre à ajouter.

— Tu veux dire cohérent. Et dévoué. C'est de plus en plus difficile à trouver. Tu aimes bien cette glace Oreos, hein ?

Elle leva les yeux au ciel.

— Peut-être devrais-tu te mettre à la page, fiston. Le devoir ne passe plus avant tout de nos jours.

— Je suis là pour les enfants. Et même pour toi, ma vieille.

— J'ai jamais dit le contraire. Enfin, pas récemment, du moins. Comment va Jamilla ?

— On a eu beaucoup de boulot, tous les deux.

Nana opina du bonnet, sans pouvoir s'arrêter, telle l'une de ces poupées que les automobilistes plantent sur leur tableau de bord. Puis elle se remit debout et entreprit de ranger les assiettes à dessert que les enfants avaient laissé traîner sur la véranda.

— Laisse, je m'en occuperai, lui dis-je.

— Les enfants auraient dû le faire. Mais ils savent aussi ce qu'ils font.

— Ils en profitent quand je suis par là.

— Oui. Parce qu'ils savent que tu te sens coupable.

— Coupable de quoi ? demandai-je. Qu'est-ce que j'ai fait ? Y a un truc qui m'échappe ?

— Voilà la grande question à laquelle tu dois répondre, pas vrai ? Je vais me coucher. Bonne nuit, Alex. Je t'aime. Et j'aime bien aussi la glace Oreos.

Puis je l'entendis marmonner :

— Indécrottable.

— Pas vrai, lui ai-je lancé dans son dos.

— Si fait, me répondit-elle sans se retourner.

Elle s'arrangeait toujours pour avoir le dernier mot. Puis je suis monté sans me presser à mon bureau au grenier pour passer un coup de fil que je redoutais. Mais je l'avais promis.

Le téléphone sonna et j'entendis une voix d'homme répondre :

— Brendan Connolly.

— Allô, monsieur le juge, Alex Cross à l'appareil, lui dis-je.

Je l'entendis soupirer, mais il ne souffla mot. Alors je poursuivis sur ma lancée.

— Je n'ai encore aucune nouvelle particulièrement bonne concernant Mrs Connolly. Nous avons cinquante agents en action dans la région d'Atlanta, pourtant. Je vous appelle car je vous avais dit que je resterais en contact avec vous, histoire de vous garantir que nous faisons notre travail.

Comme je vous l'ai promis.

À mes yeux, quelque chose ne collait pas dans ces enlèvements. Les premiers kidnappings avaient été commis avec précaution, puis tout à coup les ravisseurs faisaient preuve de négligence. Le schéma était contradictoire. Pourquoi ? Qu'est-ce que ça signifiait ? Qu'est-ce qui avait changé ? Si j'arrivais à le trouver, ça pourrait représenter une avancée pour nous.

Le lendemain matin, je me rendis à Quantico environ cinq minutes avant que le directeur ne s'y pose dans un gros hélicoptère Bell noir. La nouvelle que Burns était dans les murs eut tôt fait de circuler. Monnie Donnelley avait peut-être raison sur un point, l'on était à l'Ère de l'Information, y compris au sein du Bureau, y compris à Quantico.

Burns avait convoqué une réunion d'urgence et l'on m'informa que je me devais d'y assister. Peut-être étais-je à nouveau sur le coup ? Le directeur salua deux, trois agents en pénétrant dans la salle de conférences du bâtiment administratif. Ses yeux n'entrèrent jamais en contact avec les miens et, une fois de plus, je me demandai ce qu'il venait faire ici. Avait-il des infos pour nous ? Quel genre de nouvelle nous valait une visite de sa part ?

Il s'installa au premier rang alors que le Dr Bill Thompson, chef de l'unité d'Analyse du comportement, gagnait le devant de la salle. Il devenait clair que Burns était là à titre d'observateur. Mais pourquoi ? Que désirait-il observer ?

Un assistant administratif du Dr Thompson lui fit passer des documents attachés par un trombone. Au même instant, la première diapo d'une présentation PowerPoint était projetée sur un écran mural.

— Un nouveau kidnapping s'est produit, annonça Thompson à notre groupe. Il a eu lieu samedi soir à Newport, Rhode Island. Mais est intervenu un grand changement. La victime est de sexe masculin. À notre connaissance, c'est la première fois qu'on enlève un homme.

Le Dr Thompson nous donna les détails, qui furent projetés aussi sur l'écran mural. L'on avait rapté Benjamin Coffey, étudiant en licence à Providence College, dans un bar, le Halyard, à Newport. Les kidnappeurs étaient deux hommes, semblait-il.

Un tandem.

Et on les avait à nouveau repérés.

— Des questions ? s'enquit Thompson, une fois qu'il nous eut exposé les grandes lignes. Des réactions ? Des commentaires ? Ne soyez pas timides. On a besoin de votre avis. On est complètement dans le brouillard.

— Le schéma est radicalement différent, dit spontanément une analyste. Kidnapping dans un bar. Victime masculine.

— Comment en avoir la certitude au point où nous en sommes ? demanda Burns de sa place. Quel est donc le schéma ici ?

Un silence répondit aux questions de Burns. À l'instar de la plupart des chefs hiérarchiques, il n'avait pas idée de son propre pouvoir. Il pivota et observa les membres du groupe tout à tour. Son regard finit par se poser sur moi.

— Alex ? Quel est le schéma ? Vous avez une idée ?

Tous les yeux se tournèrent vers moi.

— Est-on certain qu'il s'agissait de deux hommes dans ce bar ? demandai-je. C'est la première question qui me vient.

Burns m'approuva du chef.

— Non, rien n'est moins sûr, pas vrai ? L'un des deux portait un bob de marin. Ça aurait pu être la femme du King of Prussia. Êtes-vous d'accord avec l'opinion émise comme quoi cet enlèvement est sans le moindre rapport avec les autres ? Le schéma a-t-il été brisé ?

J'étudiai la question, tâchant de puiser une réaction viscérale à ce que je venais d'entendre.

— Non, dis-je au final. Un schéma comportemental ne s'impose même pas. Pas si le tandem de kidnappeurs fait ça pour de l'argent. J'ai tendance à croire que tel est probablement le cas. Je n'envisage pas ça comme des crimes passionnels. Mais ce qui me turlupine, ce sont leurs erreurs. Pourquoi les commettent-ils ? C'est la clé de tout.

35

Lizzie Connolly avait perdu toute notion du temps, sauf qu'il semblait s'écouler très lentement et qu'elle était persuadée qu'elle allait mourir bientôt. Elle ne reverrait jamais plus Gwynne, Brigid, Merry ou Brendan et cela la remplissait d'une tristesse incroyable. Elle allait vraiment mourir.

Une fois enfermée dans la petite pièce/placard, elle n'avait pas perdu de temps à se lamenter sur son sort ou, pis encore, à paniquer, à laisser la panique la dominer, quel que soit le laps de temps qui lui restait. Certaines choses étaient évidentes pour elle, la plus importante étant que cet horrible monstre ne la libérerait pas. Jamais. Aussi avait-elle passé d'innombrables heures à imaginer son évasion. Mais, réaliste, elle savait que le succès était fort peu probable. Ligotée par des lanières de cuir, elle avait eu beau essayer toutes les manœuvres, les contorsions possibles, elle n'avait pas réussi à s'en libérer. Même si elle y arrivait par miracle, elle ne pourrait jamais le terrasser. C'était sans nul doute l'individu le plus costaud qu'elle ait jamais rencontré, deux fois plus que Brendan, qui avait joué au football à l'université.

Alors que pouvait-elle faire ? Tenter peut-être quelque chose pendant une pause salle de bains ou déjeuner… mais il était si attentif et précautionneux.

À tout le moins, Lizzie Connolly voulait mourir dignement. Mais ce monstre le lui permettrait-il ? Ou bien désirait-il qu'elle souffre ? Elle pensait beaucoup à son passé et y puisait du réconfort. Les années où elle avait grandi à Potomac, Maryland, passant presque toutes ses heures de loisir dans un haras des environs. Ses années d'université à Vassar, New York. Puis au *Washington Post*. Son mariage avec Brendan, les bons et les mauvais moments. Les enfants. Le tout l'amenant à ce matin fatal à Phipps Plaza. Quel tour cruel la vie lui avait-elle joué là ?

Au cours des toutes dernières heures, enfermée dans le noir, elle avait tenté de se remémorer comment elle avait réussi à traverser d'autres expériences terrifiantes. Elle pensait avoir mis le doigt dessus : grâce à sa foi, son humour et une claire compréhension que savoir c'était pouvoir. À présent, Lizzie tâchait de se souvenir de certains exemples en particulier... de tout et n'importe quoi qui pourrait l'aider.

À huit ans, il avait fallu l'opérer d'un léger strabisme. Ses parents étaient toujours « trop occupés » si bien que ses grands-parents l'avaient emmenée à l'hôpital. En les voyant partir, elle avait pleuré. Quand une infirmière était entrée et l'avait trouvée en larmes, Lizzie avait prétendu qu'elle s'était cogné la tête. Et, d'une manière ou d'une autre, elle avait surmonté ce moment d'effroyable solitude. Lizzie y avait survécu.

Puis, à treize ans, elle connut un nouvel épisode terrifiant. En revenant d'un week-end en Virginie avec la famille d'une amie, elle s'était endormie dans la voiture. À son réveil, groggy, perdue et couverte de sang de la tête aux pieds, elle se rappelait avoir fixé l'obscurité sinistre qui l'entourait et avoir compris peu à peu. La voiture avait eu un accident pendant son sommeil. Un autre automobiliste impliqué dans la collision gisait sur la route. Il ne bougeait pas… mais Lizzie crut l'entendre lui dire de ne pas avoir peur. Lui souffler qu'elle pouvait rester sur cette terre ou la quitter. Elle avait pris sa décision toute seule… sans personne d'autre. Elle avait choisi de vivre.

C'est moi qui choisis, se dit Lizzie dans les ténèbres du placard. C'est moi qui choisis de vivre ou de mourir, pas lui. Pas le Loup. Ni lui ni personne.

Je choisis de vivre.

Le lendemain matin, tous ceux attachés à la task force de la Femme blanche, ou quasiment, se réunirent dans la principale salle de conférences à Quantico. L'on ne nous avait pas communiqué encore grand-chose, simplement qu'il y avait des nouvelles toutes fraîches, mais bonnes ; il n'y avait déjà eu que trop de bureaucratie et de coupage de cheveux en quatre à mon goût.

L'agent Ned Mahoney, chef de l'HRT, arriva alors que la salle était déjà pleine. Il gagna les devants, se retourna face à nous. Ses yeux d'un bleu-gris intense passaient de rang en rang, mais il semblait avoir plus d'allant que d'ordinaire.

— J'ai une annonce à vous faire. De bonnes nouvelles pour changer, fit Mahoney. Une avancée significative s'est produite. Washington vient juste de nous l'apprendre.

Mahoney marqua une pause avant de poursuivre.

— Depuis lundi, des agents de notre antenne de Newark surveillent un suspect du nom de Rafe Farley. Le susdit est un délinquant sexuel récidiviste. Il a fait quatre ans de prison à Rahway pour être entré par effraction dans l'appartement d'une femme qu'il a battue et violée. À l'époque, Farley a affirmé que sa victime était une petite amie et collègue de travail. Ce

36

qui a éveillé notre attention, c'est que sur un forum de discussion d'Internet, il s'est largement répandu sur Mrs Audrey Meek. Beaucoup trop. Il connaissait plein de détails à son sujet, y compris des faits concernant sa famille dans la région de Princeton et jusqu'à la disposition intérieure des pièces de sa maison là-bas.

» Le suspect savait aussi avec précision quand et comment Mrs Meek avait été enlevée au centre commercial du King of Prussia. Il savait qu'on s'était servi de sa voiture, de quelle marque elle était et qu'on avait abandonné ses enfants sur place.

» Lors d'une visite ultérieure à ce forum de discussion, Farley a fourni des détails précis que nous n'avons même pas en notre possession. Il a déclaré qu'on l'a droguée, puis emmenée dans une région boisée du New Jersey. En revanche, il est resté dans le vague et n'a pas spécifié si Audrey Meek était morte ou *vivante*.

» Malheureusement, le suspect n'est pas allé rendre visite à Mrs Meek depuis qu'on l'a mis sous surveillance. Ça fait presque trois jours. L'on croit possible qu'il ait repéré qu'on le tient à l'œil. Notre décision, le directeur est d'accord avec nous là-dessus, est d'interpeller Farley.

» L'HRT est déjà sur place à North Vineland, New Jersey, et prête main-forte à notre antenne et à la police locales. On passera à l'action ce matin, probablement dans l'heure. Un point marqué par l'équipe des Gentils, conclut Mahoney. Félicitations à tous ceux qui y ont contribué.

Assis sur mon siège, j'applaudis avec les autres, mais avec aussi une drôle d'impression. Je n'avais contribué en rien à ce résultat ni même été tenu au courant de l'existence de Farley et de sa mise sous surveillance. J'étais hors du coup et ça faisait une bonne dizaine d'années que je n'avais rien éprouvé de pareil, pas depuis mes débuts au sein du PD de Washington D.C.

37

Une phrase du briefing ne cessait de me trotter dans la tête : le directeur est d'accord avec nous là-dessus… je me demandai depuis quand Burns était au courant de l'existence de ce suspect dans le New Jersey et pourquoi il avait décidé de ne pas m'en souffler mot. Je fâchai de n'être ni déçu ni parano, mais néanmoins… je ne me sentais pas trop dans mon assiette alors que la réunion se terminait sous les hourras du groupe des agents.

L'ennui, c'était que, pour moi, quelque chose clochait et que je ne savais absolument pas quoi. Il y avait dans ce projet d'opération coup de poing quelque chose qui ne me plaisait pas.

Je quittais la pièce avec les autres quand Mahoney se pointa tranquillement à ma hauteur.

— Le directeur a demandé que vous vous rendiez dans le New Jersey, me dit-il avant de me décocher un large sourire. Suivez-moi jusqu'à l'hélisurface. Je vous veux là-bas moi aussi, ajouta-t-il. Si l'on ne fait pas craquer Farley sur-le-champ, je ne crois pas que l'on récupérera Mrs Meek saine et sauve.

Moins d'une heure plus tard, un hélicoptère Bell atterrissait à Big Sky Aviation à Millville, New Jersey. Deux 4 × 4 noirs nous attendaient, Mahoney et moi, et nous conduisirent en vitesse à North Vineland, à dix minutes de là, au nord.

On se gara dans le parking d'un International House Of Pancakes. La maison de Farley se trouvait deux kilomètres plus loin.

— On est prêts à lui tomber dessus, indiqua Mahoney à son groupe. J'ai plutôt une bonne intuition concernant celui-là.

Je suivis Mahoney jusqu'à l'un des 4 × 4. L'on ne ferait pas partie des six de l'équipe de l'HRT qui pénétreraient dans la maison en premier, mais l'on aurait un accès immédiat à Rafe Farley. Avec un peu de chance, l'on retrouverait Audrey Meek vivante dans la maison.

En dépit de mes doutes, je commençai à me sentir gonflé à bloc à la perspective de l'arrestation. L'enthousiasme de Mahoney était contagieux et toute forme d'action valait cent fois mieux que rester les bras ballants. Du moins, l'on faisait quelque chose. Et peut-être que l'on récupérerait Audrey Meek par la même occasion.

À cet instant-là, l'on passa devant un bungalow mal entretenu. J'aperçus des planches cassées sur la véranda, une voiture rouillée et un camping gaz dans la petite cour en façade.

— Nous y voici, dit Mahoney. *Home sweet home.* Arrêtons-nous là-bas.

L'on se gara cent mètres plus loin sur la route, près d'un bouquet de pins et de chênes rouges. Je savais que deux agents en tenue de camouflage étaient déjà en planque, non loin du bungalow. Uniquement chargés de la surveillance, ils ne participeraient pas à la descente proprement dite. Des caméras en circuit fermé étaient braquées sur le bungalow et la voiture du suspect, une Dodge Polaris rouge.

— D'après nous, il dort à l'intérieur, m'apprit

Mahoney pendant que l'on traversait le bois au petit trot jusqu'à ce que l'on arrive en vue de la maison délabrée.

— C'est bientôt midi, dis-je.

— Farley est de garde, la nuit. Il est rentré à 6 heures ce matin. Sa petite amie est là-dedans aussi.

Je ne réagis pas.

— Quoi ? À quoi pensez-vous ? me demanda Mahoney tandis que l'on observait la maison depuis un épais bouquet d'arbres à moins de cinquante mètres.

— Vous venez bien de me dire que sa petite amie est dans la maison ? Ça ne colle pas trop, non ?

— J'en sais rien, Alex. Selon ceux qui ont planqué, la petite amie en question a passé toute la nuit sur place. D'après moi, il pourrait s'agir du couple. On est à pied d'œuvre. Mon boulot, c'est d'interpeller Rafe Farley. Allons-y. Ici, HRT Un. Je prends le contrôle. Prêts ! Cinq, quatre, trois, deux, un. Go. Go !

Mahoney et moi, l'on a regardé l'équipe de l'HRT s'avancer rapidement vers le bungalow ne payant pas de mine. Les six agents qui la composaient étaient équipés de combinaisons de vol complètement noires et d'armures corporelles. La cour latérale était encombrée de deux autres véhicules bons pour la casse, une petite voiture et un camion Dodge, plus d'un lot de pièces détachées d'appareils électro-ménagers : réfrigérateurs et autres climatiseurs. L'on distinguait aussi dans les parages un urinoir dressé qui avait tout l'air de provenir d'une auberge quelconque.

Les fenêtres étaient sombres, même si c'était midi. Audrey Meek était-elle là-dedans ? Et vivante ? J'espérais bien que oui. Ce serait un énorme coup de chance si on la récupérait. En particulier, quand tout le monde la croyait morte, selon toute probabilité.

Mais quelque chose dans ce raid me turlupinait.

Même si ça comptait pour du beurre désormais.

Le protocole « on frappe et on s'annonce » était exclu lors d'une intervention de l'HRT. Pas de parlote, pas de négociations, pas de politiquement correct qui tienne. J'observai deux des agents forcer l'entrée, prêts à pénétrer dans la maison du suspect.

Soudain retentit un *boum* étouffé. Les agents s'occupant de la porte tombèrent. L'un d'eux ne se releva pas.

38

L'autre se remit debout et s'éloigna de la maison en titubant. C'était affreux d'assister à ça, un choc total.

— Une bombe, fit Mahoney surpris et furieux. Il a dû piéger la porte.

Mais les quatre autres agents avaient déjà investi le bungalow, en entrant par les portes de derrière et latérale. Il n'y eut pas de nouvelle explosion, donc ces autres issues n'avaient pas été piégées. Deux agents de l'HRT s'approchèrent des deux blessés, côté façade. Ils emportèrent celui qui n'avait pas bougé depuis la déflagration.

Mahoney et moi, l'on a couru à toutes jambes vers la maison. Il n'arrêtait pas de répéter « merde » en boucle. Aucun coup de feu ne retentissait à l'intérieur.

J'eus soudain peur que Farley ne soit même pas dans les lieux. Je priai qu'Audrey Meek ne soit pas déjà morte. L'erreur me paraissait tellement manifeste. Pour ma part, je n'aurais jamais mené cette opération de la sorte. Le FBI ! J'avais toujours détesté leur engeance, m'étais toujours méfié de ces salauds-là et voilà que j'étais devenu l'un d'entre eux.

Puis j'entendis « Situation Sécurisée ! Situation Sécurisée ! » suivi de « On tient un suspect ! On le tient ! C'est Farley. Il y a aussi une femme avec lui ! ».

Qui était donc cette femme ? Mahoney et moi, l'on a fait irruption par la porte latérale. Une épaisse fumée régnait partout. Le bungalow empestait l'explosif, probablement aussi la marijuana et la cuisine grasse. L'on progressa vers l'arrière jusqu'à une chambre, près d'un petit salon.

Un homme et une femme nus étaient étalés, bras et jambes écartés, sur le plancher de la chambre. La femme en question n'était pas Audrey Meek. Elle était forte, avec vingt à vingt-cinq kilos de surcharge pondérale. À vue d'œil, Rafe Farley devait frôler les cent cin-

quante kilos ; outre sa tignasse, il avait des touffes
répugnantes de poil roux sur tout le corps.

Une vieille affiche du film *Luke la main froide* était
collée au-dessus du lit à deux places, dépourvu de
draps et de couvertures. Rien d'autre ne m'attira l'œil.
Farley hurlait après nous, le visage cramoisi.

— Je connais mes droits ! Je connais la loi, nom de
Dieu ! Z'êtes pas dans la merde, salopards !

J'eus le sentiment qu'il pourrait bien avoir raison et
que, si c'était ce « singe hurleur » qui avait enlevé
Mrs Meek, elle était déjà morte.

— C'est toi qu'es dans la merde, gros lard ! aboya
un agent de l'HRT à la gueule du suspect. Et toi aussi,
la copine !

Pouvait-il s'agir là du couple qui avait kidnappé
Audrey Meek et Elizabeth Connolly ?

J'avais du mal à le croire.

Mais alors, bon Dieu, qui étaient-ils ?

39

Ned Mahoney et moi, l'on était coincés dans une chambre confinée, une vraie porcherie, avec Rafe Farley, notre suspect. La femme, qui assurait être sa petite amie, avait enfilé un peignoir crasseux avant d'être emmenée à la cuisine pour y être interrogée.

L'on était tous furax de ce qui s'était passé à l'extérieur. Deux agents avaient été blessés par la porte piégée. Rafe Farley était ce que l'on avait de plus proche d'une piste dans l'affaire ou d'un suspect.

Les choses dérapèrent de plus en plus dans la bizarrerie. Pour commencer, Farley nous cracha dessus à Mahoney et moi, jusqu'à ce qu'il n'ait plus de salive. C'était si étrange et si dingue qu'à un certain moment, Ned et moi, on s'est regardés avant de partir d'un éclat de rire.

— Et vous trouvez ça drôle ? fit Farley d'une voix rauque, réfugié au bord du lit comme une baleine échouée.

On lui avait fait renfiler blue-jean et chemise de travail, surtout parce que la vue de ses bourrelets flasques, de ses tatouages de femmes à poil et d'un dragon violet dévorant un enfant était insoutenable.

— Je te coffre pour kidnapping et pour meurtre, lui fit Mahoney, hargneux. T'as blessé deux de mes hommes. L'un d'eux risque de perdre un œil.

— Z'avez pas le droit d'entrer chez moi pendant que j'dors ! J'ai des ennemis, moi ! éructa Farley, en crachant derechef sur Mahoney. Vous défoncez ma porte pasque j'vends de la beu ? Ou parce que j'nique une nana mariée qui m'aime mieux que son jules ?

— C'est d'Audrey Meek dont vous parlez ? lui demandai-je.

Il se calma aussitôt. Il me dévisagea, sa figure et son cou virant au rouge vif. Ça voulait dire quoi, ça ? Il n'était ni un bon comédien ni une intelligence brillante.

— De quoi vous parlez, merde ? Z'avez fumé de mon shit ? finit par dire Farley. Audrey Meek ? La gonzesse qu'on a kidnappée ?

Mahoney se pencha sur lui.

— Audrey Meek. On sait que tu sais tout sur elle, Farley ? Où est-elle ?

Les petits yeux porcins de Farley parurent rétrécir encore.

— Comment je saurais où elle est, moi, merde ?

Mahoney ne le lâcha pas.

— T'es bien allé sur un forum de discussion du nom de Préférences Quatre ?

Farley fit non de la tête.

— Jamais entendu parler.

— On a un enregistrement de ta conversation, connard, lui dit Ned. Tu nous dois un max d'explications, Lucy.

Farley parut interloqué.

— Bordel, c'est qui, Lucy ? De quoi tu me parles, man ? Lucy, comme dans *I Love Lucy*, le vieux feuilleton ?

Mahoney était doué pour désarçonner Farley. Je me dis qu'on faisait bien la paire pour bosser ensemble.

— Tu l'as embarquée dans les bois, quelque part

dans le New Jersey, gueula Mahoney en tapant fort du pied.

— Tu l'as brutalisée ? Est-ce qu'elle va bien ? Où est donc Audrey Meek ? dis-je en prenant le relais.

— Conduis-nous à elle, Farley !

— Tu vas retourner en taule. Et cette fois, t'es pas près de ressortir, lui criai-je en pleine gueule.

Farley parut se réveiller finalement. Plissant les yeux, il nous fusilla du regard. Bon Dieu, qu'il puait, surtout maintenant qu'il avait peur pour sa pomme.

— Putain, attendez une minute. Je pige tout maintenant. Ce site Internet ? Je frimais, c'est tout.

— C'est-à-dire ?

Farley se tassa sur lui-même comme si on l'avait tabassé.

— Sur Préférences Quatre, y a que des flippés qui s'expriment. Tout le monde y raconte des conneries, man.

— Mais t'as rien inventé sur Audrey Meek. Tu savais des choses sur elle. Et des choses vraies, lui dis-je.

— Elle m'excite, cette salope. Elle est canon. Et merde, je collectionne les catalogues de chez Meek, je l'ai toujours fait. Tous ces top models à petit cul, z'ont tellement l'air d'avoir besoin qu'on les *unh, unh, uh* bien à fond !

— Tu connaissais certains détails du kidnapping, Farley, lui rappelai-je.

— Je lis les journaux, je regarde CNN. Qui fait pas ça ? Je vous le répète, Audrey Meek, elle me branche. J'aimerais bien l'avoir enlevée. Vous croyez que je m'taperais Cini si Audrey Meek était dans le coin ?

Je braquai un index sur Farley.

— Tu connaissais des choses qui n'étaient pas dans le journal.

Il secoua lentement sa grosse tête. Puis ajouta :

— J'ai un scanner qui capte les ondes radio de la police ou autres. Merde, j'ai pas kidnappé Audrey Meek. J'ai pas les couilles de faire ça. Je les ai pas. Je baratine, c'est tout, man.

Mahoney est intervenu.

— T'as eu les couilles pour violer Carly Hope, fit-il.

Farley parut à nouveau se ratatiner à l'intérieur.

— Nan, nan. C'est comme je l'ai dit au tribunal. Carly, c'était ma copine. Je l'ai pas violée du tout. J'ai pas les couilles pour ça. J'ai rien fait du tout à Audrey Meek. Je suis personne. Je suis un moins-que-rien.

Rafe Farley nous dévisagea un long moment. Il avait les yeux injectés de sang ; tout était lamentable chez lui. Sans le vouloir, je commençais à le croire. Je suis personne, un moins-que-rien. Un portrait ressemblant de Rafe Farley, ah pour ça, oui.

Sterling
Mr Potter
Le Directeur des Beaux-Arts
Sphinx
Marvel
Le Loup

Ces pseudos semblaient inoffensifs à première vue, mais ceux qui se cachaient derrière ne l'étaient guère. Au cours d'une séance, Potter avait surnommé le groupe Monstres et Compagnie, pour plaisanter, et c'était on ne peut plus idoine. C'étaient des monstres, tous tant qu'ils étaient. C'étaient des barjos, des déviants et même pire.

Et puis, il y avait le Loup, qui boxait dans une tout autre catégorie.

Ils se retrouvaient sur un site web, inaccessible aux intrus. Tous leurs messages étaient cryptés et exigeaient deux clés. La première brouillait l'info ; la seconde servait à la reconstituer. Plus important encore, un scan de la main était nécessaire pour accéder au site. Ils envisageaient d'utiliser un iris-scan ou même éventuellement une sonde anale.

Leur sujet de discussion du jour était le Couple et ce qu'il fallait faire d'eux.

« Ça veut dire quoi, bon sang, ce qu'il faut faire d'eux ? » demanda le Directeur des Beaux-Arts, qu'on surnommait pour plaisanter Mr Sucre d'Orge, car il lui arrivait d'être pris d'accès de sensiblerie, le seul d'entre eux à en avoir jamais fait preuve.

« Ça veut dire exactement ce que ça paraît, répondit Sterling. Il y a eu une grave entorse à notre sécurité. Il nous faut maintenant décider quoi faire à ce propos. Il y a eu du relâchement, de la stupidité et peut-être pire. On les a vus. Ça nous a tous mis en danger. »

« Quels choix avons-nous ? poursuivit le Directeur des Beaux-Arts. Je redoute presque de poser la question. »

Sterling lui répondit instantanément. « Avez-vous lu les journaux récemment ? Ou regardé la télé ? Un tandem a enlevé une femme dans un centre commercial d'Atlanta, en Géorgie. On les a repérés. Un tandem a kidnappé une femme en Pennsylvanie… et on les a vus. Quels sont nos choix ? Ne faire absolument rien… ou bien quelque chose de radical. Une bonne leçon est nécessaire, ne serait-ce que pour les autres équipes. »

« Alors que fait-on concernant ce problème ? » demanda Marvel qui était, d'habitude, d'un laconisme à donner froid dans le dos, mais pouvait se montrer déplaisant une fois lancé.

« Primo, j'ai suspendu toutes les livraisons pour le moment », dit Sterling.

« Personne ne m'a prévenu ! éclata Sphinx. J'attends une livraison. Comme vous le savez tous, je l'ai déjà réglée. Pourquoi ne m'a-t-on pas informé plus tôt ? »

Personne ne répondit à Sphinx pendant quelques secondes. Personne ne l'aimait. En outre, ils étaient tous sadiques. Ils jouissaient de torturer Sphinx ou tout autre membre du groupe qui faisait montre de faiblesse.

« J'attends ma livraison ! insista Sphinx. Je ne l'ai pas volée. Bande de salopards. Je vous emmerde tous. » Là-dessus, il se déconnecta. Ayant pris la mouche. Typique de Sphinx. Risible, vraiment, sauf que nul d'entre eux ne riait présentement.

« Le Sphinxter a quitté le navire », finit par dire Potter.

Puis le Loup prit le relais :

« Je pense qu'on a assez tenu de propos futiles pour ce soir, qu'on a assez ri et joué. Ces nouvelles me caussent du tracas. Il faut que l'on s'occupe du Couple d'une façon décisive, qui me satisfasse. Voici ce que je propose : qu'une autre équipe leur rende une petite visite. Quelqu'un y voit-il un inconvénient ? »

Personne n'en vit, ce qui était toujours le cas quand le Loup montait au créneau. Le Russe les paralysait tous.

« Ce sont pourtant de bonnes nouvelles, dit alors Potter. Toute cette attention et ce remue-ménage… c'est excitant, non ? Ça fouette le sang. C'est chouette, pas vrai ? »

« T'es dingue, Potter. Complètement fou. »

« Tu n'adores pas ça ? »

Mais ce forum de discussion bien protégé ne l'était pas suffisamment. Car, soudain, le Loup déclara :

« Plus un mot. Plus un seul ! Je crois que quelqu'un d'autre est en ligne avec nous. Attendez. On vient de se déconnecter. On a forcé l'accès de l'Antre, mais l'on en est ressorti maintenant. Qui a pu faire une chose pareille ? Qui a permis ça ? Qui que soit ce on, il est ou ils sont morts. »

Lili Olsen, quatorze ans et demi, était fort en avance pour son âge. Elle croyait sincèrement avoir tout entendu jusqu'à ce qu'elle pirate l'Antre du Loup.

Les salopards et les malades de ce forum de discussion bien protégé, mais pas suffisamment, étaient tous des hommes d'un certain âge, méprisables et vulgaires. Ils adoraient parler des parties intimes des femmes et avoir des rapports sexuels tordus avec tout ce qui bougeait... quel que soit l'âge, le sexe, humain ou animal. Ces types étaient plus que répugnants : ils lui donnaient envie de gerber. Sauf que maintenant, c'était pire que tout. Lili aurait aimé n'avoir jamais eu vent de l'Antre du Loup, n'avoir jamais cracké ce forum hyperprotégé. Il s'agissait peut-être d'assassins en puissance !

Et voilà que leur chef, le Loup, venait de découvrir que Lili était sur le site avec eux, à l'écoute de tout ce qu'ils disaient.

Si bien qu'à présent Lili était au courant des meurtres et des kidnappings, de tout ce qu'ils fantasmaient et exécutaient éventuellement. Elle ignorait seulement si tout ça était réel ou pas.

Était-ce réel ? Ou bien inventaient-ils tout ? Peut-être n'étaient-ils que de sales baratineurs, malades dans leur tête. Lili n'avait presque pas envie de connaître le fin mot de l'histoire et ne savait quoi faire de tout ce qu'elle avait déjà surpris. Elle avait piraté leur site, ce qui était illégal. Aller trouver la police reviendrait à se dénoncer elle-même. Donc, pas question de faire ça, non ? Surtout si ce qui était dit sur le site n'était que fantasmatique.

Donc, elle resta dans sa chambre à soupeser l'inconcevable. À le soupeser, encore et encore. L'estomac barbouillé, elle se sentait très mal, très triste. Et puis, elle avait aussi terriblement peur.

Ils savaient qu'elle avait piraté l'Antre du Loup. Mais savaient-ils aussi comment la retrouver ? À leur place, elle le saurait. Alors étaient-ils déjà en route pour venir chez elle ?

Lili savait qu'elle devrait aller trouver la police. Peut-être même le FBI. Mais ne pouvait s'y résoudre. Elle restait pétrifiée. Comme paralysée.

Quand l'on sonna à la porte, elle tressaillit de tous ses membres.

— Bordel de merde, Sainte-Vierge ! C'est eux !

Lili respira un bon coup, puis se précipita au rez-de-chaussée et vers la porte d'entrée. Elle regarda par l'œilleton. Elle entendait son cœur taper à grands coups.

Domino's Pizza ! Bon Dieu !

Elle avait complètement oublié. On lui livrait une pizza. Rien à voir avec des tueurs. Soudain, Lili se mit à pouffer toute seule. Elle n'était pas encore morte, en fin de compte.

Elle ouvrit la porte d'entrée.

Le Loup avait rarement été aussi furieux, quelqu'un devait payer. Le Russe nourrissait une haine de longue date contre la ville de New York et sa zone métropolitaine, arrogante et surévaluée. Il les trouvait l'une comme l'autre d'une saleté repoussante, d'une laideur inimaginable, peuplées de gens grossiers et barbares, encore pires qu'à Moscou. Mais il fallait qu'il s'y trouve aujourd'hui ; c'était là que vivait le Couple et il avait une affaire à régler avec eux. Le Loup avait aussi envie de jouer aux échecs, l'une de ses passions.

Long Island était l'adresse générale de Slava et Zoya, en sa possession.

Huntington était leur adresse particulière.

Il arriva en ville peu après 15 heures. Il se souvenait de la fois précédente où il était venu ici... deux ans après son arrivée de Russie à New York. Des cousins à lui, propriétaires d'une maison, l'avaient aidé à s'installer en Amérique. Il avait commis quatre meurtres « sur l'île », comme on l'appelait dans le coin. Bon, Huntington était proche de Kennedy Airport. Il quitterait New York le plus tôt possible.

Le Couple habitait l'une de ces *ranch houses,* typiques des banlieues résidentielles. Le Loup frappa à grands coups à la porte d'entrée. Un malabar à bouc, du nom de Lukanov, vint lui ouvrir. Ce dernier faisait partie d'une autre équipe, qui bossait avec succès en Californie, en Oregon et dans l'État de Washington. Lukanov était un ancien major du KGB.

Lukanov, le malabar, désigna du pouce un couloir plongé dans la pénombre derrière lui. Le Loup s'y enfonça pesamment. Son genou droit le faisait souffrir aujourd'hui, ce qui lui rappela les années 1980 et les membres du gang rival qui le lui avaient brisé. À Moscou, on considérait ça comme un avertissement. Le Loup, pour sa part, ne prisait guère les avertissements. Il avait retrouvé les trois hommes qui avaient tenté de l'estropier et leur avait brisé tous les os du corps, un par un. Si en Russie, on qualifiait cette sinistre pratique de *zamochit*, le Loup et d'autres gangsters appelaient ça aussi une « mise en bouillie »,

En pénétrant dans une petite chambre mal tenue, il aperçut immédiatement Slava et Zoya, les cousins de son ex-femme. Ces deux-là, qui faisaient la paire, avaient grandi à une cinquantaine de kilomètres de Moscou. Avant d'émigrer en Amérique, à l'été 1998, ils étaient dans l'armée. Ils travaillaient pour lui depuis moins de huit mois, aussi commençait-il à peine à les connaître.

— Vous vivez dans un vrai dépotoir, leur dit-il. Je sais que l'argent, c'est pas ce qui vous manque. Qu'est-ce que vous en faites ?

— On a de la famille là-bas, répondit Zoya. Tes parents y sont aussi.

Le Loup inclina la tête.

— Ah comme c'est touchant. J'ignorais que tu avais un grand cœur, Zoya, un vrai cœur d'or.

Il fit signe au malabar de s'en aller en lui disant :

— Ferme la porte. Je sortirai quand j'aurai fini. Ça risque de prendre du temps.

Le Couple était ligoté ensemble sur le sol. Tous

deux étaient en sous-vêtements. Slava portait un caleçon imprimé de canetons. Zoya, un soutien-gorge noir et un string assorti.

Le Loup finit par leur sourire.

— Qu'est-ce que je vais faire de vous deux, hein ?

Slava éclata d'un rire bruyant, un caquètement aigu et nerveux. Il avait cru qu'on allait les tuer, mais tout ça se limiterait à un avertissement. Il le lisait dans les yeux du Loup.

— Alors que s'est-il passé ? Vite, racontez-moi. Vous connaissiez les règles du jeu, leur dit-il.

— Peut-être que ça devenait trop facile. On voulait que ça soit plus un défi. C'est là, notre erreur, Pasha. On est devenus négligents.

— Ne me mens jamais, fit le Loup. J'ai mes sources. Elles sont partout !

Il s'assit sur le bras d'un fauteuil rembourré qui, à le voir, semblait avoir meublé cette hideuse chambre depuis un bon siècle. De la poussière se souleva de l'antique siège sous le poids du Loup.

— Tu l'aimes bien ? demanda-t-il à Zoya. Le cousin de ma femme ?

— Je l'aime tout court, rectifia-t-elle et ses yeux marron se radoucirent. Depuis toujours. Depuis qu'on a treize ans. Et je l'aimerai à jamais.

— Slava, Slava, fit le Loup, en s'avançant jusqu'au type musclé couché par terre. Il se pencha pour le serrer contre lui. Tu es parent par le sang avec mon ex-femme. Et tu m'as trahi. Tu m'as vendu à mes ennemis, pas vrai ? Bien sûr que si. Tu as touché combien ? Un bon paquet, j'espère.

Puis il tordit la tête de Slava comme s'il ouvrait un gros bocal de cornichons. La nuque de Slava se brisa avec ce bruit sec que le Loup en était venu à adorer au fil des années. Son image de marque dans la Mafia rouge.

Zoya ouvrit très grands ses yeux déjà grands mais n'émit pas un son. Le Loup comprit quels durs à cuire ils étaient vraiment, elle et Slava, et quel énorme danger ils avaient fait courir à l'organisation.

— Tu m'impressionnes, Zoya, lui dit-il. Parlons un peu.

Il plongea son regard dans les yeux stupéfiants de Zoya.

— Écoute-moi, je vais nous servir de la vraie vodka, de la vodka russe. Puis j'ai envie d'entendre tes récits de guerre, lui dit-il. J'ai envie d'entendre ce que tu as fait de ta vie, Zoya. Tu m'as rendu curieux. Par-dessus tout, j'ai envie de jouer aux échecs, Zoya. Per-sonne en Amérique ne sait y jouer. Une seule partie, puis tu iras retrouver au Paradis ton Slava bien-aimé. Mais d'abord, vodka et échecs. Et bien entendu, après, je te baiserai !

Étant donné les secrets que Zoya lui avait révélés, contrainte et forcée, le Loup devait faire une halte supplémentaire à New York. C'était malheureux, car cela signifiait qu'il ne serait pas en mesure d'attraper son vol de retour à Kennedy Airport et manquerait ce soir-là le match de hockey professionnel. Regrettable, mais il savait qu'il devait agir ainsi. La trahison de Slava et Zoya avait mis son existence en péril et aussi salement entaché son image.

Peu après 23 heures, il pénétrait dans une boîte appelée le Passage dans le quartier de Brighton Beach, à Brooklyn. Si le Passage, vu de dehors, avait tout d'un boui-boui, le décor intérieur, d'un luxe chargé et recherché, le rendait presque digne de rivaliser avec les meilleurs établissements de Moscou.

Il vit des gens qu'il connaissait d'avant : Gosha Chernov, Lev Denisov, Yura Fomin et sa maîtresse. Puis il aperçut sa chère Yulya. Son ex-femme, grande et mince, avait de gros seins qu'il lui avait achetés à Palm Beach, Floride. Sous un bon éclairage, Yulya était encore une beauté, n'ayant pas tellement changé depuis Moscou, où elle avait été danseuse dès l'âge de quinze ans.

Elle était assise au bar, près de Mikhail Biryukov, le dernier roi de Brighton Beach. Ils se trouvaient juste en

43

face d'une fresque de Saint-Pétersbourg, très cinématographique, songea le Loup, un vrai cliché hollywoodien.

Yulya, en le voyant entrer, signala son arrivée à Biryukov par une tape discrète. Le *pakhan* local se retourna et le Loup eut tôt fait de le rejoindre. Il plaqua un roi noir sur le comptoir en braillant « Échec et mat », avant d'éclater de rire et de prendre Yulya dans ses bras.

— Vous n'êtes pas contents de me voir ? leur demanda-t-il. Je devrais être blessé.

Biryukov grogna.

— Tu es l'homme mystère. Je te croyais en Californie.

— Tout faux, encore une fois, dit le Loup. Au fait, Slava et Zoya vous saluent bien. Je viens de leur rendre une petite visite à Long Island. Ils ne pouvaient pas faire un saut ici ce soir.

Yulya haussa les épaules… supercool, la petite salope.

— Ils ne représentent rien pour moi, fit-elle. Des parents éloignés.

— Ils ne représentent rien pour moi non plus, Yulya. Il n'y a plus que la police pour se soucier d'eux désormais.

Il saisit soudain Yulya aux cheveux et la souleva du tabouret de bar, d'une seule main.

— C'est toi qui leur as dit de me baiser la gueule, hein ? T'as dû raquer un max de blé pour ça ! lui hurla-t-il au visage. C'est toi. Et lui !

Avec une rapidité étourdissante, le Loup tira un pic à glace de sa manche et le planta dans l'œil gauche de Biryukov. Le gangster aveuglé mourut sur-le-champ.

— Non… je t'en supplie.

Yulya balbutia quelques mots.

— Tu peux pas faire ça. Pas même toi !

Alors le Loup s'adressa à tous ceux qui étaient présents dans la boîte de nuit.

— Vous êtes tous témoins, n'est-ce pas ? Quoi ? Personne ne vient à son aide. Vous avez peur de moi ? Eh bien, ma foi… il y a de quoi. Yulya a cherché à se venger de moi. Elle a toujours été bête comme ses pieds. Quant à Biryukov, c'était qu'un salopard débile et morfale. Et ambitieux avec ça ! Le parrain de Brighton Beach ! Non mais, rien que ça ? Il se voyait déjà à ma place.

Le Loup souleva Yulya encore plus haut dans les airs. Ses longues jambes battaient violemment dans le vide et l'une de ses mules rouges s'envola, filant sous une table voisine. Personne ne la ramassa. Pas plus que personne dans la boîte ne vint au secours de Yulya. Ni vérifier si Mikhaïl Biryukov était encore vivant. La rumeur s'était propagée dans le Passage que le fou furieux faisant des siennes au bar n'était autre que le Loup.

— Tous ici, vous êtes témoins de ce qui se passe… quand quelqu'un s'amuse à me doubler. Vous en êtes tous témoins ! Donc, on vous aura avertis. Même chose qu'en Russie. Pareil maintenant en Amérique.

Le Loup, lâchant les cheveux de Yulya, lui plaqua sa main gauche autour de la gorge. Puis, tordant fort, il lui brisa la nuque.

— Vous êtes tous témoins ! hurla-t-il en russe. J'ai tué mon ex-femme. Et cette ordure de Biryukov. Vous m'avez vu, de vos yeux, vu ! Allez tous au diable.

Là-dessus, le Loup sortit d'un pas pesant de la boîte de nuit. Personne ne leva le petit doigt pour l'en empêcher.

Et personne ne souffla mot à la police de New York
à son arrivée sur les lieux.
Même chose qu'en Russie.
Pareil maintenant en Amérique.

Benjamin Coffey était détenu dans le cellier obscur sous la grange où on l'avait amené, il y avait de ça combien, maintenant ? Trois jours, quatre peut-être. Benjamin ne s'en souvenait plus exactement, il perdait la notion du temps.

L'étudiant de Providence College avait cru d'abord devenir fou, puis avait fait une stupéfiante découverte au cours de son internement solitaire, dans le cellier. Il avait trouvé Dieu ou, peut-être bien, Dieu l'avait trouvé.

La première chose, et la plus étonnante, que ressentit Benjamin fut la présence de Dieu. Dieu l'acceptait et, peut-être, était-il temps qu'il accepte Dieu. Il apprit aussi que Dieu le comprenait. Mais pourquoi ne pouvait-il pas, lui, comprendre le b.a.ba de Dieu ? Ça n'avait aucun sens pour Benjamin qui avait fréquenté des écoles catholiques depuis sa tendre enfance jusqu'à cette dernière année à Providence, où il étudiait la philosophie et l'histoire de l'art. Benjamin était parvenu à une autre conclusion, prisonnier de sa « cellule » sous la grange, plongé dans le noir. Lui qui s'était toujours cru fondamentalement bon savait désormais que tel n'était pas le cas ; et ça n'avait rien à voir avec sa sexualité, comme l'aurait pensé son hypocrite Église. Selon sa nouvelle vision des choses, un individu mauvais était celui qui avait l'habitude de faire du mal à autrui. Benjamin s'en était rendu coupable dans sa façon de traiter ses parents, ses frères et sœurs, ses camarades de classe, ses amants et, même, ses soi-disant amis. Il était mesquin, agissait toujours en supérieur, infligeant constamment des souffrances inutiles. Du plus loin qu'il se souvenait, il s'était toujours comporté de la sorte. Il était cruel, snob, intraitable, un sadique, un sale con. Il avait toujours justifié cette attitude inqualifiable par les grandes souffrances qu'autrui lui avait causées.

Était-ce pour cette raison que les choses avaient tourné ainsi ? Peut-être. Mais ce qui étonnait le plus Benjamin, c'était de prendre conscience que, si jamais il en réchappait, il ne changerait sans doute pas. En fait, il pensait qu'il utiliserait cette expérience comme excuse pour continuer à n'être qu'un misérable salaud, le reste de son existence. Froid, froid, je suis si froid, songeait-il. Mais Dieu m'aime sans conditions. Ça ne changera jamais non plus. Puis Benjamin comprit qu'il se trouvait dans un état de confusion mentale incroyable, qu'il pleurait et que ça durait depuis long-temps, une bonne journée au moins. Il frissonnait, en se balbutiant des absurdités à lui-même, et ne savait plus quoi penser vraiment de quoi que ce fût. Plus du tout, il ne savait plus.

Sa raison allait et venait. Il avait de bons amis, des amis géniaux et il avait été un bon fils ; alors pourquoi toutes ces terribles pensées faisaient-elles la navette dans sa tête ? Parce qu'il était en Enfer ? C'était ça, l'Enfer ? Ce cellier qui sentait tellement mauvais, à vous rendre claustrophobe, niché sous une grange en ruine quelque part en Nouvelle-Angleterre, dans le New Hampshire ou le Vermont, probablement. C'était donc ça ?

Peut-être était-il censé se repentir et ne serait pas délivré tant qu'il ne l'aurait pas fait ? Ou peut-être, cela allait-il durer... pour l'éternité.

Lui revint un souvenir de l'école catholique de Great Barrington, Rhode Island. Un prêtre de la paroisse avait tenté d'expliquer à la classe de sixième de Benjamin ce que représentait une éternité en Enfer. « Imaginez un fleuve avec une montagne sur l'autre rive, leur avait dit ce prêtre. Imaginez maintenant que tous les mille ans, un minuscule moineau transporte de l'autre côté du fleuve la petite portion de montagne que son bec peut contenir. Quand ce minuscule oiseau aura transporté l'intégralité de la montagne de ce côté-ci du fleuve, eh bien, mes enfants, ce sera à peine le *début* de l'éternité. » Mais Benjamin n'avait pas vraiment cru à la fable du prêtre, hein ? Du feu et du soufre à perpétuité ? Bientôt, quelqu'un allait le retrouver. Quelqu'un qui le tirerait de là.

Malheureusement, il n'y croyait pas non plus tout à fait. Comment pourrait-on le retrouver ici ? Impossible. Mon Dieu. La police avait eu du pot de découvrir les snipers de Washington D.C., et puis Malvo et Muhammad n'étaient pas très malins. Mr Potter l'était, lui.

Il fallait qu'il s'arrête de pleurer sans tarder car Potter était déjà en colère contre lui. Il avait menacé de le tuer s'il ne cessait pas. Ah mon Dieu, voilà pourquoi il pleurait si fort maintenant... Il ne voulait pas mourir, pas à vingt et un ans, avec toute sa vie encore devant lui.

Une heure plus tard ? Deux heures ? Trois ? Il entendit un grand bruit au-dessus de sa tête et se remit à pleurer de plus belle. À présent, Benjamin ne pouvait plus s'empêcher de sangloter, tremblant de tous ses membres. Il avait de la morve au nez aussi. Il reniflait, morveux, depuis la maternelle. Arrête de renifler, Benjamin. Arrête ça ! Arrête ! Mais il lui était impossible de s'arrêter.

Puis la trappe s'ouvrit ! Quelqu'un descendait.

Arrête de pleurer ! Arrête de pleurer, arrête ! Arrête ça tout de suite ! Potter va te tuer.

Alors le truc le plus incroyable arriva, les événements prenant un tour que Benjamin n'aurait jamais espéré.

Il entendit une voix grave... pas celle de Potter.

— Benjamin Coffey ? Benjamin ? Ici, le FBI. Mr Coffey, vous êtes en bas ? Ici, le FBI.

Ses frissons empirèrent, il sanglotait si fort maintenant qu'il songea qu'il risquait de s'étouffer avec son bâillon. Ce même bâillon l'empêchait de crier à l'aide, de faire savoir d'une façon ou d'une autre au FBI qu'il était ici, en bas.

Le FBI m'a retrouvé ! C'est un miracle. Il faut que je le leur fasse savoir. Mais comment ? Ne partez pas ! Je suis ici, en bas ! Je suis là !

Une torche électrique illumina son visage.

Il distinguait quelqu'un derrière la lumière. Une silhouette. Puis un visage plein se détacha de l'ombre.

Mr Potter le regardait en fronçant le sourcil depuis la trappe. Puis il lui tira la langue.

— Je t'avais bien dit que ça te pendait au nez. N'est-ce pas que je te l'ai dit, Benjamin ? Tu t'es fait ça tout seul. Dire que tu es si beau. Mon Dieu, tu es parfait à tout autre point de vue.

Son bourreau acheva de descendre les marches. Il s'aperçut que Potter tenait en main une masse cabossée. Un outil agricole des plus pesants. La terreur balaya Benjamin de ses vagues.

— Je suis un poil plus costaud que j'en ai l'air, lui dit Potter. Et tu as été un très vilain garçon.

Mr Potter s'appelait en réalité Homer O. Taylor. Il était assistant du département d'Anglais à Dartmouth College. Brillant, c'était sûr, mais toujours assistant, un rien du tout, autrement dit. Son bureau, petit mais confortable, se trouvait dans la tourelle à l'angle nord-ouest du bâtiment des lettres. Il l'appelait sa « mansarde », l'endroit où un rien du tout travaillait dans la solitude et l'isolement.

Il s'était tenu là-haut une bonne partie de l'après-midi, la porte verrouillée, à tourner en rond. Il déplorait aussi la mort de son beau garçon, son dernier et tragique amour... le troisième !

Homer Taylor, en partie, avait hâte de revenir à la grange à la ferme de Webster pour être avec Benjamin, ne serait-ce que pour veiller son corps encore quelques heures. Son 4 × 4 Toyota était garé dehors, il pouvait être là-bas en une heure s'il le poussait à fond. Benjamin, mon cher garçon, pourquoi n'as-tu pas pu être gentil ? Pourquoi as-tu réveillé le pire en moi quand il y avait tant à aimer ?

Benjamin était d'une telle beauté que la perte qu'éprouvait maintenant Taylor était horrible. S'ajoutait aussi à son épuisement physique et émotionnel une lourde perte financière. Cinq ans plus tôt, il avait hérité d'un peu plus de deux millions de dollars. Mais ça filait trop vite entre ses doigts. Bien trop vite. Il ne pouvait pas se permettre de s'amuser à ça... mais comment réussir à s'arrêter à présent ?

Il désirait déjà entrer en possession d'un autre garçon. Il avait besoin d'être aimé. Et d'aimer quelqu'un. Un nouveau Benjamin, et pas une loque pleurnicharde comme ce pauvre type s'était révélé à l'usage.

Aussi campa-t-il dans son bureau toute la journée pour éviter son cours de travaux pratiques à 16 heures, qui lui aurait été insupportable, malgré sa brièveté. Il fit mine de corriger des dissertations trimestrielles, au cas où quelqu'un frapperait, sans jeter un coup d'œil à une seule page.

Au lieu de ça, il resta livré à sa hantise.

Il finit par contacter Sterling vers 19 heures.

— Je veux faire une nouvelle acquisition, lui dit-il.

Je m'invitai chez Sampson et Billie un soir et passai un très bon moment avec eux à parler bébés, en flanquant la frousse au grand méchant Sampson autant que je le pus. Je tâchais d'être en contact avec Jamilla au moins une fois par jour. Mais la Femme Blanche gagnait en intensité et je savais ce qui me pendait au nez. J'allais probablement être submergé par l'affaire.

Slava Vasilev et Zoya Petrov, un couple marié, avaient été découverts assassinés dans la maison qu'ils louaient à Long Island. L'on avait appris que le mari et la femme étaient arrivés aux États-Unis quatre ans plus tôt. On les soupçonnait de faire venir des femmes de Russie ou d'Europe de l'Est à des fins de prostitution ou comme mères porteuses d'enfants vendus à des couples fortunés.

Des agents de notre bureau de New York contrôlaient en totalité la scène de crime à Long Island. L'on avait montré des photos des deux victimes aux étudiants, témoins de l'enlèvement Connolly, et aux enfants d'Audrey Meek. Ils avaient identifié le couple comme étant bien celui des kidnappeurs. Je me demandai pourquoi leurs corps avaient été abandonnés sur place. À titre d'exemple ? Pour qui ?

Monnie Donnelley et moi, l'on se retrouvait régulièrement, à 7 heures, avant que je n'aille assister à mes cours d'orientation de la journée. On analysait les meurtres de Long Island. Monnie rassemblait tout ce qu'elle pouvait trouver sur le mari et la femme, ainsi que sur tout autre criminel russe opérant aux États-Unis, membre de la soi-disant Mafia rouge. Elle avait piraté la Section du Crime organisé au Hoover Building et aussi la brigade anti-Mafia rouge de l'antenne new-yorkaise du Bureau.

— J'ai apporté des bagels « nature » de D.C., lui dis-je en pénétrant dans son box, ce lundi-là, à 7 h 10. Les meilleurs de la ville. Selon la revue *Zagat*, du moins. Vous ne m'avez pas l'air très emballée.

— Vous êtes en retard, dit Monnie, sans lever les yeux de son écran. Elle avait bizarrement maîtrisé le style brut de décoffrage en faveur chez les hackers.

— Ces bagels valent le détour, lui dis-je. Faites-moi confiance.

— Je ne fais confiance à personne, me répliqua Monnie.

Elle finit par lever la tête et me sourit. Un joli sourire, qui valait la peine qu'on patiente.

— Vous savez que je blague, pas vrai ? C'est rien que mon numéro de nana-qui-en-a, Alex. Passez-moi les bagels.

J'éclatai de rire.

— Je suis habitué à l'humour flic.

— Ah, très flattée, marmonna-t-elle, pince-sans-rire à nouveau, en revenant à l'écran allumé de l'ordinateur. Il me prend pour un flic maintenant et pas simplement pour une *desk jockey*. Vous savez, on m'a fait commencer aux empreintes digitales. Tout au bas de l'échelle.

J'aimais bien Monnie, mais j'avais le sentiment qu'elle avait grand besoin d'être soutenue. Je savais qu'elle était divorcée depuis deux ans. Elle s'était spécialisée en criminologie à l'université du Maryland pour sa licence, mais y avait étudié aussi avec passion les arts visuels. Monnie prenait toujours des cours de dessin et de peinture, d'où, bien entendu, le collage sur le mur de son box.

Elle bâilla.

— Pardon. J'ai regardé *Alias* avec les garçons hier au soir. Grand-maman va avoir des problèmes pour les faire lever ce matin.

La vie de famille de Monnie était un autre de nos points communs. Elle était mère célibataire avec deux jeunes enfants et une grand-mère gâteau qui vivait moins d'un bloc plus loin. La grand-mère en question était son ex-belle-mère (ce qui en disait long sur l'histoire de son mariage). Jack Donnelley jouait au basket à l'université du Maryland, où il avait rencontré Monnie. Déjà gros buveur à la fac, ça ne fit qu'empirer une fois son diplôme obtenu. D'après Monnie, il ne s'était jamais remis d'avoir été la star du lycée, puis simplement un arrière comme un autre chez les Maryland Terrapins. Monnie, qui plafonnait à un mètre cinquante à tout casser, plaisantait en disant qu'elle n'avait jamais touché un ballon à l'université du Maryland. Elle me confia qu'on la surnommait Gogol au lycée.

— J'ai tout lu sur les femmes qu'on achète et qu'on vend de Tokyo à Riyad, me dit-elle. Ça m'a fendu le cœur et ça m'a mise en rage. Il s'agit du pire esclavagisme depuis les débuts de l'humanité, Alex. Mais qu'est-ce que vous avez dans le crâne, vous autres, les hommes ?

Je la regardai.

— Je n'achète ni ne vends de femmes, Monnie. Pas plus qu'aucun de mes amis.

— Pardon. Je me trimbale encore quelques casseroles à cause de ce salopard de Jack et d'une poignée d'autres maris de ma connaissance.

Elle fixa son écran d'ordinateur.

— Voici une citation du jour de premier choix. Vous savez ce que le Premier ministre thaï a dit des milliers de femmes qui se prostituent dans son pays ? « Ces filles sont tellement jolies. » Encore une perle du même tonneau concernant les fillettes de dix ans connaissant le même sort : « Allons, voyons, vous n'aimez pas les filles jeunes, vous aussi ? » Je jure devant Dieu qu'il l'a dit.

Je m'assis près de Monnie et fixai l'écran à mon tour.

— Donc en ce moment, quelqu'un a démarré le trafic lucratif de femmes blanches des banlieues chic. Qui ça ? Et d'où opère-t-on ? Europe ? Asie ? États-Unis ?

— Le couple assassiné peut représenter une piste pour nous. Des Russes. Qu'en dites-vous ? me demanda-t-elle.

— Il pourrait s'agir d'un gang opérant à partir de New York. De Brighton Beach. Ou peut-être leur quartier général est-il en Europe ? La mafia russe s'est installée à peu près partout à l'heure actuelle. On n'en est plus là où je veux dire : « Les Russes arrivent. » Ils sont là. Et bien là.

Monnie se mit à me recracher ses infos.

— La Fraternité de Solntsevo est actuellement le plus grand syndicat du crime au monde. Vous le saviez ça ? Et ils sont bien implantés dans notre pays aussi. Sur les deux côtes. La Mafia rouge s'est pratiquement effondrée dans son pays d'origine. Ses membres ont fait sortir en fraude près de cent milliards hors de Russie et une bonne partie de ces fonds ont été transférés ici. Vous savez, l'on a de grosses task forces qui bossent là-dessus à L.A., San Francisco, Chicago, New York, Washington D.C., Miami. Les Rouges ont acheté des banques dans les Caraïbes et à Chypre. Croyez-le ou pas, ils ont fait main basse sur la prostitution, le jeu et le blanchiment en Israël. En Israël !

Je finis par ajouter mon grain de sel.

— J'ai passé deux, trois heures cette nuit à compulser les rapports d'Anti-Slavery International. La Mafia rouge figure là aussi en bonne place.

— Je vais vous dire autre chose.

Elle me dévisagea.

— Ce gamin qu'on a chopé à Newport. Je sais bien que le schéma diffère, mais je pense que ça fait partie de l'ensemble. Quel est votre avis ?

J'acquiesçai. Moi aussi, je le croyais. Et je me disais que Monnie avait une très bonne connaissance du terrain pour quelqu'un qui quittait rarement son bureau. Jusque-là, elle était le meilleur élément que j'aie rencontré au FBI. Et dire qu'on était là dans son minuscule box à tenter de résoudre à nous deux l'affaire de la Femme blanche !

Je n'avais jamais vraiment cessé d'être un étudiant depuis l'époque de John Hopkins, et ça m'avait tout sauf desservi au sein du PD de Washington D.C., ça m'avait même doté d'une certaine aura. J'espérais qu'il en irait de même au Bureau, même si tel n'avait pas été le cas jusqu'ici. Je m'installai avec une bonne provision de café noir et m'attaquai à mes recherches sur la mafia russe. J'avais besoin de tout savoir sur le sujet et Monnie Donnelley était une complice consentante.

Je pris des notes, chemin faisant, même si j'avais l'habitude de me rappeler ce qui était suffisamment important sans avoir besoin de le mettre noir sur blanc. Selon les dossiers du FBI, la mafia russe était désormais plus ramifiée et plus puissante que la Cosa Nostra. À l'inverse des mafieux italiens, les Russes étaient organisés en réseaux informels qui, tout en coopérant, demeuraient indépendants les uns des autres. Du moins, jusqu'à présent. L'un des avantages majeurs de ce genre d'organisation informelle, c'était d'éviter de tomber sous le coup de la loi RICO et d'échapper aux poursuites fédérales. L'on ne pouvait prouver aucune conspiration. Il existait deux types de mafieux russes. Les « traîne-savates » donnaient dans l'extorsion de fonds, la prostitution, le racket, la Fraternité du

Solntsevo était emblématique de ce genre d'organisation criminelle. Les mafieux russes du second type opéraient à un niveau plus sophistiqué, donnant souvent dans la fraude boursière et le blanchiment d'argent sale. C'étaient des criminels néocapitalistes, ceux de l'Izmailovo.

Je décidai, pour l'instant, de me concentrer sur le premier groupe, les crapules de bas étage, en particulier les groupes impliqués dans la prostitution. Selon le rapport de la section du crime organisé du Bureau, le marché de la prostitution fonctionnait beaucoup « à l'image de la Ligue majeure de baseball ». Un lot de prostituées pouvait être « transféré » par son propriétaire d'une ville à une autre et à un autre propriétaire. Une note en bas de page signalait qu'une enquête effectuée auprès d'écolières de septième en Russie classait la prostitution parmi les cinq choix prestigieux de carrière s'offrant aux filles, une fois grandes. Plusieurs anecdotes historiques avaient été insérées dans le dossier pour illustrer la mentalité criminelle russe que l'on y décrivait comme impitoyable et intelligente. Selon l'une d'elles, Ivan le Terrible avait passé commande de la cathédrale Saint-Basile afin qu'elle rivalise avec, et même surpasse, les autres grandes églises d'Europe. Charmé du résultat, il en avait invité l'architecte au Kremlin. Quand l'artiste arriva, l'on brûla ses plans et on lui creva les yeux pour s'assurer qu'il ne pourrait créer de plus belle cathédrale pour qui que ce soit d'autre.

Figuraient aussi plusieurs exemples plus contemporains dans le rapport, mais c'était ainsi que procédait la Mafia rouge. Voilà à quoi l'on s'attaquait si les Russes étaient bien derrière l'affaire de la Femme Blanche.

Une chose incroyable était sur le point d'arriver.

L'après-midi était magnifique à l'est de la Pennsylvanie. Le Directeur des Beaux-Arts se surprit à se perdre dans le bleu éblouissant du ciel, le reflet des nuages blancs qui traversaient le pare-brise avait sur lui un effet hypnotisant. Suis-je en train de faire ce qu'il faut ? s'était-il demandé à plusieurs reprises pendant le trajet. Pour lui, la réponse était oui.

— Vous devez bien admettre que c'est de toute beauté, dit-il à sa passagère ligotée dans son 4 × 4 Mercedes Classe G.

— Ça l'est, fit Audrey Meek.

Elle avait cru ne jamais revoir le monde extérieur, ne plus jamais sentir l'herbe ni les fleurs, songeait-elle. Où donc ce fou furieux l'emmenait-il ainsi, mains liées ? Ils s'éloignaient de son bungalow. Pour aller où ? Qu'est-ce que ça voulait dire ?

Elle était terrifiée mais tâchait de ne pas le montrer : Bavarde avec lui, se dit-elle. Fais-le parler.

— Vous aimez ce Classe G ? lui demanda-t-elle, avant de se rendre compte aussitôt que sa question était vide de sens, tout bêtement insensée.

Son sourire tendu, mais ses yeux surtout, lui apprirent qu'il était du même avis. Pourtant, il lui répondit poliment :

48

— Oui, en fin de compte. J'ai d'abord pensé que c'était la preuve définitive que les riches sont d'une stupidité insondable. Je veux dire, autant apposer le logo Mercedes sur une brouette pour en tripler le prix. Mais j'aime bien l'originalité de ce 4 × 4, la sévérité de son design, ses gadgets comme le différentiel autoblo-quant. Bien sûr, je vais devoir m'en débarrasser main-tenant, n'est-ce pas ?

Ah mon Dieu, elle eut peur de lui demander pour-quoi, mais peut-être le savait-elle déjà. Elle avait vu le véhicule qu'il conduisait. Peut-être quelqu'un d'autre l'avait-il vu également. Mais elle avait vu aussi son visage, si bien que ce qu'il disait n'avait pas réellement de sens. Ou alors si ?

Soudain Audrey découvrit qu'elle ne pouvait plus du tout parler. Aucun mot ne voulait sortir de sa gorge, qui était desséchée. Ce type, qui s'autoproclamait sympa, qui désirait soi-disant être son ami, tout en l'ayant déjà violée une demi-douzaine de fois, allait la tuer sous peu. Et que ferait-il après ? L'enterrer dans ces bois magnifiques, alentour ? Ou balancer son corps dans un lac superbe, lesté d'un très gros poids ?

Des larmes emplirent les yeux d'Audrey. Son cer-veau bourdonna comme affecté d'un court-circuit. Elle ne voulait pas mourir. Pas maintenant, pas comme ça. Elle adorait ses enfants, George, son mari, et même sa société. Il lui avait fallu tellement de temps, tellement de sacrifices et de dur labeur pour mettre sa vie sur de bons rails. Et il fallait maintenant que ce truc lui arrive, cet extraordinaire coup du hasard, cette malchance incroyable.

Le Directeur des Beaux-Arts tourna brusquement, s'engagea sur une étroite route de terre, où il roulait à trop vive allure. Où allait-il ? Pourquoi aussi vite ? Qu'y avait-il au bout du chemin ?

Mais, apparemment, ils n'iraient pas jusqu'au bout. Il freinait déjà.

— Mon Dieu, non ! cria Audrey. Non ! Je vous en prie ! Pas ça !

Il arrêta la voiture, laissant tourner le moteur.

— S'il vous plaît, l'implora-t-elle. Oh, je vous en prie... ne faites pas ça. Pitié, pitié, pitié. Vous n'avez pas besoin de me tuer.

Le Directeur des Beaux-Arts se contenta de sourire.

— Embrassons-nous, Audrey. Puis descendez de voiture avant que je ne change d'avis. Vous êtes libre. Je ne vais pas vous faire de mal. Je vous aime trop pour ça, voyez-vous.

On avançait dans l'affaire de la Femme blanche. On avait retrouvé l'une des disparues... vivantes.

On m'expédia à Bucks County, Pennsylvanie, dans l'un des deux hélicos Bell réservés aux urgences à Quantico. Une poignée d'agents chevronnés m'avaient confié n'être jamais montés dans l'un de ces appareils. Ça ne leur seyait pas trop. Et voilà que moi, je devenais un habitué et ce, dès ma période d'orientation. Ça avait ses avantages d'être dans les petits papiers du directeur.

Le Bell noir aérodynamique se posa sur un petit terrain à Norriston, Pennsylvanie. Pendant le vol, je me surpris à songer à un cours récent. L'on avait fait brûler des rognures d'ongle afin que nul n'ignore l'odeur que dégageait un cadavre. Je la connaissais déjà et ne goûtai guère d'en refaire l'expérience. Je ne pensais pas qu'il serait question de cadavres lors de ce saut en Pennsylvanie. Malheureusement, j'avais tout faux.

Des agents de l'antenne de Philadelphie m'accueillirent à la descente d'hélicoptère pour m'escorter jusqu'à l'endroit où l'on avait emmené Audrey Meek pour l'interroger. Pour le moment, l'on n'avait rien divulgué à la presse, bien que l'on ait prévenu son mari qui était en route pour Norristown.

— Je ne vois pas très bien où l'on se trouve, dis-je

pendant qu'on roulait vers le QG de la police de l'État. Est-ce loin d'ici que Mrs Meek a été enlevée ?

— C'est huit kilomètres plus loin, me répondit l'un des agents de Philadelphie. À dix minutes en voiture.

— L'a-t-on retenue prisonnière dans cette zone ? demandai-je. On le sait déjà ? Que sait-on *exactement* ?

— Elle a dit aux policiers de l'État que son ravisseur l'a conduite ici tôt ce matin. Sans être certaine de l'itinéraire, d'après elle, ils ont roulé plus d'une heure. Il lui avait retiré sa montre-bracelet.

J'acquiesçai.

— Avait-elle les yeux bandés pendant le trajet ? Je suppose que oui.

— Non. Étrange, n'est-ce pas ? Elle a vu son geôlier plusieurs fois. Et aussi son véhicule. Il ne paraissait pas s'en soucier autrement.

Je fus franchement étonné. Ça déviait de l'ordinaire et je ne me privai pas de le dire.

— Ça dépasse l'entendement, me dit l'agent. Comme toute cette affaire jusqu'à présent, non ?

Le QG de la police d'État occupait un bâtiment de brique rouge, très en retrait de la grand-route. Aucune activité visible à l'extérieur. Ce que je considérai pour un bon signe. Du moins, j'avais pris la presse de vitesse. Personne n'avait laissé filtré l'info jusqu'à présent.

Je me hâtai de pénétrer dans le QG pour rencontrer Audrey Meek. Il me tardait de découvrir comment elle avait survécu contre toute attente, car c'était la première du lot.

Ma première impression fut qu'Audrey Meek n'était plus que l'ombre d'elle-même, n'avait plus rien à voir avec l'une de ses publicités. Pas pour l'instant, en tout cas, pas après son calvaire. Mrs Meek était plus mince, de visage en particulier. Ses yeux d'un bleu sombre semblaient enfoncés dans leurs orbites creusées. Mais ses joues avaient des couleurs.

— Alex Cross, agent du FBI. Heureux de vous voir en vie, lui dis-je d'une voix calme.

Même si je ne tenais pas à l'interroger sur-le-champ, il fallait le faire.

Audrey Meek opina et son regard se planta dans le mien. J'eus le sentiment qu'elle était consciente de la chance qu'elle avait eue.

— Vous avez assez bonne mine. Ça date d'aujourd'hui ? lui demandai-je. Quand vous étiez dans les bois ?

— Je n'en suis pas certaine, mais je ne crois pas. Il me faisait sortir tous les jours pour marcher pendant ma captivité. En dépit des circonstances, il s'est souvent montré prévenant. La plupart du temps, il préparait mes repas, me cuisinait de bons petits plats. Il m'a raconté qu'à une époque de sa vie il avait été chef à Richmond. On avait de longues conversations presque tous les jours, de très longues conversations. C'était si étrange, tout était étrange là-dedans. Une journée entière, il s'est absenté. J'étais terrifiée, redoutant qu'il ne me laisse mourir sur place. Mais je n'y croyais pas vraiment.

Je ne l'interrompis pas. Je voulais qu'Audrey Meek raconte son histoire sans la moindre pression ni orientation de ma part. Je n'en revenais toujours pas qu'on l'ait relâchée. Ça n'arrivait pas souvent dans des affaires semblables.

— George ? Mes enfants ? s'enquit-elle. Ils ne sont pas encore arrivés ? Je serai autorisée à les voir quand ils seront ici ?

— Ils sont en route, lui répondis-je. On les conduira près de vous dès qu'ils seront là. J'aimerais vous poser quelques questions tant que tout est encore frais dans votre mémoire. J'en suis vraiment navré. Mais d'autres personnes disparues sont peut-être concernées, Mrs Meek. On pense que c'est le cas.

— Oh mon Dieu, murmura-t-elle. Je vais essayer de vous aider, alors. Si je le peux, je le ferai. Posez-moi vos questions.

C'était une femme courageuse ; elle me narra son kidnapping, me donnant au passage le signalement de l'homme et de la femme qui l'avaient perpétré. Il correspondait à celui de feu Slava Vasilev et Zoya Petrov. Puis Audrey Meek me retraça le rituel de ses jours de captivité aux mains de celui qui s'intitulait lui-même le Directeur des Beaux-Arts.

— Il me disait qu'il aimait bien me servir, que cela lui plaisait infiniment. Comme s'il avait l'habitude d'être un subalterne. Mais j'ai eu aussi le sentiment qu'il voulait devenir mon ami. C'était tellement bizarre. Il m'avait vue à la télévision, avait lu des articles sur Meek, ma société. Il disait admirer mon sens de l'élégance et le fait que je ne me donnais pas de grands airs. Il m'a obligée à avoir des rapports sexuels avec lui.

Audrey Meek tenait très bien le choc. Sa force de caractère me stupéfiait et je me demandai si c'était là ce que son geôlier avait admiré en elle.

— Désirez-vous de l'eau ? Ou autre chose ? lui proposai-je.

Elle refusa d'un signe de tête.

— J'ai vu son visage, dit-elle. J'ai même essayé de le dessiner pour la police. Je crois qu'il est ressemblant. C'est tout à fait lui.

Le tout gagnait en étrangeté de minute en minute. Pourquoi le Directeur des Beaux-Arts se laissait-il voir d'elle, puis la libérait-il ? Je n'avais jamais rien connu de pareil, dans nulle autre affaire de kidnapping.

Audrey Meek soupira et poursuivit en serrant et desserrant ses mains avec nervosité.

— Il a reconnu être un névrosé obsessionnel. Être hanté par la propreté, l'art, le style, l'amour porté à un autre être. Il m'a avoué à maintes reprises qu'il m'adorait. Il se montrait souvent très critique, très dur sur son propre compte. Je vous ai parlé de la maison ? me demanda-t-elle. Je ne distingue plus trop ce que je vous ai dit... de ce que j'ai dit aux agents qui m'ont trouvée.

— Vous n'avez pas encore parlé de la maison.

— Elle était recouverte d'une matière genre cellophane résistante. Ça m'a rappelé l'art événementiel. Tel que le pratique Christo. Il y avait des dizaines de tableaux à l'intérieur. De très bons tableaux. Il devrait être possible de retrouver une maison enveloppée de cellophane.

— On la retrouvera, tombai-je d'accord. On est en train de chercher.

La porte de l'endroit où avait lieu notre entretien s'entrouvrit. Un policier d'État en chapeau de feutre jeta un œil, puis ouvrit la porte en grand ; George, le mari d'Audrey Meek, et ses deux enfants se précipitèrent dans la pièce. C'était un instant d'une rareté incroyable dans une affaire d'enlèvement, en particulier une affaire où la personne avait disparu plus d'une semaine. Les enfants Meek semblèrent effrayés tout d'abord. Leur père les poussa gentiment en avant, puis la joie les submergea. Leurs visages rayonnaient de sourires et de larmes mêlés, et cette embrassade collective parut ne devoir jamais finir.

— Maman, maman, maman ! criait d'une voix aiguë la fillette en s'agrippant à sa mère comme si elle ne voulait plus jamais la lâcher.

Les yeux mouillés, je me dirigeai vers le plan de travail. Audrey Meek avait fait deux dessins. J'examinai le visage de l'homme qui l'avait retenue captive. Il avait un air passe-partout, celui d'un quidam qu'on croise dans la rue.

Le Directeur des Beaux-Arts.

Pourquoi l'as-tu relâchée ? m'étonnai-je *in petto*.

Une autre avancée éventuelle surgit autour de minuit. La police fut informée de l'existence d'une maison sous revêtement plastique à Ottsville, Pennsylvanie. Ottsville était à une cinquantaine de kilomètres de là et l'on s'y rendit à plusieurs voitures en pleine nuit. C'était une sacrée corvée qui venait couronner une si longue et si rude journée, mais personne ne s'en plaignit trop.

À notre arrivée, la scène me remémora ma vie d'avant à D.C... quand des policiers avaient l'habitude de m'attendre. Trois berlines et deux fourgons noirs étaient garés le long de la route forestière très boisée, près de l'embranchement d'une allée en terre battue qui conduisait à la maison. Avec Ned Mahoney, tout juste débarqué de Washington, l'on a rejoint Eddie Lyle, le shérif du coin.

— Toutes les lumières sont éteintes, remarqua Mahoney pendant que l'on approchait de la baraque, à savoir un bungalow en bois rénové.

La seule voie d'accès à cette propriété isolée était l'allée de terre battue. Les équipes de l'HRT de Mahoney n'attendaient que son feu vert.

— Il est une heure passée, dis-je. Mais il se pourrait qu'il nous attende de pied ferme, malgré tout. Je crois qu'il y a quelque chose de désespéré chez ce type.

— Et pourquoi ? Il faut qu'on m'explique. Mahoney voulait savoir.

— Il l'a laissée partir. Elle a vu son visage, sa maison, sa voiture aussi. Il devait se douter qu'on le retrouverait.

— Mes hommes savent ce qu'ils font, m'interrompit le shérif, vexé, semblait-il à l'entendre, d'être tenu à l'écart.

Je me moquais pas mal de son opinion... j'avais vu un flic, débutant sans expérience, et du coin, se faire descendre une fois en Virginie.

— Et moi aussi, je sais ce que je fais, ajouta le shérif.

Je cessai de parler à Mahoney et dévisageai Lyle.

— Ne bougez pas d'ici. On ignore ce qui nous attend à l'intérieur de la maison mais on sait au moins une chose... il se doutait qu'on retrouverait cet endroit et qu'on viendrait l'y chercher. Maintenant, allez dire à vos hommes de se mettre en retrait. L'HRT du FBI entre en premier ! Vous nous servirez de renfort. Ça vous pose un problème ?

Le shérif rougit et projeta sa mâchoire en avant.

— Sûr que ça m'en pose un mais ça compte pour du beurre, hein ?

— Oui, tout à fait. Alors, allez dire à vos hommes de se poser. Et suivez leur exemple, vous aussi. Je me contrefous que vous vous trouviez superbon ou pas.

Je me remis à avancer avec un Mahoney souriant qui ne cherchait même pas à masquer sa satisfaction.

— Z'êtes un sacré numéro, man, me dit-il.

Deux tireurs de son équipe surveillaient le bungalow à moins de cinquante mètres. Je m'aperçus que le toit était à pignons avec une lucarne au niveau du grenier. L'intérieur était plongé dans l'obscurité.

— Ici, HRT Un. Il se passe quelque chose là-dedans, Kilvert ? fit Mahoney dans son micro, en s'adressant à l'un des tireurs d'élite.

— Pas à ce que je vois, chef. Comment vous évaluez le suspect ?

Mahoney m'interrogea du regard.

Mes yeux balayèrent lentement le bungalow, la cour d'entrée et le jardin latéral. Tout semblait impeccable, bien entretenu, en bon état. Des lignes électriques partaient du toit.

— Il a tout fait pour qu'on vienne ici, Ned. Ça ne peut pas être bon.

— Les lieux seraient piégés ? me demanda-t-il.

C'est en tenant compte de ça qu'on prévoit de procéder.

J'opinai.

— C'est ce que je ferais, moi aussi. Si jamais l'on se trompe, ça donnera aux gars du coin de quoi pousser quelques beurks dégoûtés.

— J'les emmerde ces péquenauds, me dit Mahoney.

— D'accord avec vous. Surtout maintenant que je n'en suis plus un.

— Équipes Hotel et Charlie, ici HRT Un, fit Mahoney dans son micro. Opération de contrôle. Tenez-vous prêts à faire feu. Cinq, quatre, trois, deux, un, go !

Deux équipes de sept hommes de l'HRT se dressèrent, abandonnant la phase « ligne jaune », étape finale de l'objectif « couverture et dissimulation ». Ils entrèrent en phase « ligne verte » en se dirigeant vers la maison. À partir de là, il n'y avait plus de retour en arrière possible.

La devise de l'HRT pour ce genre d'opération était « vitesse, surprise et action violente ». Ils étaient très doués pour ça, meilleurs que tout ce que le PD de Washington pouvait offrir. En quelques secondes, les équipes Hotel et Charlie avaient investi le cottage où l'on avait retenu Audrey Meek captive pendant plus de huit jours. Puis Mahoney et moi, l'on franchit d'un bond la porte de derrière et l'on se précipita dans la cuisine. J'aperçus une gazinière, un réfrigérateur, des placards, une table.

Pas de Directeur des Beaux-Arts à l'horizon.

Pas de résistance d'aucune sorte.

Pas encore.

Mahoney et moi, l'on avança avec prudence. La partie salon était équipée d'un poêle à bois, d'un divan de style contemporain à rayures beige et marron et de plusieurs fauteuils club. Un grand coffre recouvert d'un châle afghan vert foncé. Tout respirait le bon goût et était bien ordonné.

Toujours pas de Directeur des Beaux-Arts.

Il y avait des toiles partout. La plupart des tableaux étaient terminés. Celui ou celle qui les avait peints avait du talent.

— Périmètre sécurisé ! entendis-je. Puis ce cri : « Ici dedans ! »

Mahoney et moi, l'on a couru le long d'un couloir. Deux de ses hommes étaient déjà à l'intérieur de la chambre à coucher principale, selon toute apparence. Encore d'autres tableaux, des tas, une cinquantaine de toiles au bas mot.

Un corps nu gisait, étalé sur le plancher. L'expression des traits était grotesque, torturée. Les mains du mort agrippaient serré son propre cou, comme s'il s'étranglait lui-même.

C'était l'homme qu'Audrey avait dessiné pour nous. Il était mort en connaissant une fin horrible. Due très probablement à une sorte de poison.

Des papiers étaient éparpillés sur le lit. Près d'eux, un stylo plume.

Je me penchai et lus l'un des nombreux textes :

À qui lira…

Comme vous le savez désormais, c'est moi qui ai
retenu Audrey Meek prisonnière. Tout ce que je peux
dire, c'est que c'était une chose que je devais faire. Je
crois que je n'avais pas le choix ; aucun libre arbitre
en la matière. Je l'ai aimée depuis le premier jour où
je l'ai vue à l'une de mes expositions à Philadelphie.
Nous avons parlé ce soir-là, mais bien entendu, elle ne
se souvenait pas de moi. Personne ne se souvient
jamais de moi. (Jusqu'à maintenant, en tout cas.) Où
une obsession puise-t-elle sa raison d'être ? Aucune
idée, pas le moindre indice, même si Audrey m'a
obsédé pendant plus de sept ans de ma vie. Je ne manquais pas d'argent et pourtant, ça ne représentait rien
pour moi. Du moins, pas jusqu'à ce que j'aie eu
l'occasion de prendre ce que je désirais vraiment, ce
dont j'avais besoin. Comment pouvais-je résister…
Que m'importait le prix ? Deux cent cinquante mille
dollars paraissaient peu pour me trouver près
d'Audrey, ne serait-ce que quelques jours. Puis une
chose étrange est survenue. Un miracle, peut-être. Une
fois que l'on a eu passé un certain temps ensemble, j'ai
découvert que j'aimais trop Audrey pour la garder
ainsi. Je ne lui ai jamais voulu de mal. En tout cas, pas
consciemment. Si je vous ai blessée, Audrey, je vous en
demande pardon. Je vous aimais très fort, à ce
point-là.

Une phrase ne cessait de se répéter dans ma tête, une
fois ma lecture finie : *Pas jusqu'à ce que j'aie eu
l'occasion de prendre ce que je désirais vraiment, ce
dont j'avais besoin. Comment était-ce arrivé ? Qui*

était donc là pour combler les fantasmes de ces malades mentaux ?

Qui se cachait derrière tout ça ? Certes pas le Directeur des Beaux-Arts.

III

Le loup à la trace

Je ne rentrai pas à Washington avant 22 heures le lendemain soir. Je savais déjà que j'allais au-devant d'ennuis avec Jannie, sans doute avec toute la maisonnée, à l'exception d'Alex Junior et de la chatte. Je leur avais promis que l'on se rendrait à la piscine du YMCA et il était maintenant trop tard pour aller où que ce fût, sinon au lit.

À mon entrée dans la cuisine, Nana était attablée devant une tasse de thé. Elle ne leva même pas la tête. Je m'évitai une semonce et me dirigeai vers l'étage en espérant que Jannie serait encore éveillée.

C'était le cas. Ma fille préférée était assise sur son lit, entourée de magazines, *American Girl* compris. Théo, son nounours favori, était calé sur ses genoux. Jannie dormait avec Théo depuis qu'elle avait moins d'un an et que sa mère vivait encore.

Dans un angle de la chambre, Rosie la chatte était roulée en boule sur une pile de vêtements sales de Jannie. L'une des tâches de Nana consistait à les encourager à s'occuper de leur propre linge.

J'eus alors une pensée pour Maria. Ma femme était gentille et courageuse, une femme extraordinaire qui avait été tuée lors d'une mystérieuse fusillade motorisée à Southeast que j'avais été incapable de résoudre. Pour moi, l'affaire n'était pas classée. Peut-être quelque chose resurgirait un jour. C'était déjà arrivé, c'était connu. Elle me manquait encore presque tous les jours. Parfois, je lui adressais même une petite prière. J'espère que tu me pardonnes, Maria. Je fais du mieux que je peux. Simplement, ça paraît ne pas suffire parfois ; ça me suffit à moi, en tout cas. On t'aime tendrement.

Jannie avait dû sentir ma présence, pendant que je la regardais en m'adressant à sa mère.

— J'ai bien pensé que c'était toi, me dit-elle.

— Et pourquoi ?

Elle haussa les épaules.

— Comme ça. Mon sixième sens fonctionne plutôt bien, ces derniers temps.

— Tu m'attendais ? lui demandai-je en me glissant dans la pièce.

C'était l'ancienne chambre d'amis. L'année précédente, on l'avait transformée en chambre pour Jannie. J'avais construit l'étagère pour sa ménagerie d'argile, caractéristique de sa « période Sojourner Truth » : un stégosaure, une baleine, un écureuil noir, un mendiant, une sorcière ligotée sur le bûcher, mais aussi ses livres préférés.

— Non, je ne t'attendais pas. Je n'espérais même pas que tu rentres.

Je m'assis au bord du lit. Encadrée sur le mur au-dessus, une reproduction du tableau de Magritte représentant une pipe, où il est écrit : *Ceci n'est pas une pipe.*

— Tu as décidé de me torturer un peu, hein ?

— Bien sûr. Toute la journée, je me suis langui d'aller à la piscine.

— Rien à dire.

Je posai ma main sur la sienne.

— Je suis désolé, vraiment désolé, Jannie.

— Je sais. Pas la peine de t'excuser, en fait. T'as pas à être désolé, vraiment pas. Je comprends que ce que tu fais est important. Je pige. Même Damon pige, lui aussi.

Je serrai les mains de ma fille entre les miennes. Elle ressemblait tellement à Maria.

— Merci, ma chérie. J'avais bien besoin d'entendre ça, ce soir.

— Je sais, me chuchota-t-elle. Je m'en doutais.

Le Loup se trouvait ce soir-là à Washington D.C. en voyage d'affaires. Il dîna tardivement au Ruth's Christ Steak House sur Connecticut Avenue, à proximité de Dupont Circle.

Se joignit à lui Franco Grimaldi, un *capo* de trente-huit ans, Italien mastoc de New York. Ils évoquèrent le projet prometteur de transformer Lake Tahoe en une nouvelle Mecque du jeu qui rivaliserait avec Las Vegas et Atlantic City. Puis ils parlèrent de hockey professionnel, du dernier film de Vin Diesel et d'un plan qu'avait le Loup pour se faire un milliard de dollars en un seul et unique gros coup. Puis ce dernier s'excusa. Il avait un autre rendez-vous à Washington. D'affaires, non de plaisir.

— Avec le Président ? demanda Grimaldi.

Le Russe éclata de rire.

— Non. Il n'aboutit jamais à rien. Il est *stronzo*. Pourquoi devrais-je le voir ? Lui devrait me voir, moi, à propos de Ben Laden et des terroristes. Moi, je fais bouger les choses.

— Dites-moi, demanda Grimaldi au Loup avant qu'il ne s'en aille. Ce qui est arrivé à Palumbo dans la prison de très haute sécurité du Colorado. C'est bien vous qui étiez derrière ?

Le Loup fit non du chef.

53

— Un vrai conte de fées. Je suis un homme d'affaires, pas une crapule de bas étage ni un boucher. Ne croyez pas tout ce qu'on raconte à mon sujet.

Le chef de la mafia observa l'imprévisible Russe quitter le *steak house*, quasiment certain qu'il avait tué Palumbo et aussi que le Président devrait contacter le Loup concernant Al-Quaïda…

Vers minuit, le Loup descendit d'une Dodge Viper noire dans Potomac Park. Il aperçut le contour d'un 4 × 4 de l'autre côté d'Ohio Drive. Le plafonnier s'alluma et un seul passager en sortit. Viens jusqu'à moi, mon pigeon, murmura-t-il.

L'homme qui s'approchait de lui dans Potomac Park était membre du FBI et travaillait dans le Hoover Building. Sa démarche, raide et saccadée, était à l'image de celle de tant de fonctionnaires gouvernementaux. Rien à voir avec le panache confiant d'un G-man. On avait averti le Loup que l'on ne pouvait acheter un agent utile et donc, de ne pas se fier aux renseignements obtenus par ce biais, si jamais. Mais il n'en avait rien cru. L'argent achetait toujours tout et tout le monde… en particulier, ceux qui avaient vu promotions et augmentations leur passer sous le nez ; c'était vrai en Amérique comme ça l'avait été en Russie. Et c'était peut-être même encore plus vrai ici où cynisme et aigreur devenaient un passe-temps national.

— Alors, parle-t-on de moi au quatrième étage du Hoover ? demanda-t-il.

— Je ne tiens pas à ce genre de rendez-vous. La prochaine fois, passez une petite annonce dans le *Washington Times*.

Le Loup sourit, puis planta un doigt dans la mâchoire de l'agent fédéral.

— Je vous ai posé une question. Est-ce qu'on parle de moi ?

L'agent fit non de la tête.

— Pas encore, mais ça viendra. Ils ont fait le lien entre le couple assassiné à Long Island et le kidnapping du King of Prussia Mall à Atlanta.

Le Loup opina.

— Comme de bien entendu. Je comprends que vos collègues ne sont pas stupides. Ils sont simplement très limités.

— Ne les sous-estimez pas, l'avertit l'agent. Le Bureau est en train de changer. Ils s'en prendront à vous avec tous les moyens à leur disposition.

— Ça ne leur suffira pas, lui répliqua le Loup. Et de plus, peut-être que c'est moi qui m'en prendrai à eux... avec tous les moyens à ma disposition. Je vais m'enfler, je vais souffler et faire leur maison s'envoler.

Le lendemain soir, je rentrai sur le coup de 18 heures. J'étais à table avec Nana et les enfants, surpris mais manifestement aux anges de me voir à la maison si tôt.

Le téléphone sonna vers la fin du dîner. Je n'avais pas envie de répondre. Peut-être avait-on chopé quelqu'un d'autre, mais je ne voulais pas le savoir. Pas ce soir.

— J'y vais, fit Damon. C'est probablement pour moi. Une fille.

Il décrocha le téléphone qui sonnait sur le mur de la cuisine, le faisant passer d'une main dans l'autre.

— T'as envie que ça soit une fille, le taquina Jannie, encore à table. On est en plein dîner. C'est probablement quelqu'un qui veut nous vendre MCI ou un prêt bancaire. Ils appellent toujours à l'heure des repas.

Puis Damon pointa un doigt vers moi et il ne souriait pas. Il n'avait pas l'air non plus très en forme, comme s'il était pris soudain d'une légère nausée.

— P'pa, fait-il à voix basse. C'est pour toi.

Je me levai de table et lui pris l'appareil des mains.

— Ça va bien ? lui demandai-je.

— C'est Miss Johnson, me chuchota Damon.

C'est la gorge serrée que je portai le récepteur à mon

oreille. C'était maintenant à mon tour d'avoir l'estomac barbouillé, d'être embarrassé, aussi.

— Allô ? Alex, à l'appareil, dis-je.

— C'est Christine, Alex. Je suis à Washington pour quelques jours. J'aimerais voir Alex Junior pendant mon séjour, fit-elle, comme si elle débitait un laïus tout préparé.

Je me sentis rougir. Pourquoi tu appelles ici ? Pourquoi maintenant ? Voilà ce que je voulais lui dire mais ne dis pas.

— Tu veux venir ce soir ? C'est un peu tard mais on pourrait ne pas le coucher.

Elle hésita.

— En fait, j'avais plutôt demain matin en tête. Vers 8 h 30, 9 heures ? Ça irait ?

— Ce serait parfait, Christine, dis-je. Je serai là.

— Oh, fit-elle, puis cherchant un petit peu ses mots. Tu n'as pas besoin de rester à la maison pour moi. J'ai appris que tu travaillais pour le FBI.

Je sentis mon estomac se nouer. Christine Johnson et moi avions rompu depuis plus d'un an, en raison principalement de la nature des affaires criminelles dont l'enquête m'était confiée. Elle avait de fait été enlevée à cause de mon travail. On avait fini par la retrouver dans une cabane dans un coin reculé de la Jamaïque. Alex était né là-bas. J'ignorais que Christine était enceinte à l'époque. Plus rien n'avait été pareil entre nous après ça. Je sentais que tout était ma faute. Puis elle avait déménagé à Seattle. Qu'Alex reste avec moi était une idée de Christine. Elle voyait un psychiatre et avait prétendu qu'elle n'était pas apte sur le plan émotionnel à assumer son rôle de mère. Et voilà maintenant qu'elle se trouvait à D.C. « pour quelques jours ».

— Quel bon vent te ramène à Washington ? ai-je fini par lui demander.

— Je voulais voir notre fils, me répondit-elle, d'un ton de voix très doux. Et des amis à moi.

Je me rappelai combien je l'avais aimée ; et, sans doute, je l'aimais encore à un certain niveau, tout en m'étant résigné au fait qu'il nous était impossible de vivre ensemble. Christine ne supportait pas ma vie de flic ni que je ne semble pas pouvoir y renoncer.

— Bon, d'accord, je passerai à 8 h 30, demain, dit-elle.

— Je serai là, fis-je.

55

Huit heures et demie pétantes.

Une Taurus argent métallisé, voiture louée chez Hertz, s'arrêta devant chez nous, dans la 5e Rue.

Christine Johnson en descendit et, malgré son petit air sévère avec ses cheveux tirés en arrière formant un chignon, je dus reconnaître que c'était une belle femme. Grande et mince, des traits nets et comme sculptés qu'il me serait difficile d'oublier. La revoir me fit battre le cœur malgré ce qui s'était passé entre nous.

J'étais à cran, fatigué aussi. Pourquoi donc ? Je me demandai quelle dose d'énergie j'avais perdue au cours de l'année et demie qui venait de s'écouler. Un médecin de mes amis de John Hopkins University avait la théorie, sérieuse à moitié, que notre ligne de vie est inscrite dans la paume de nos mains. Il jurait qu'il pouvait y lire le stress, les maladies, notre état général de santé. Je lui avais rendu visite quelques semaines plus tôt et, si Bernie Stringer m'avait déclaré en excellente forme physique, il m'avait précisé aussi que ma ligne de vie en avait pris un sacré coup depuis un an. En partie à cause de Christine, de notre relation et de notre rupture.

Je me tenais derrière l'écran protecteur de la mousti-quaire de la porte d'entrée, Alex dans mes bras. Je m'avançai à l'extérieur pendant que Christine s'approchait de la maison. Elle était en talons et tailleur bleu foncé.

— Dis bonjour, fis-je à Alex dont j'agitai l'un des petits bras en direction de sa mère.

C'était si étrange, si totalement déconcertant de revoir Christine en de telles circonstances. Notre histoire était tellement compliquée : si les bons souvenirs dominaient, les mauvais étaient vraiment très mauvais. Son mari avait été tué chez elle pendant une affaire dont je m'occupais. J'avais failli être responsable de sa mort à elle. À présent, l'on vivait à des milliers de kilomètres de distance. Que revenait-elle faire à D.C. ? Voir Alex Junior, bien sûr. Mais quoi d'autre l'amenait ici ?

— Salut, Alex, me dit-elle en souriant.

Et, pendant un instant vertigineux, ce fut comme si rien n'avait changé entre nous. Je me rappelais la première fois que je l'avais vue, alors qu'elle était encore directrice de la Sojourner Truth School. Elle m'avait coupé le souffle. Malheureusement pour moi, je crois qu'elle me le coupait toujours.

Christine s'accroupit au pied des marches et ouvrit les bras.

— Salut, mon tout beau, fit-elle à Alex Junior.

Je le posai sur le sol, le laissant décider quoi faire. Il leva les yeux vers moi et éclata de rire. Puis il choisit le sourire engageant de Christine, choisit sa chaleur et son charme… et se précipita droit dans ses bras.

— Salut, mon bébé, lui murmura-t-elle. Tu m'as tellement manqué. Comme tu as grandi !

Christine n'avait pas apporté de cadeau, pas d'appât et cela me plut. Elle était venue telle qu'en elle-même, sans truc ni gimmick, mais ça suffisait amplement. En quelques secondes, Alex riait aux éclats et bavardait comme une pie. Ils formaient un joli tableau, la mère et le fils.

— Je serai à l'intérieur, dis-je, après les avoir regardés un instant. Entre quand tu voudras. Il y a du café frais. Celui de Nana. Et un petit déjeuner si tu ne l'as pas encore pris.

Christine leva la tête vers moi, sourit à nouveau. Elle avait l'air si heureuse de serrer contre elle le grand garçon, notre fils.

— Tout va bien pour le moment, me dit-elle. Merci.

Je vais venir prendre un café. Évidemment.

Évidemment. Christine avait toujours été si sûre d'elle sur tous les plans. Et elle n'avait rien perdu de sa confiance en elle.

En rentrant dans la maison, je faillis me cogner à Nana, qui se tenait en sentinelle juste derrière la porte-moustiquaire.

— Oh, Alex, murmura-t-elle.

Et elle n'eut pas besoin d'en dire plus. J'eus l'impression que l'on me poignardait en plein cœur. C'était le premier coup de couteau d'une longue série à venir. Je refermai la porte d'entrée, laissant la mère et le fils en tête à tête.

Christine ramena le bébé à l'intérieur au bout d'un petit moment ; on s'installa tous autour de la table de la cuisine et l'on but du café. Elle regarda Alex se débrouiller avec son biberon de jus de pomme. Elle parla de sa vie à Seattle ; surtout de son travail dans une école de là-bas, rien de trop personnel ni de révélateur. Je savais qu'elle devait être nerveuse, stressée, mais je ne m'aperçus de rien.

Christine se montra chaleureuse au point de faire fondre tous les cœurs. En contemplant Alex Junior, elle dit :

— Quel amour ! Quel adorable petit garçon ! Oh Alex, mon petit Alex, comme tu m'as manqué. Tu n'as pas idée.

Christine Johnson, de retour à D.C.

Pourquoi était-elle revenue maintenant ? Que nous voulait-elle ?

Ces questions me provoquaient des élancements dans le crâne et aussi au plus profond de mon cœur. Elles m'effrayaient, avant même que j'eusse une idée claire de ce qu'il me fallait redouter. Bien entendu, j'avais un soupçon... Christine avait changé d'avis à propos d'Alex Junior. C'était ça, ça devait l'être. Sinon, que serait-elle venue faire ici ? Elle n'était certainement pas de retour pour me voir. Ou bien, si ?

Je roulais sur l'Interstate 95, n'étant plus qu'à quelques minutes de Quantico, quand Monnie Donnelley me joignit sur mon portable. La radio de bord diffusait du Miles Davis. J'avais tenté de décompresser avant d'arriver au travail.

— Vous êtes encore une fois en retard, me dit-elle et même en sachant qu'elle plaisantait, je me sentis un peu piqué au vif.

— Je sais, je sais. Je suis sorti faire la fête hier au soir. Vous savez comment ça se passe.

Monnie alla droit au but.

— Alex, vous saviez qu'on a chopé deux autres suspects hier soir ?

« On » à nouveau. Je fus tellement pris de court que

je ne répondis pas tout de suite à Monnie. On ne m'avait pas soufflé mot d'une arrestation !

— À mon avis, pas, fit Monnie répondant elle-même à sa question. Elle a eu lieu à Beaver Falls, Pennsylvanie. Vous savez, le quartier de Pittsburgh qui a vu naître Joe Namath[1] ? Deux suspects non identifiés, la quarantaine, tenant une librairie spécialisée pour adultes, au nom vaguement inspiré par celui du quartier[2]. Les médias viennent de s'en emparer, pas plus tard qu'il y a quelques minutes.

— A-t-on retrouvé l'une des disparues ? demandai-je à Monnie.

— Je ne crois pas. Le bulletin d'infos ne le précisait pas. Personne ne semble en être sûr ici.

Je ne comprenais pas.

— Savez-vous depuis combien de temps les suspects étaient sous surveillance ? Oubliez ça, Monnie, je quitte la 95 à l'instant où je vous parle. Je suis presque arrivé. Je vous rejoins dans quelques minutes.

— Désolée de vous gâcher la journée de si bon matin, me dit-elle.

— Elle était déjà gâchée, marmonnai-je.

L'on eut beau bosser non-stop toute la journée, à 19 heures, l'on ne possédait toujours pas de très bonnes réponses à plusieurs questions concernant l'interpellation en Pennsylvanie. J'avais appris deux, trois trucs, grosso modo des détails sans importance, et c'était frustrant. Les deux hommes avaient un casier judiciaire pour vente de matériel pornographique. Des agents du bureau de Philadelphie avaient obtenu un tuyau selon lequel tous deux se trouvaient impliqués dans un projet de kidnapping. Mais qui dans la hiérar-

---

1. Célèbre *quarterback* des années 1960 (*N.d.T.*).
2. *Beaver* désigne vulgairement le sexe féminin (*N.d.T.*).

chie du FBI avait eu vent de ces suspects était loin d'être clair, il semblait y avoir eu une défaillance dans la communication interne du genre de celles dont j'avais entendu parler des années avant mon arrivée à Quantico.

Je m'entretins avec Monnie deux, trois fois en cours de journée, mais mon pote Ned Mahoney ne m'appela pas à propos du raid ; le bureau de Burns ne chercha pas non plus à me contacter. J'étais ébranlé. Pour commencer, des journalistes campaient sur le parking de Quantico. De ma fenêtre, j'apercevais une fourgonnette d'*USA Today* et une camionnette de CNN. Très étrange journée. Bizarre, déstabilisante.

En toute fin d'après-midi, je me surpris à repenser à la visite de Christine Johnson à la maison. Je me repassai en boucle la scène où elle tenait mon bébé dans ses bras, jouait avec Alex. Je me demandai si je pouvais croire qu'elle n'était venue à D.C. que pour le voir ainsi que quelques vieux amis. J'en avais mal au cœur de penser que je risquais de perdre mon « grand garçon », comme je l'appelais toujours. Le grand garçon ! Quelle joie il me donnait, aux enfants et à Nana Mama aussi. Quelle perte insupportable ce serait. Je ne pouvais simplement pas l'imaginer. Comme je ne pouvais pas non plus imaginer qu'à la place de Christine, je n'aurais pas eu envie de le reprendre.

Avant de partir ce soir-là, je me forçai à décrocher le téléphone et à passer un appel que je redoutais. Penser à Alex Junior m'avait fait me remémorer la promesse que j'avais faite. Le juge Brendan Connolly répondit après quelques sonneries.

— Ici, Alex Cross, lui dis-je. Je voulais simplement faire le point avec vous. Vous parler des infos dont vous avez dû avoir connaissance aujourd'hui.

Le juge Connolly me demanda si l'on avait retrouvé sa femme, si l'on avait des nouvelles de Lizzie.

— Pas encore. Je ne crois pas que ces hommes-là aient pris part à l'enlèvement de votre femme. L'on ne désespère toujours pas de la retrouver.

Il marmonna quelques mots que je ne compris pas. Après l'avoir écouté quelques secondes, à tâcher de démêler ses propos, je lui dis que je le tiendrais informé de la suite des événements. Pour autant que je le serais, moi.

Après ce coup de fil épineux, je restai assis à mon bureau. Et pris soudain conscience que j'avais oublié autre chose... ma classe avait obtenu son diplôme aujourd'hui ! L'on était devenus des agents, officiellement. Mes condisciples avaient obtenu leurs qualifications ou « *creds* », en même temps que leur affectation. À l'heure qu'il était, gâteau et punch étaient servis dans le foyer du Hall d'honneur. Je ne me donnai pas la peine de rejoindre la fête. Sans trop savoir pourquoi, y assister me paraissait déplacé. Je rentrai chez moi à la place.

Combien de temps lui restait-il, à présent ?

Un jour ? Quelques heures ?

Ça n'avait quasiment plus d'importance, non ? Lizzie prenait peu à peu la vie comme elle venait ; elle apprenait qui elle était et comment préserver son équilibre intérieur.

Sauf, bien sûr, quand elle devenait folle de terreur.

Lizzie les appelait ses « rêves de natation ». Elle avait été une nageuse enthousiaste dès l'âge de quatre ans. La répétition d'une brasse après l'autre, d'un coup de pied après l'autre, avait toujours le pouvoir de la propulser ailleurs, à un autre moment, en pilotage automatique, de lui permettre de s'évader. Voilà ce qu'elle faisait maintenant dans la pièce/placard où on la gardait prisonnière.

Nager.

S'évader.

Étendre, mains légèrement incurvées, les bras en avant, tirer vers le haut en repoussant l'eau. Redescendre jusqu'au nombril, puis jusqu'au bas du maillot. *Swoosh, swoosh, swoosh*, battements des deux pieds, chaud dedans mais rafraîchie, revigorée par l'eau. Se sentir en pleine possession de ses moyens en s'éprouvant plus forte.

Elle avait songé à s'échapper une bonne partie de la

journée, ce qui lui avait paru une journée, du moins. Maintenant, elle se mit à réfléchir sérieusement à d'autres choses.

Elle passa en revue ce qu'elle savait de cet endroit – le placard – et de l'épouvantable pervers qui l'y retenait. Le Loup. C'était ainsi que ce salaud se désignait. Pourquoi le Loup ?

Elle se trouvait quelque part dans une ville. Et était quasiment certaine que c'était une ville du Sud, assez grande, l'argent circulait à flots dans les environs. Peut-être était-ce en Floride, mais elle ignorait ce qui lui faisait penser ça. Peut-être avait-elle surpris quelque chose que seul son inconscient avait enregistré. Elle avait entendu des voix dans la maison, lors des grandes réceptions qu'on y avait données ou à l'occasion de réunions plus restreintes. Mais elle était persuadée que la vermine qui la retenait prisonnière vivait seule. Qui aurait pu partager la vie d'un monstre aussi horrible ? Aucune femme n'en serait capable.

Elle connaissait par cœur certaines de ses déplorables habitudes. D'ordinaire, il allumait la télé en rentrant : parfois, il se branchait sur ESPN, mais le plus souvent sur CNN. Il regardait les infos en permanence. Il aimait aussi les séries policières, genre *New York District, Les Experts*, Homicide. La télé était toujours allumée, jusque tard dans la nuit.

Il était gros, doté d'une grande force physique ; et c'était un sadique… qui prenait toutefois garde à ne pas trop l'amocher, pas jusqu'ici, en tout cas. Ce qui signifiait… qu'est-ce que ça signifiait donc ? Qu'il prévoyait de la garder dans les parages encore quelque temps ?

Si Lizzie Connolly pouvait supporter ça une minute de plus. Si elle ne pétait pas les plombs et ne le rende si furieux qu'il lui briserait la nuque, comme il l'en menaçait plusieurs fois par jour. « Je te briserai ta jolie nuque... comme ça ! Tu me crois pas ? Tu devrais me croire, Elizabeth. » Il l'appelait toujours Elizabeth, jamais Lizzie. Il lui avait dit que Lizzie ne rendait pas justice à sa beauté. « Je te briserai la nuque, Elizabeth, bordel ! »

Il savait qui elle était et bien d'autres choses sur elle ; il était aussi au courant de l'existence de Brendan, de Brigid, de Merry et de Gwynnie. Il lui avait promis que, si jamais elle le mettait en colère, il ne se contenterait pas de s'en prendre à elle, mais s'en prendrait aussi à sa famille. « J'irai à Atlanta. Et je ferai ça pour le plaisir, rien que pour le *fun*. Ce genre de chose, c'est toute ma vie. Je pourrais assassiner toute ta famille, Elizabeth. »

Il la désirait de plus en plus... comment s'y tromper quand un homme devenait accro ? Donc, elle le dominait en partie, pas vrai ? Et toc, qu'est-ce que tu dis de ça ? Moi aussi, je t'emmerde, mon pote !

Parfois, il donnait du mou à ses liens ou, même, lui laissait le loisir de se promener dans la maison. Attachée, bien entendu... à une sorte de laisse métallique qu'il tenait en main. C'était si dégradant. Il lui affirma savoir qu'elle jugeait qu'il devenait plus gentil et plus aimable, mais qu'elle n'aille pas se mettre des idées stupides en tête.

Ma foi, que pouvait-elle faire d'autre sinon se faire des idées, bon sang ? Elle n'avait rien d'autre à faire de la journée, toute seule, dans l'obscurité. Elle était...

La porte du placard s'ouvrit violemment. Puis alla claquer contre le mur extérieur.

Le Loup hurla au visage de Lizzie.

— Tu pensais à moi, hein ? Ça devient une obsession, Elizabeth. J'occupe tout le temps tes pensées. Nom de Dieu, il avait raison sur ce point.

— Tu te réjouis même de ma compagnie. Je te manque, pas vrai ?

Mais là, il avait tort, tort sur toute la ligne.

Lizzie détestait si fort le Loup qu'elle envisageait l'impensable : qu'elle pourrait le tuer. Peut-être ce jour viendrait-il.

Imagine un peu, songeait-elle. Mon Dieu, c'est ce que je meurs d'envie de faire... tuer le Loup de mes mains. Ça serait la plus grande évasion de toutes.

Ce même soir, le Loup avait rendez-vous avec deux joueurs de hockey professionnels chez Caesars à Atlantic City, New Jersey. La suite où il séjournait était tendue de papier mural à la feuille d'or. Les fenêtres donnaient sur l'Atlantique et le salon était équipé d'un spa/hot tub. Par respect pour ses invités, stars de grande envergure, il portait un costume Prada hors de prix à rayures tennis.

Il se trouvait que son contact était un riche opérateur du câble qui se présenta à la suite Néron avec les hockeyeurs, Alexei Dobushkin et Ilia Teptev, en remorque. Tous deux faisaient partie des Flyers de Philadelphie. C'étaient d'excellents défenseurs au jeu rapide et viril, passant pour des durs en raison de leur gabarit. Le Loup ne jugeait pas ces joueurs-là si durs que ça, mais il était un grand fan de ce sport.

— J'adore le hockey à l'américaine, fit-il en les accueillant avec un large sourire, la main tendue.

Alexei et Ilia lui adressèrent un signe de tête. Ni l'un ni l'autre ne lui serra la main. Le Loup s'en offusqua mais n'en laissa rien paraître. Au contraire, son sourire s'accentua : il s'imagina que les hockeyeurs étaient trop bêtes pour comprendre à qui ils avaient affaire. Ils avaient reçu trop de coups de crosse sur le crâne.

— Je vous offre quelque chose à boire ? demanda-t-il à ses invités. Stolichnaya ? Ou autre chose ?

— Pas pour moi, fit l'opérateur, l'air incroyablement imbu de sa petite personne, beaucoup d'Américains étaient pareils à lui.

— *Niet*, fit Ilia avec désintérêt, comme si son hôte n'était qu'un barman ou un serveur.

Le joueur de hockey de vingt-deux ans, originaire de Voskresensk, en Russie, plafonnait à un mètre quatre-vingt-treize. Il avait le cheveu coupé ras, une barbe naissante et une tête carrée, massive, posée sur un cou énorme.

— Je ne bois pas de la Stoly, fit Alexei qui, comme Ilia, portait une veste de cuir noir sur un col roulé sombre. Vous avez peut-être de l'Absolut ? Ou du gin Bombay ?

— Certainement.

Le Loup acquiesça, cordial. Il se dirigea vers le bar tout en glaces et servit les verres en décidant de ce qu'il allait faire ensuite. Tout ça commençait à lui plaire. Ça le changeait. Aucun de ceux ici présents n'avait peur de lui.

Il s'affala sur les coussins du canapé entre Ilia et Alexei. Il les dévisagea à plusieurs reprises, toujours avec un grand sourire.

— Ça fait longtemps que vous avez quitté la Russie, non ? Trop longtemps, peut-être, leur dit-il. Vous buvez du gin Bombay ? Vous avez oublié les bonnes manières ?

— On nous a dit que vous étiez un vrai dur, fit Alexei, qui avait la trentaine et soulevait de la fonte, c'était évident, beaucoup de fonte et souvent. Il mesurait son mètre quatre-vingts et pesait ses cent kilos.

— Non. Pas vraiment, lui répliqua le Loup. Je suis

un homme d'affaires américain parmi d'autres, aujourd'hui. Rien de très spécial. Plus un dur du tout. Bon, je me posais la question : le deal pour le match contre Montréal tient toujours ?

Alexei jeta un coup d'œil à l'opérateur du câble.

— Dis-lui, murmura-t-il.

— Alexei et Ilia aimeraient un tantinet plus d'action que ce que l'on avait évoqué au départ, dit-il au Loup. Vous comprenez ce que j'entends par « action » ?

— Aahhh, fit le Loup en souriant jusqu'aux oreilles. J'adore ça, l'action, répondit-il à l'homme d'affaires. J'adore aussi ce qu'on appelle *shalit* dans mon pays. Ça veut dire mauvaise blague. *Shalit.*

Il se leva du canapé avec une rapidité étourdissante. Armé d'un petit tuyau en plomb, récupéré sous l'un des coussins, il l'abattit en travers de la joue d'Alexei Dobushkin. Puis fit de même sur l'arête du nez d'Ilia Teptev. Les stars du hockey pissaient le sang tels des porcs saignés en deux secondes.

Alors seulement, le Loup sortit son arme. Qu'il appuya entre les deux yeux de l'opérateur.

— Hum, sont pas aussi coriaces que je le croyais. Je sais ça en un clin d'œil, lui dit-il. Et maintenant, parlons business. L'un de ces deux grands gaillards laissera Montréal marquer pendant la première période. L'autre ratera un but dans la seconde. Compris ? Les Flyers perdront le match où tout le monde les donne comme favoris. Pigé ? Si pour une raison x, les choses se passent autrement, tout le monde y laissera sa peau. Et maintenant, tirez-vous. J'attends ce match avec impatience. Comme je l'ai déjà dit, j'adore le hockey à l'américaine.

Là-dessus, le Loup éclata de rire tandis que les stars du hockey sortaient en titubant de la suite Néron.

— J'ai eu un très grand plaisir à vous rencontrer, Ilia et Alexeï, leur lança-t-il au moment où ils fermaient la porte. Et je vous dis « Merde ».

Une réunion task force au sommet avait lieu dans l'unité du SIOC au quatrième étage du Hoover Building, considéré comme territoire sacré au Bureau. C'est au SIOC (Centre opérationnel d'Information stratégique) que se tiennent la plupart des réunions vraiment importantes, en cas d'événements graves, tels le siège de Waco ou le 11-Septembre.

J'avais été convié et me demandai à qui j'étais redevable de la politesse. Arrivé vers 9 heures, je fus introduit par l'agent chargé de l'accueil.

Le SIOC se révéla une suite de quatre pièces en enfilade, dont trois alignaient des postes de travail à la technologie de pointe, destinés sans doute aux chercheurs et autres analystes. L'on me fit entrer dans une grande salle de conférences. En son centre s'étirait une longue table de verre et de métal. Des horloges murales, réglées sur les divers fuseaux horaires, côtoyaient des cartes et une demi-douzaine de postes de télévision. Une dizaine d'agents se trouvaient déjà dans la pièce silencieuse.

Stacy Pollack, qui était à la tête du SIOC, finit par arriver et l'on ferma les portes. Elle présenta les agents qui étaient là, de même que les deux visiteurs de la CIA. Elle avait la réputation au sein du Bureau d'avoir les pieds sur terre, de ne pas supporter les imbéciles et d'obtenir des résultats. Âgée de trente et un ans, Burns l'adorait.

Les postes de télévision diffusaient la toute dernière nouvelle : un film d'action en direct se déroulait sur les principaux networks. *Beaver Falls, Pennsylvanie,* lisait-on en incrustation.

— Ça, c'est déjà de l'histoire ancienne. Nous avons un nouveau problème, déclara Miss Pollack du bout de la salle. Je ne vous ai pas réunis à cause de la bavure de Beaver Falls. Il s'agit d'une affaire interne, donc, bien pire. L'on croit tenir le nom du responsable des fuites à Quantico.

Miss Pollack me regarda alors droit dans les yeux.

— Le journaliste du *Washington Post* le nie mais qu'attendre d'autre de sa part ? continua-t-elle. Ces fuites proviennent d'une analyste criminelle du nom de Monnie Donnelley. Vous travaillez avec elle, je crois, Dr Cross ?

Soudain, la salle de conférences me parut avoir rétréci. Tout le monde s'était retourné vers moi.

— Est-ce la raison de ma présence, ici ? demandai-je.

— Non, me répondit Miss Pollack. Vous êtes ici à cause de votre expérience de cas liés à l'obsession sexuelle. Vous avez été impliqué dans ce genre d'affaires, davantage que quiconque dans cette salle. Mais ma question n'avait pas trait à ça.

Je pesai soigneusement les termes de ma réponse.

— On n'a pas affaire à un obsédé sexuel, fis-je à Miss Pollack. Quant à Monnie Donnelley, ce n'est pas elle l'auteur des fuites.

— J'aimerais que vous m'expliquiez ces deux affirmations, me mit immédiatement en demeure Miss Pollack. Je vous en prie, allez-y. Je vous écoute avec le plus vif intérêt.

— Je vais faire de mon mieux, répliquai-je. Les kidnappeurs, le groupe ou gang derrière ces enlèvements,
sont motivés par l'argent. Je ne vois pas d'autre explication à leurs agissements. Le couple de Russes assassinés à Long Island a fourni une clé. Je ne crois pas
qu'il faille nous focaliser sur d'anciens délinquants
sexuels. Le problème doit être posé en ces termes : qui
a la logistique et la compétence pour kidnapper
hommes et femmes contre un certain prix et probablement pour une grosse somme ? Qui possède de l'expérience en ce domaine ? Monnie Donnelley sait tout
cela, c'est une excellente analyste. Ce n'est pas elle qui
a tuyauté le *Post*. Qu'y gagnerait-elle ?

Stacy Pollack baissa les yeux et feuilleta certains
papiers. Elle s'abstint de tout commentaire sur ce que
je venais de dire.

— Avançons, dit-elle.

La réunion se poursuivit sans que le sujet Monnie et
les accusations portées contre elle soient à nouveau
abordés. Au lieu de ça, l'on discuta interminablement
de la Mafia rouge, y compris des nouveaux renseignements selon lesquels le couple assassiné à Long Island
était en cheville de façon manifeste avec des gangsters
russes. L'on fit aussi état de rumeurs selon lesquelles
une éventuelle guerre des mafias serait imminente sur
la côte Est, entre Russes et Italiens.

À l'issue de la réunion générale, l'on se scinda en
plus petits groupes. Quelques agents s'installèrent
devant un ordinateur. Stacy Pollack me prit à part.

— Écoutez, je ne vous accusais de rien, m'affirma-
t-elle. Je ne suggérais pas que vous étiez impliqué dans
ces fuites, Alex.

— Alors qui a accusé Monnie ? lui demandai-je.

— Ma question parut la surprendre.

— Je ne vous le dirai pas. Rien n'est encore officiel.

— Qu'entendez-vous par rien n'est encore officiel ? insistai-je.

— Aucune sanction n'a été prise à l'encontre de Mrs Donnelley. Nous la retirerons probablement de cette enquête, cependant. Voilà tout ce que j'ai à dire à ce sujet pour le moment. Vous pouvez retourner à Quantico.

Je pressentis qu'on me congédiait poliment.

60

J'appelai Monnie le plus tôt possible et lui racontai ce qui venait de se passer. Ça la mit en fureur... comme il se devait. Puis elle se ressaisit.

— Très bien, vous voilà fixé... je ne me donne pas aussi bien que j'en ai l'air, fit-elle. Bof, je les emmerde. Je n'ai pas rencardé la presse de Washington, Alex. C'est absurde. À qui en aurais-je parlé... à notre livreur de journaux ?

— Je sais que ce n'est pas vous, lui répondis-je. Écoutez, je dois passer à Quantico, qu'est-ce que vous diriez que je vous emmène dîner sur le pouce ce soir, vous et vos deux garçons ? Pour pas cher, ajoutai-je.

Je l'entendis étouffer un rire.

— D'accord. Je connais un endroit. C'est un pub qui s'appelle le Poste de Commandement. On vous retrouvera là-bas. Les garçons aiment beaucoup y aller. Vous verrez pourquoi.

Monnie m'indiqua comment me rendre à ce pub, proche de Quantico, sur Potomac Avenue. Après avoir fait un saut à mon bureau temporaire au Club Fed, je suis allé les retrouver. Matt et Will avaient à peine onze et douze ans. C'étaient déjà de grands gaillards, comme leur père. Tous deux frôlaient le mètre quatre-vingts.

— M'man nous a dit que vous étiez sympa, me lança Matt en me serrant la main.

— Elle m'a dit la même chose de vous et de Will, lui rétorquai-je.

Éclat de rire général de la tablée. Puis l'on se commanda des plaisirs défendus : hamburgers, ailes de poulet, frites au fromage que Monnie estimait avoir bien mérités après son épreuve. Ses fils étaient polis, de bonne compagnie, ce qui m'en disait long sur elle.

Ce pub était un choix intéressant. Il était encombré de souvenirs du corps des marines, y compris dra-peaux, photos et deux, trois tables criblées de balles de mitrailleuses. Monnie m'apprit que Tom Clancy avait mentionné le bar dans *Jeux de guerre* et il était dit dans le roman qu'une photo de George Patton ornait un mur, ce qui avait le don de hérisser les habitués, qui râlaient surtout car Clancy avait bâti sa carrière sur le fait d'être dans le secret des dieux. Le Poste de commandement était un bar de marines, rien à voir avec l'armée de terre.

En sortant, Monnie me prit à part. Quelques marines entraient et sortaient. Ils nous dévisageaient, un peu bouche bée.

— Merci, merci tout plein, Alex. Ça représente beaucoup pour moi, me fit-elle. Je sais que les déséga-tions ne garantissent absolument rien, mais je n'ai laissé filtrer aucun renseignement au *Washington Post*. Ni à Rush Limbaugh. Ni à Bill O'Reilly, non plus. Ni à qui que ce soit d'autre, tant qu'à faire. Ça ne m'est jamais arrivé et ça ne m'arrivera jamais. Je suis blanc-bleu jusqu'au trognon et le resterai jusqu'à la fin, qui ne saurait tarder, selon toute apparence.

— J'ai dit la même chose à ceux du Hoover Buil-ding, fis-je. La partie blanc-bleu.

Monnie, se hissant sur la pointe des pieds, me planta une bise sur la joue.

— Je vous dois une fière chandelle, mon grand. Vous devez aussi savoir que vous m'impressionnez salement. Même Matt et Will, neutres au départ, m'ont paru basculer dans votre camp. N'oubliez pas que vous êtes l'ennemi pour eux... en tant qu'adulte.

— Continuez à bosser sur l'affaire, lui dis-je. Votre attitude est exactement la bonne.

Monnie parut perplexe puis comprit.

— Ah ouais. Oui, pas vrai. Je les emmerde.

— Des Russes sont dans le coup, lui dis-je avant de la laisser devant la porte du Poste de commandement. C'est obligatoire. On a tout juste, là-dessus du moins.

61

Deux amoureux fervents. C'est souvent beau à voir. Mais pas dans ce cas-là ni par cette nuit étoilée, au cœur des collines du Massachusetts.

Ces deux fidèles amants avaient pour noms Vince Petrillo et Francis Deegan. Étudiants de troisième année au Holy Cross College de Worcester, ils étaient inséparables depuis leur première semaine en première année. Ils s'étaient connus à la résidence Mulledy sur Easy Street et rarement séparés depuis. Ils avaient travaillé dans le même restaurant de poisson, les deux étés précédents, à Provincetown. Une fois leur diplôme en poche, ils envisageaient de se marier avant de faire un grand tour à travers l'Europe.

Holy Cross était une école jésuite qui, à juste ou injuste titre, traînait une réputation d'homophobie. Les étudiants contrevenants encouraient une exclusion temporaire ou même le renvoi pour avoir enfreint la règle bannissant « toute conduite lubrique ou indécente ». Si l'Église catholique ne condamne pas expressément la « tentation » envers les représentants de son propre sexe, les actes homosexuels sont souvent jugés « intrinsèquement pervers » et considérés comme constituant « un grave désordre moral ». Les Jésuites pouvant se montrer sévères à l'égard des relations homosexuelles entre étudiants, Vince et Francis gardèrent la leur aussi secrète et privée que possible. Ces derniers mois, pourtant, ils avaient commencé à s'imaginer que leur amour n'était pas une si grosse affaire, étant donné, en particulier, les scandales secouant le clergé catholique.

Le Campus Arboretum servait depuis longtemps de refuge aux étudiants d'Holy Cross désirant être seuls ou poursuivant des visées romantiques. La partie jardin, qui se glorifiait de plus d'une centaine d'essences d'arbres et d'arbrisseaux, dominait le centre de Worcester, « Wormtown », comme la surnommaient parfois les étudiants.

Ce soir-là, Vince et Francis, en short, T-shirt et casquettes de base-ball assorties, violette et blanche, longèrent Easy Street jusqu'à un patio de brique flanqué d'une pelouse, appelé Wheeler Beach. L'endroit était bondé, aussi poussèrent-ils plus loin pour se trouver un coin tranquille dans l'arboretum.

Une fois à destination, ils s'étendirent sur une couverture sous la quasi pleine lune d'un ciel clouté d'étoiles. Ils parlèrent, en se tenant la main, des poèmes de W. B. Yeats qu'adorait Francis et que Vince, étudiant en prépa de médecine, faisait de son mieux pour tolérer. Les deux garçons formaient un couple atypique, physiquement parlant. Vince dépassait à peine un mètre soixante-cinq pour quatre-vingt-dix kilos. S'il était musclé, grâce à une fréquentation assidue du gymnase, il était évident qu'il devait bosser dur pour s'entretenir. Ses cheveux bruns frisés encadraient un doux visage, presque angélique, qui ne différait guère de celui des photos de lui bébé, dont son amant conservait l'une d'elles dans son portefeuille.

Francis, lui, faisait saliver les tenants des deux sexes et Vince, quand ils se trouvaient parmi leurs congénères, plaisantait à part lui : « Vous pouvez toujours baver, bande d'abrutis ! » Francis, un mètre quatre-vingt-trois, n'avait pas un pouce de graisse. Ses cheveux blond-blanc avaient la même coupe que celle qu'il avait adoptée en seconde à la Christian Brothers Academy dans le New Jersey. Il adorait Vince de tout son cœur et ce dernier l'idolâtrait.

Ils venaient pour Francis, bien sûr.

On l'avait repéré, puis acheté.

Les trois baraqués portaient jeans informes, bottes de chantier et coupe-vents sombres. C'étaient des truands. En Russie, on les appelait *baklany* ou *bandity*. Des démons effrayants où qu'on les croise, des fauves moscovites lâchés en Amérique par le Loup.

Ils garèrent une Pontiac Grand Prix noire dans la rue, puis gravirent la colline jusqu'au principal campus d'Holy Cross.

L'un d'eux, affligé d'un souffle court, se plaignit en russe de la pente.

— La ferme, connard, lui intima Maxin, le chef du groupe, qui aimait à se dire ami intime du Loup, ce qu'en fait il n'était pas.

Aucun *pakhan* n'avait d'amis et, en particulier, le Loup. Il n'avait que des ennemis et ne rencontrait quasiment jamais ceux qui travaillaient pour lui. Même en Russie, il était connu comme un homme invisible ou un individu mystère. Ici, aux États-Unis, personne ne le connaissait *de visu*.

Les trois truands observèrent les étudiants se tenir la main sur la couverture, s'embrasser puis se caresser.

— Ils s'embrassent comme des filles, fit l'un des Russes avec un rire déplaisant.

— En tout cas, comme aucune de celles que j'ai embrassées.

Les trois hommes s'esclaffèrent avec un hochement de tête dégoûté. Puis l'armoire à glace qui dirigeait cette fine équipe se mit en branle, se déplaçant prestement malgré son poids et sa taille. Il désigna en silence Francis aux deux autres qui l'arrachèrent des bras de Vince.

— Eh merde, vous faites quoi, là ? se mit à hurler Francis.

Une large bande d'adhésif eut tôt fait de stopper ses protestations.

— Maintenant, crie tant que tu voudras, lui dit l'un des truands d'un ton mielleux. Tu peux toujours crier comme une nana. Personne t'entendra.

Ils effectuèrent leur travail vite fait, bien fait. Tandis que l'un d'eux entourait du même adhésif noir les chevilles de Francis, l'autre lui attachait serré les poignets dans le dos. Puis on le fourra dans un grand sac de toile, semblable à ceux que l'on utilise pour le transport d'équipement sportif, genre battes de base-ball ou ballons de basket.

Leur chef, entre-temps, sortit un mince stylet très effilé. Et égorgea l'autre garçon, bien bâti, comme un porc ou une chèvre de son pays natal. Vince n'avait pas été acheté et avait vu l'équipe de kidnappeurs. Au contraire du Couple, ces types ne la joueraient jamais perso, ne trahiraient ni ne décevraient jamais le Loup. Il n'y aurait plus d'erreurs commises. Le Loup s'était montré très explicite sur ce point, d'une façon claire et menaçante que lui seul pouvait se permettre.

— Embarquez-moi le joli cœur. Presto, dit le chef à son équipe, pendant qu'ils se hâtaient de regagner leur voiture.

Ils jetèrent le sac renflé dans le coffre de la Pontiac et quittèrent la ville.

Du boulot parfait et sans bavure.

Telles étaient les données, comme Francis les voyait à présent, tout en tâchant de garder son calme et de rester logique. Rien de ce qui venait de lui arriver ne pouvait avoir eu lieu ! Il était impensable que trois types, trois terreurs absolues, l'aient enlevé, quelques heures plus tôt sur le campus de Holy Cross. Rien de tout ça ne s'était passé. Pas plus qu'on ne pouvait l'avoir transbahuté dans le coffre d'une voiture pendant quatre heures, cinq peut-être, Dieu savait où.

Plus important encore, Vince ne pouvait pas être mort. Cette sale ordure n'avait pas eu la cruauté de trancher la gorge de Vince sous ses yeux. Ça, non plus, ça n'avait pas eu lieu.

Donc, tout n'avait été qu'un mauvais rêve, un cauchemar impossible, tel que Francis Deagan n'en avait pas fait depuis l'âge de trois ou quatre ans. Quant à l'individu planté devant lui à présent, cette grotesque caricature aux touffes de cheveux blond-blanc bouclés ceignant son crâne chauve, engoncée dans une combinaison collante en cuir noir... eh bien, lui non plus n'était pas réel. Impossible.

— Je suis très en colère contre toi ! Moi si bon, tu m'as mis hors de moi ! hurlait Mr Potter au nez de Francis. Pourquoi m'as-tu abandonné ? piaillait-il d'une voix stridente. Pourquoi ? Dis-moi pourquoi. Tu ne dois plus jamais me laisser ! Je suis terrorisé sans toi, tu le sais bien. Tu me connais pourtant. Quelle étourderie de ta part, Ronald !

Francis avait déjà tenté de raisonner le fou… Potter de son nom, si on l'en croyait, non, pas Harry. Mr Potter. Mais le raisonner, ça ne marchait pas. Il s'était épuisé à répéter à ce dingue en plein délire qu'il le voyait pour la première fois de sa vie. Il n'était pas Ronald. Ne connaissait aucun Ronald ! Ça lui avait valu une série de baffes en plein visage, dont une si forte que son nez avait saigné. Ce barjo débile aux faux airs de Billy Idol était beaucoup plus costaud qu'il n'en avait l'air.

Alors, en désespoir de cause, Francis avait fini par marmonner des excuses à ce répugnant personnage :

— Pardon, pardon. Je le ferai plus.

Là-dessus, Mr Potter l'avait étreint farouchement en sanglotant. Trop bizarroïde, non ?

— Ah mon Dieu, je suis si content que tu sois revenu. Je me suis fait tellement de souci pour toi. Il ne faut plus jamais me quitter, Ronald.

Ronald ? Mais merde, qui était donc ce Ronald ? Et qui était Mr Potter ? Qu'allait-il se passer maintenant ? Vince était-il vraiment mort ? Est-ce qu'on l'avait tué ce soir, là-bas sur le campus ? Toutes ces questions se pressaient sous le crâne de Francis qui l'élançait. Il lui fut donc très facile de pleurer dans les bras de Potter et même de se raccrocher à lui comme à une bouée de sauvetage. D'enfouir son visage dans le cuir noir qui fleurait bon et de lui murmurer à satiété :

— Pardon, pardon, pardon. Ah mon Dieu, pardon.

Et Potter de lui répondre :

— Je t'aime moi aussi, Ronald. Je t'adore. Tu ne me quitteras plus jamais, hein ?

— Non. Promis. Je ne te quitterai plus jamais.

Alors, Potter éclata de rire et repoussa vivement le garçon.

— Francis, mon cher Francis, lui chuchota-t-il. Qui est donc Ronald ? Je ne fais que m'amuser avec toi, mon garçon. C'est juste l'un de mes petits jeux. T'es étudiant en faculté, tu dois bien avoir pigé ça. Alors, jouons, Francis. Allons dans la grange et amusons-nous.

Je reçus un étrange mail de Monnie Donnelley à mon bureau temporaire. Une sorte d'actualisation. On ne l'avait pas mise à pied, m'y disait Monnie. Pas encore, en tout cas. En plus, elle avait des nouvelles pour moi. Besoin de vous voir ce soir. Même endroit, même heure. J'ai du nouveau. Très important. M.

J'arrivai au Poste de commandement juste après 19 heures et jetai un regard circulaire dans le pub, cherchant Monnie. Qu'étaient-ce donc que ces mystérieuses nouvelles ? Malgré les clients se pressant en foule autour du bar, je l'aperçus. Facile… c'était la seule femme. Je me fis aussi la réflexion que Monnie et moi, l'on était sans doute les seuls présents à ne pas être des marines.

— Je ne pouvais pas vous parler au téléphone à Quantico. Ça craint pas, ça ? À qui faire confiance ? me lança-t-elle quand je la rejoignis.

— À moi, vous pouvez faire confiance. Bien entendu, je n'espère pas vous le faire croire, Monnie. Vous avez du neuf ?

— Plutôt. Et ça m'enlève un poids. Je crois qu'en fait, ce sont de bonnes nouvelles.

Je pris un tabouret à côté de Monnie. Le barman s'approcha et on lui commanda deux bières. Monnie démarra dès qu'il s'éloigna de nous.

— Un très bon ami à moi est à l'ERF, commença-
t-elle. En termes clairs, l'Engineering Research Faci-
lity à Quantico.

— Je connais. Vous avez des amis partout, semble-
t-il.

— C'est vrai. Pas dans le Hoover Building, pourtant. Bref, cet ami a attiré mon attention sur un message reçu, il y a deux jours, par le Bureau, puis écarté
comme farfelu. Il concernait un site web du nom de
l'Antre du Loup grâce auquel l'on peut prétendument
s'acheter amant ou maîtresse, autrement dit, le ou la
faire kidnapper. Ce site passe pour être impossible à
pirater. C'est le hic.

— Alors comment a-t-il réussi ? Notre hacker, je
veux dire.

— Elle est géniale. Je soupçonne que c'est pour
cette raison qu'on l'a méconnue. Vous voulez la rencontrer ? Elle n'a que quatorze ans.

65

Monnie avait une adresse pour le pirate à Dale City, Virginie, à une vingtaine de kilomètres à peine de Quantico. L'agent qui avait réceptionné le mail d'origine n'avait pas très bien assuré le suivi, ce qui nous embêtait plutôt : aussi s'imagina-t-on que ce dernier ne verrait pas d'inconvénient à ce que l'on se charge du boulot à sa place.

À vrai dire, je n'avais pas prévu d'emmener Monnie, mais elle ne l'entendit pas de cette oreille. Aussi, après avoir laissé son 4 × 4 devant chez elle, fit-elle le trajet avec moi jusqu'à Dale City. J'avais déjà appelé pour prévenir de notre arrivée et parlé à la mère de la fillette. Au ton de sa voix, elle était nerveuse, tout en se disant heureuse que le FBI vienne finalement voir Lili. Elle ajouta :

— Lili ne passe inaperçue de personne longtemps. Vous verrez par vous-même ce que je veux dire.

Une adolescente en combinaison noire vint nous ouvrir. Je supposai qu'il s'agissait de Lili, il se trouva que je me trompais. Annie était sa sœur cadette de douze ans. Mais elle en faisait bien quatorze. Elle nous fit signe d'entrer dans la maison.

— Lili est dans son laboratoire, nous dit Annie. Où ailleurs ?

Mrs Olsen est alors sortie de la cuisine et l'on s'est

présentés à elle. La mère de Lili, chemisier blanc uni sur robe chasuble en velours vert, brandissait une spatule luisante de graisse. Je ne pus m'empêcher de me faire la réflexion que ce cadre domestique était des plus banals. Surtout si ce sur quoi Lili croyait être tombée se révélait tangible. Était-il possible qu'une ado de quatorze ans ait trouvé une piste pouvant nous mener aux kidnappeurs ? J'avais entendu parler d'affaires résolues de façon plus étrange encore. Cependant...

— On la surnomme Dr Hawking. Vous savez, Stephen Hawking ? Son QI est très élevé, fit sa mère en pointant l'ustensile de cuisine vers le haut pour souligner ses dires. Intelligente comme elle est, Lili vit de Sprite et de Pixie Stix. Je n'arrive pas à lui faire modifier ses habitudes diététiques.

— On pourrait parler à Lili maintenant ? demandai-je.

Mrs Olsen acquiesça.

— J'en déduis que vous prenez ça au sérieux. C'est sage, vu que ça vient de Lili. Elle n'a rien inventé du tout, vous pouvez me croire.

— Bon, l'on veut simplement lui parler. Afin de ne rien négliger. L'on doute encore qu'il y ait anguille sous roche, à vrai dire.

Ce qui était relativement franc.

— Ah mais, il n'y a pas rien, reprit Mrs Olsen. Lili n'a jamais commis d'erreur. En tout cas, pas jusqu'à présent.

Elle braqua sa spatule en direction de l'escalier.

— Deuxième porte à droite. Elle ne l'a pas verrouillée pour changer, car elle vous attend. Elle nous a bien recommandé de ne pas nous en mêler.

Monnie et moi, l'on est montés à l'étage.

— Elles ne se doutent absolument pas de ce que ça

pourrait être, hein ? me chuchota-t-elle. J'en suis presque à espérer que ce n'est qu'une fausse piste.

Je frappai une seule fois au battant en bois qui rendit un son creux.

— C'est ouvert, fit une petite voix aiguë. Entrez !

En ouvrant la porte, j'eus la vision d'une chambre meublée en pin. Lit à une place, draps froissés à motif de vaches, affiches du MIT, de Yale et de Standford aux murs.

Une adolescente brune à lunettes, nantie d'un appareil dentaire, était installée devant un ordinateur portable, éclairée par une lampe halogène bleue.

— Je suis à votre entière disposition, nous dit-elle. Moi, c'est Lili, bien sûr. J'ai travaillé selon un processus de décryption. Ça se réduit à dénicher des faiblesses dans les algorithmes de chiffrement.

Monnie et moi avons serré la main de Lili, une vraie menotte, aussi fragile d'aspect qu'une coquille d'œuf.

— Lili, commença Monnie, vous disiez dans votre e-mail être en possession de renseignements, susceptibles de nous aider, concernant les disparitions survenues à Atlanta et en Pennsylvanie.

— Oui. Mais vous avez déjà retrouvé Mrs Meek.

— Vous avez piraté un site hautement sécurisé. C'est exact, n'est-ce pas ? lui demanda Monnie.

— J'ai expédié des scans furtifs UDP. Puis de l'IP *spoofing* ou usurpation d'adresse IP. Leur *root server* a mordu aux paquets falsifiés. J'ai implanté un code source pour le sniffer. Et pour finir, j'ai cracké le site grâce à de l'empoisonnement DNS. C'est un peu plus compliqué que ça, mais à la base, c'est l'idée.

— Pigé, lui dit Monnie.

Je me suis soudain félicité qu'elle soit venue avec moi chez les Olsen.

— Je crois qu'ils savent que je me suis retrouvée en

ligne en même temps qu'eux. En fait, j'en suis sûre, ajouta Lili.

— Et comment le savez-vous ? lui demandai-je.

— Ils l'ont dit.

— Vous ne vous êtes pas beaucoup appesantie sur les détails avec l'agent Tiezzi. Vous lui avez dit que vous pensiez qu'on pourrait « mettre en vente » quelqu'un sur le site ?

— Ouais, mais j'ai raté mon coup, pas vrai ? L'agent Tiezzi ne m'a pas crue. Je lui ai avoué que j'étais une fille de quatorze ans. Débile de ma part, hein ?

— Je ne vous le reprocherai pas, fit Monnie en lui souriant gentiment.

Lili finit par sourire, elle aussi.

— Je me suis fourrée dans de sales draps, pas vrai ? En fait, je le sais. Il se pourrait même qu'ils sachent déjà qui je suis.

Je fis non de la tête.

— Non, Lili, lui dis-je. Ils ne savent ni qui tu es ni où tu te trouves. Je suis sûr que non.

Si tel était le cas, tu serais déjà morte.

66

Se trouver dans la chambre de cette enfant prodige était d'une inquiétante étrangeté… alors que sa vie et celle des membres de sa famille étaient peut-être en grand danger. Lili s'étant montrée un peu timorée dans son message au Bureau, je comprenais fort bien que son tuyau ait pu passer entre les mailles du filet. De plus, elle n'avait que quatorze ans. Mais à présent, après l'avoir rencontrée et lui avoir parlé face à face, j'étais certain que Lili tenait quelque chose de palpable, susceptible de nous aider.

Elle les avait entendus parler.

Pendant qu'elle était à l'écoute, une acquisition avait eu lieu.

Elle avait peur pour elle et pour sa famille.

— Vous voulez vous trouver en ligne avec eux ? questionna Lili, tout excitée. C'est possible ! Histoire de voir s'ils sont réunis en ce moment. J'ai bidouillé un logiciel d'anonymisation supercool. Je crois qu'il va marcher. J'en suis pas sûre à cent pour cent. Ben, ouais, ça marche.

Son grand sourire dévoila son magnifique appareil dentaire.

Je lisais dans ses yeux qu'elle voulait nous prouver quelque chose.

— Est-ce une bonne idée ? me demanda Monnie à l'oreille.

Je la pris à part et lui répondis à voix basse :

— De toute façon, il faut qu'on les déménage, elle et sa famille. Plus personne ne peut rester ici maintenant, Monnie.

Je jetai un regard à Lili.

— D'accord. Pourquoi ne pas essayer de se retrouver en ligne avec eux. Voyons voir ce qu'ils mijotent. On sera là avec toi.

Lili n'arrêta pas de nous parler tout en franchissant les diverses étapes d'accès au site : mots de passe et autres codes de protection. Si je ne comprenais goutte à ce que disait l'adolescente, Monnie en pigeait les trois quarts. Elle se montrait enthousiaste, encourageante, mais surtout impressionnée.

Soudain, Lili leva la tête, l'air alarmé.

— Y a quelque chose qui colle plus du tout.

Elle se repencha sur son ordinateur.

— Ah les chiens ! jura-t-elle. Bande de salopards.

Non mais, j'y crois pas.

— Que s'est-il passé ? s'exclama Monnie. Ils ont changé les clés, n'est-ce pas ?

— Pire que ça, fit Lili en tapant rapidement des ordres sur son clavier. Pire, bien pire. Ah wouah, chiotte. J'y crois pas.

Elle finit par se détourner de l'écran de son ordinateur portable.

— Au début, j'ai même pas pu localiser le site. Ils ont mis au point un chouette réseau très dynamique… et que je te rebondis de Detroit à Boston et ensuite à Miami, partout. Puis, quand j'ai fini par le trouver, j'ai pas pu entrer. Plus personne, sauf eux, ne peut pénétrer sur ce site maintenant.

— Pourquoi ça ? demanda Monnie. Que s'est-il passé entre la dernière fois et maintenant ?

— Ils ont installé un iris-scan. Quasi impossible à déjouer. Tout le truc est dirigé par celui qui se fait appeler le Loup. Il est vachement effrayant comme mec, le Loup. C'est un Russe. Genre, un loup de Sibérie. Je pense même qu'il est plus intelligent que moi. Ce qui veut dire qu'il l'est drôlement… intelligent.

Le lendemain, je bossai dans la salle de conférences du SIOC au quatrième étage du Hoover Building. Idem pour Monnie Donnelley, qui avait encore l'impression d'être dans les limbes. L'on n'avait pas ébruité ce que Lili Olsen nous avait appris afin de pouvoir procéder à certains recoupements. La vaste pièce bourdonnait autour de nous. Les kidnappings étaient très médiatisés désormais. Les agents du FBI ayant encaissé des pressions considérables ces dernières années, remporter une victoire leur était nécessaire. Non, me suis-je corrigé, une victoire nous est nécessaire.

Beaucoup d'huiles du Bureau assistèrent à la réunion de groupe, tard ce même soir : à savoir les chefs des Unités d'Analyse du Comportement des côtes Est et Ouest, celui du CASMIRC (ou Child Abduction Serial Murder Investigative Resource Center[1]) et celui d'Innocent Images de Baltimore, service du FBI qui se consacre à la traque et à l'élimination des prédateurs sexuels sévissant sur Internet. Stacy Pollack présida à nouveau les débats ; il était évident qu'elle avait la responsabilité de l'affaire.

Un étudiant d'Holy Cross College, Massachusetts,

67

1. Approximativement : Centre de ressources et d'enquête concernant meurtres en série et enlèvements d'enfants (N.d.T.).

avait disparu et l'on avait retrouvé l'un de ses amis proches, assassiné sur le campus. La ressemblance physique de Francis Deegan avec Benjamin Coffey, l'étudiant kidnappé à Newport, porta beaucoup d'entre nous à croire qu'on l'avait choisi comme remplaçant de Coffey, mort craignait-on.

— J'aimerais obtenir votre aval pour l'offre d'une récompense, se montant à cinq cent mille dollars peut-être, déclara Jack Arnold, qui dirigeait l'unité d'Analyse du comportement de la côte Est.

Personne ne commenta sa proposition. Plusieurs agents continuèrent à prendre des notes ou à utiliser leurs ordinateurs portables. En fait, c'était décourageant.

— Je crois que je tiens quelque chose, finis-je par lancer du fond de la salle.

Stacy Pollack tourna son attention vers moi. Quelques têtes se redressèrent, davantage en réaction à ce qui venait de briser le silence ambiant qu'à autre chose. Je me levai.

L'EDN avait la parole. Je présentai Monnie, rien que pour faire le malin. Puis leur parlai de l'Antre du Loup et de notre rencontre avec Lili Olsen, quatorze ans. Je leur précisai qu'en outre, d'après les recherches de Monnie, le Loup pourrait bien être un gangster russe du nom de Pasha Sorokin. Son pedigree était difficile à établir, en particulier avant son départ d'URSS.

— Si l'on trouve un moyen de pénétrer dans l'Antre, l'on découvrira, à mon avis, des éléments nouveaux sur les disparues. En attendant, je pense qu'il faut mettre davantage d'hommes sur certains sites déjà identifiés par Innocent Images. Il semble logique que les utilisateurs de l'Antre du Loup, en bons pervers, visitent aussi d'autres sites porno. Il nous faut de l'aide. Et s'il s'avère que le Loup et Pasha Sorokin ne sont qu'un seul et même individu, il va nous en falloir beaucoup.

Stacy Pollack se montra intéressée. Et entama un interrogatoire qui nous mit, Monnie et moi, sur le gril. Il était clair que l'on menaçait, tous deux, d'autres agents présents dans la salle. Puis Miss Pollack rendit son verdict.

— Je vous accorde ce que vous demandez, nous dit-elle. On va surveiller les sites porno vingt-quatre heures sur vingt-quatre et sept jours sur sept. Le fait est que l'on n'a rien de mieux à se mettre sous la dent au point où l'on en est. Je veux que notre Groupe russe de New York soit aussi sur le coup. Je ne suis pas à cent pour cent persuadée que Pasha Sorokin soit impliqué là-dedans mais si tel est le cas, c'est énorme. Ça fait six ans que Sorokin nous intéresse ! Le Loup nous inté-resse donc beaucoup.

Au cours des vingt-quatre heures qui suivirent, plus d'une trentaine d'agents reçurent pour mission de surveiller quatorze sites porno et forums de discussion différents. Il devait s'agir de l'une des « planques » les plus glauques qui aient jamais eu lieu. L'on ne savait pas exactement qui l'on recherchait... sorti de quiconque mentionnerait un site du nom de l'Antre du Loup ou, encore mieux, le Loup tout court. Entretemps, Monnie et moi, l'on rassemblait tous les renseignements possibles sur la Mafia rouge en général et Pasha Sorokin, en particulier.

Un peu plus tard, cet après-midi-là, je dus m'absenter. Le timing n'aurait pu tomber plus mal, même si aucun timing n'aurait été le bon dans ce cas de figure. L'on m'avait demandé d'assister à une réunion préparatoire avec les avocats de Christine Johnson au Blake Building, non loin de Dupont Circle. Christine tentait de récupérer Alex Junior.

Arrivant à destination peu après 17 heures, je dus affronter à contre-courant la marée d'employés qui se retirait du bâtiment insolite, dressant ses onze étages à l'angle de Connecticut Avenue et de L Street. En jetant un coup d'œil au tableau des locataires, au rez-de-chaussée, je m'aperçus que figuraient parmi eux Mazda, Barron's, le Conseil national de Sécurité et plusieurs cabinets juridiques, dont Mark, Haranzo & Denyau qui représentait Christine.

Je me transbahutai sans entrain jusqu'à la batterie d'ascenseurs et appuyai sur un bouton. Christine voulait obtenir la garde d'Alex Junior. Son avocat avait arrangé cette entrevue dans l'espoir de régler le différend à l'amiable, en évitant d'aller au tribunal ou de recourir à tout autre genre de résolution. Après avoir parlé à mon avocat le matin même, j'avais décidé de me passer de sa présence, puisqu'il s'agissait d'une entrevue « informelle ». Je tâchai de n'avoir qu'une seule idée en tête pendant que je gagnai le sixième étage en ascenseur : Agis au mieux des intérêts d'Alex Junior. Quoi que tu risques d'éprouver.

Je m'arrêtai au sixième où je fus accueilli par Gilda Haranzo, mince et séduisante dans un ensemble anthracite avec chemisier de soie blanc, noué au col. Mon avocat, qui avait eu maille à partir avec Miss Haranzo, m'avait prévenu qu'elle était très bonne et aussi « dotée d'une mission ». Divorcée de son médecin de mari, elle avait obtenu la garde de ses deux enfants. Ses tarifs étaient élevés mais Christine et elle avaient été condisciples à Villanova University. Leur amitié datait de là.

— Christine est déjà en salle de conférences, Alex, me dit-elle après s'être présentée. Je regrette que ça en arrive là, ajouta-t-elle. L'affaire est difficile. Elle ne met en cause que des gens bien. Voulez-vous me suivre, je vous prie ?

— Moi aussi, je regrette que ça en arrive là, lui répondis-je.

En revanche, je n'aurais pas affirmé comme elle que seuls des gens bien étaient en cause. On allait voir ça assez vite.

Ms Haranzo m'introduisit dans une pièce de dimension moyenne, moquettée de gris, aux murs tendus de tissu bleu clair. Une table en verre et six fauteuils de cuir noir en meublaient le centre. Seuls objets posés sur la table : carafe d'eau fraîche, verres et ordinateur portable.

De grandes fenêtres en enfilade donnaient sur Dupont Circle. Christine était postée près de l'une de ces ouvertures. Elle ne dit pas un mot quand j'entrai. Puis se dirigeant vers la table, elle prit place sur l'un des sièges en cuir.

— Bonjour, Alex, me dit-elle enfin.

Gilda Haranzo se glissa dans son fauteuil, devant son ordinateur portable, et je choisis de m'asseoir en face de Christine à la table de conférence en verre. Tout à trac, la perte d'Alex Junior me parut excessivement réelle. Cette idée me coupa le souffle. Que son choix ait été bon ou mauvais, juste ou injuste, Christine nous avait abandonnés. Partie à des milliers de kilomètres, elle n'était jamais revenue voir son fils une seule fois. Elle avait renoncé à ses droits parentaux en parfaite connaissance de cause. Elle avait maintenant changé d'avis. Et si jamais elle en changeait une fois encore ?

— Merci de t'être déplacé, Alex, me fit Christine. Je regrette que ce soit en de telles circonstances. Tu dois me croire quand je te dis que je le regrette.

Je ne sus que lui répondre. Sans être fou furieux contre elle… ma foi, j'étais quand même en colère. Alex Junior avait vécu avec moi quasiment depuis sa naissance et je ne pouvais supporter l'idée de le perdre aujourd'hui. J'avais l'estomac plombé comme un ascenseur en chute libre. Ce que j'éprouvais équivalait à voir son enfant courir dans la rue au-devant d'un grave accident en étant incapable de faire quoi que ce soit. Je restai assis, renfermé dans mon silence, en refoulant le cri primitif qui aurait brisé tous les éléments en verre de la pièce.

Puis l'entrevue commença. Ladite réunion informelle. Entre gens bien.

— Dr Cross, merci d'avoir pris le temps de venir ici, me dit Gilda Haranzo en me décochant un sourire cordial.

— Pourquoi ne serais-je pas venu ? lui rétorquai-je. Elle acquiesça en souriant de plus belle.

— Nous avons tous envie que cette affaire se règle à l'amiable. Vous vous êtes très bien occupé de l'enfant, personne ne le conteste.

— Je suis son père, Mrs Haranzo, lui rappelai-je.

— Bien entendu. Mais dorénavant, Christine est en mesure d'assumer la charge de son petit garçon et c'est elle sa mère. Elle est aussi directrice d'école primaire à Seattle.

Je sentis mon visage et ma nuque s'empourprer.

— N'empêche qu'elle a abandonné Alex, il y a un an.

Christine prit la parole.

— C'est inexact, Alex. Je t'ai dit que tu pouvais le garder avec toi momentanément. Cet arrangement a toujours été temporaire de façon implicite.

— Dr Cross, n'est-il pas vrai que votre grand-mère de quatre-vingt-deux ans s'occupe du bébé la plupart du temps ? me demanda Mrs Haranzo.

— On s'en occupe tous, dis-je. Nana n'était pas trop vieille l'an dernier quand Christine est partie vivre à Seattle. Elle est on ne peut plus capable et je ne pense pas que vous ayez envie de voir Nana dans le box des témoins.

— Votre travail vous éloigne de la maison fréquemment, n'est-ce pas ? poursuivit l'avocate.

J'opinai.

— À l'occasion, ça m'arrive. Mais Alex n'en souffre pas, l'on s'en occupe toujours bien. C'est un enfant heureux, en bonne santé, éveillé, qui sourit à tout bout de champ. Et il est aimé. C'est le centre de la maisonnée.

Mrs Haranzo me laissa terminer avant de repartir à l'assaut. Je sentis soudain que l'on instruisait mon procès.

— Votre travail est dangereux, Dr Cross. Votre famille s'est retrouvée gravement mise en péril auparavant. De plus, vous avez noué des relations intimes avec plusieurs femmes depuis le départ de Miss Johnson. N'est-il pas vrai ?

Je soupirai. Puis me levai lentement du fauteuil de cuir.

— Je regrette, mais cette entrevue est terminée. Excusez-moi. Il faut que je quitte cette pièce.

— À la porte, je me retournai vers Christine.

— C'est mal ce que tu fais.

Il fallait que je sorte de là et me change les idées pour un temps. Je revins au Hoover Building où, semblait-il, je n'avais manqué à personne. Je ne pus m'empêcher de penser que certains de ces agents terrés dans les bureaux du QG n'avaient pas la moindre idée de comment l'on résolvait un crime dans le monde réel. Ils paraissaient presque persuadés qu'en nourrissant de données des ordinateurs, ceux-ci, au bout du compte, recrachaient le nom du coupable. Tout se passe dehors, sur le terrain ! Sortez de cette « cellule de crise », cette pièce sans fenêtre à l'air confiné. Bossez dans la rue ! avais-je envie de leur hurler.

Mais je restai coi. Je m'installai devant un écran et lus les dernières infos sur la mafia russe. Je n'y décelai aucun recoupement prometteur. De plus, il m'était impossible de vraiment me concentrer suite à mon entrevue avec l'avocate et Christine. Juste après 19 heures, je rangeai mes affaires et quittai le Hoover Building.

Personne ne parut remarquer mon départ. Alors, je me demandai… Est-ce une si mauvaise chose ?

En rentrant à la maison, j'aperçus Nana qui me guettait. À peine gravissais-je le perron qu'ouvrant la porte, elle sortit.

— Surveille Alex Junior, Damon. On revient dans un moment, fit-elle à travers la moustiquaire.

Nana descendit le perron en boitant et je la suivis.

— Où est-ce qu'on va ? lui demandai-je.

— Faire un tour en voiture, me répondit-elle. Toi et moi, on doit parler de certaines choses.

Et merde.

Je remontai dans ma vieille Porsche et démarrai.

Nana se laissa choir à la place du mort.

— Roule, me dit-elle.

— Oui, mâme.

— Bel exemple d'insolence.

— Je sais, mâme.

— Sois pas insolent et épargne-moi ton humour à quatre sous.

— Oui, mâme.

Je décidai de partir vers l'ouest, direction les monts Shenandoah, une jolie promenade et l'une des préférées de Nana. Pendant la première partie du trajet, l'on demeura tous deux plutôt silencieux, ce qui ne nous ressemblait guère, à l'un comme à l'autre.

— Que s'est-il passé chez l'avocate ? finit par me demander Nana au moment où je m'engageai sur la Route 66.

Je lui donnai la version longue, sans doute que j'avais besoin de me défouler. Nana m'écouta religieusement, puis fit quelque chose de très inhabituel. Elle jura en bonne et due forme.

— Rien à foutre de Christine Johnson. Elle a tous les torts dans cette histoire !

— Christine n'est pas entièrement à blâmer, lui dis-je.

---

1. Allusion au célèbre film australien *Miss Daisy et son chauffeur* signé Bruce Beresford (*N.d.T.*).

Malgré le peu d'envie que j'en avais, je réussissais à voir les choses de son point de vue.

— Eh bien moi, je trouve que si. Elle a abandonné son adorable bambin pour partir s'installer à Seattle. Elle n'avait pas besoin de s'en aller si loin. Elle a agi de son plein gré. Maintenant, elle n'a qu'à faire avec.

Je lançai un coup d'œil à Nana. Elle avait le visage fermé.

— Je ne sais pas si à l'heure actuelle, ton point de vue serait considéré comme éclairé.

Nana chassa d'un revers de main ce que je venais de lui objecter.

— Je ne considère pas que l'époque actuelle soit des plus éclairées. Tu sais que je crois aux droits de la femme, aux droits de la mère et tout ça, mais je crois aussi que chacun doit être tenu pour responsable de ses actes. Christine a abandonné son petit garçon et toutes ses responsabilités en même temps.

— Tu as fini ? lui dis-je.

Nana avait croisé les bras fermement sur sa poitrine.

— Oui. Et ça m'a fait du bien, vraiment du bien. Tu devrais essayer un de ces jours. Défoule-toi, Alex. Lâche prise. Lâche tout.

Je fus obligé de rire finalement.

— J'ai fait beugler la radio à fond en revenant du boulot et j'ai hurlé à pleins poumons. Je suis plus en pétard que toi, Nana.

Et pour une fois – je ne me rappelais pas que ça se soit déjà produit – elle m'a laissé avoir le dernier mot.

Jamilla m'appela ce soir-là sur le coup de 23 heures… huit heures, pour elle. Je ne lui avais pas parlé depuis quelques jours et, à dire vrai, elle ne tombait pas au meilleur moment. La visite de Christine à Washington et l'entrevue avec son avocate m'avaient tendu, pour ne pas dire chamboulé. Secoué. Je tâchai de ne rien laisser filtrer, mais ce fut aussi une erreur.

— Tu n'écris jamais, tu n'appelles jamais, me tança Jamilla en riant à son habitude, si décontractée et engageante. Ne me dis pas que tu es déjà embringué dans une affaire pour le Bureau ? C'est bien ça, hein ?

— Ouais, et une grosse affaire bien glauque. Je suis à la fois dedans et dehors, dis-je à Jam.

Puis je lui expliquai en deux mots ce qui se passait et aussi ce qui ne se passait pas, au Hoover Building, y compris mes sentiments mélangés de me retrouver, côté Bureau… toutes choses de ma vie qui ne comptaient guère à cet instant précis.

— Tu es le petit nouveau qui débarque, me dit-elle. Donne du temps au temps.

— Je m'exhorte à la patience. C'est simplement que je n'ai pas l'habitude d'un tel déficit d'activité, d'un tel gaspillage de ressources.

Je l'entendis qui se marrait.

71

— Oui, bien sûr, ajouté au fait que tu es habitué à être le centre de l'attention générale, tu ne crois pas ? Tu as été une vedette, Alex.

Je souris.

— Tu as raison, tu as raison. Ça en fait partie.

— Tu voyais le Bureau de l'autre côté de la barrière. Tu savais dans quoi tu te fourrais. Tu ne le savais pas ?

— Je devais le savoir, bien sûr, je pense. Mais j'ai écouté les belles promesses qu'on m'a faites au moment où j'ai signé.

Jamilla soupira.

— Je sais, je ne fais pas preuve de beaucoup de sympathie, de compassion, ou quoi ou qu'est-ce. C'est là mon moindre défaut.

— Non, ça vient de moi.

— Ouais.

Elle se remit à rire.

— C'est vrai. Je ne t'ai jamais encore senti aussi bas ni autant à côté de la plaque. Voyons voir ce qu'on peut faire pour te remonter le moral.

L'on parla de l'affaire sur laquelle elle bossait, puis Jamilla me demanda des nouvelles des enfants. Elle se montra intéressée, comme toujours. Mais il me fut impossible de me débarrasser de mon humeur massacrante. Je me demandai si elle en était consciente quand j'eus ma réponse.

— Bon, fit Jamilla. Je voulais juste savoir comment tu allais. Appelle-moi si tu as du nouveau. Je suis toujours là pour toi. Tu me manques, Alex.

— Toi aussi, tu me manques, lui dis-je.

Là-dessus, Jamilla mit fin à la communication avec un « bye » tout en douceur.

Je restai là à hocher la tête de droite à gauche.

Merde. Ce que je pouvais être con parfois. Voilà que je reprochais à Jamilla ce qui s'était passé avec Christine. C'était pas franchement débile, ça ?

72

— Salut, toi, tu m'as manqué, fis-je, sourire aux lèvres. Et puis, bon, excuse-moi.

Cinq minutes après que Jamilla eut raccroché, je la rappelai pour tenter de faire amende honorable.

— Il ferait beau voir que tu t'excuses pas, pauvre naze. Heureuse de constater que tes fameuses petites antennes fonctionnent toujours aussi bien, me dit-elle.

— Pas très coton à déduire. J'en avais une preuve indubitable sous les yeux. C'est le coup de fil le plus court qu'on se soit jamais passé. Et, sans doute, le plus pesant et le plus déprimant, aussi. Mais j'ai eu l'une de mes fameuses intuitions.

— Alors, c'est quoi le problème, Boy Scout ? C'est ton job ou autre chose ? C'est moi, Alex ? Tu peux me le dire si c'est ça. Mais je dois te prévenir quand même, je me balade avec un flingue.

Sa plaisanterie me fit rire. Puis, reprenant ma respiration, j'accouchai lentement.

— Christine Johnson est en ville. Et le pire est à venir. Elle est là pour Alex Junior. Elle veut le reprendre, en obtenir la garde, l'emmener sans doute à Seattle.

Je l'entendis souffler un bon coup, puis :

— Oh mais Alex, c'est terrible. Affreux. Tu en as parlé avec elle ?

— Bien sûr que oui. Je suis allé chez son avocate cet après-midi. Si Christine a du mal à se montrer coriace, son avocate, non.

— Christine vous a vus tous les deux ensemble, Alex ? Comment tu es avec lui ? On se croirait dans ce vieux film, *Kramer contre Kramer* avec Dustin Hoffman et cet amour de petit garçon.

— Non, elle ne nous a pas vraiment vus ensemble. Moi, en revanche, je l'ai vue avec Alex. Il lui a fait du charme. Il a accueilli son retour sans récriminer, le petit traître.

Jamilla était en pétard maintenant.

— Alex Junior tout craché. Un parfait gentleman. Comme son père.

— Oui, plus le fait… que c'est sa mère. Tous les deux ont une histoire commune, Jam. C'est compliqué.

— Non, pas compliqué du tout. Ni pour moi ni pour quiconque doté de bon sens. Elle l'a abandonné, Alex. Elle a mis près de cinq mille kilomètres entre eux. Elle n'est pas revenue le voir pendant un an. Qui peut dire qu'elle ne recommencera pas ? Alors, que vas-tu faire maintenant ?

C'était la grande question, hein ?

— Qu'en penses-tu ? Qu'est-ce que tu ferais, toi ? Jam réprima un rire.

— Oh, tu me connais… je me battrais comme une belle diablesse.

Je finis par sourire.

— Eh bien, c'est ce que je vais faire. Me battre contre Christine, comme un beau diable.

73

Je n'en avais pas fini avec les coups de fil ce soir-là. Je venais à peine de raccrocher qu'une demi-minute plus tard l'appareil infernal se remit à sonner. Je me demandai si c'était Christine. Je n'avais vraiment pas envie de parler d'Alex pour le moment. Qu'avait-elle à me dire... et que pouvais-je lui répondre ?

Le téléphone s'obstinait pourtant à sonner. Je consultai ma montre. Et vis qu'il était minuit passé. Bon, quoi encore ? Après avoir hésité, je finis par prendre l'appel.

— Alex Cross, fis-je.

— Alex, ici Ron Burns. Navré de vous appeler si tard. J'arrive de New York et vais bientôt me poser à D.C. Encore une conférence à propos d'antiterrorisme, quoi que ce terme puisse recouvrir à l'heure actuelle. Même si personne ne semble savoir au juste comment combattre ces salopards, tout le monde a sa théorie là-dessus.

— Il faut jouer leur jeu. Bien entendu, ça en incommodera plus d'un, lui répondis-je. Et ça n'est ni politiquement ni socialement correct, bien sûr.

Burns éclata de rire.

— Vous allez droit au cœur du problème, me dit-il. Et vous n'avez pas peur d'exprimer vos idées.

— À ce propos..., dis-je.

— Je vous sais un peu remonté. Je ne vous le reproche pas après ce qui s'est passé. Les faux-fuyants du Bureau, tout ce dont l'on avait averti. Il faut que vous compreniez une chose, Alex. Je m'emploie à faire virer de bord un paquebot de croisière très lent à la manœuvre en plein Potomac. Je vous demande de me faire confiance encore un peu. Et d'ailleurs, que faites-vous à D.C. ? Pourquoi n'êtes-vous pas déjà là-haut, dans le New Hampshire ?

Je cillai sans comprendre.

— Pourquoi dans le New Hampshire ? Oh, et puis merde, ne me le dites pas.

— On a un suspect. Personne ne vous a averti, c'est ça ? Votre idée de traquer les mentions faites à l'Antre du Loup sur Internet, ça a payé. On tient quelqu'un ! Je n'en croyais pas mes oreilles. Et j'apprenais ça maintenant, à minuit !

— Personne ne m'a prévenu. Et je n'ai pas bougé de chez moi depuis que je suis parti du boulot.

Silence sur la ligne, côté Burns.

— Je vais passer deux, trois coups de fil. Prenez un avion demain matin. On vous attendra au New Hampshire. Croyez-moi, l'on vous attendra. Et, Alex, faites-moi encore un peu confiance.

— Ouais, d'accord.

Juste un peu.

En dépit, bizarrement, de toute improbabilité, un respectable assistant d'anglais de Dartmouth College faisait l'objet d'une surveillance de la part du FBI dans le New Hampshire. Il avait participé récemment à Tabou, forum de discussion, où il avait fait l'article d'un site web très fermé où l'on pouvait tout acheter, à condition de pouvoir y mettre le prix.

Un agent du SIOC avait téléchargé l'étrange échange avec Mr Potter.

Petit Ami : « Pouvoir y mettre le prix », ça se chiffre à combien exactement ?

Mr Potter : À bien plus de fric que tu n'en as, mon ami. De toute façon, un iris-scan écarte d'entrée les racailles dans ton genre.

Le Colis : On est très honorés que tu daignes t'encanailler avec nous ce soir.

Mr Potter : L'Antre du Loup n'ouvre que deux fois par semaine. Ni l'un ni l'autre n'êtes invités, bien sûr.

Il s'avéra que Mr Potter était le pseudo utilisé par le Dr Homer Taylor. Coupable ou non, l'on passait faits et gestes dudit Dr Taylor au microscope à l'heure actuelle. Vingt-quatre agents, faisant les trois-huit par équipes de deux, épiaient le moindre de ses déplacements à Hanover. Pendant ses jours ouvrables, il habitait une petite maison victorienne près de l'université, se rendait à pied à ses cours et s'en revenait idem. C'était un homme mince, à la calvitie naissante, l'air bien sous tous rapports ; il portait des costumes anglais, des nœuds papillons aux couleurs vives et des bretelles non assorties à dessein. Il affichait en permanence une mine autosatisfaite. Les autorités universitaires nous avaient appris qu'il enseignait le théâtre de l'époque élisabéthaine et de la Restauration tout en assurant, ce semestre, un séminaire sur Shakespeare.

Ses cours étaient très appréciés, tout comme sa personne. Le Dr Taylor avait la réputation d'être disponible pour les étudiants, même pour ceux qui ne suivaient pas son enseignement. Il était aussi connu pour son humour caustique et son sens de la repartie. Il lui arrivait de jouer devant ce qu'il appelait ses « salles pleines », lisant fréquemment des scènes où il interprétait aussi bien les rôles d'hommes que de femmes.

On le tenait pour homo, mais personne n'avait eu vent de relations sérieuses le concernant. Propriétaire d'une ferme à quatre-vingts kilomètres de là, à Webster, New Hampshire, il y passait la plupart de ses week-ends. À l'occasion, Taylor se rendait à Boston ou à New York et avait séjourné plusieurs étés en Europe. Il n'avait jamais eu le moindre incident avec un étudiant, malgré la poignée de ses élèves de sexe masculin qui le surnommaient Puck, certains même, à son nez et à sa barbe.

Surveiller Taylor n'était pas aisé, étant donné le climat de cette ville universitaire. Jusqu'ici, l'on croyait que nos agents ne s'étaient pas fait repérer. Mais l'on était loin d'en être certain. Taylor n'avait pas fait grand-chose hormis donner ses cours et rentrer chez lui.

Mon second jour de planque à Hanover, je me trouvais dans une Crown Victoria bleu foncé, en compagnie d'un agent du nom de Peggy Katz. L'agent Katz avait grandi à Lexington, Massachusetts. C'était une personne très sérieuse qui semblait avoir, comme violon d'Ingres, une passion pour le basket professionnel. Elle pouvait parler de la NBA ou de la WNBA à profusion, ce qu'elle ne manqua pas de faire lors de nos heures de surveillance communes.

Les autres agents, se trouvant avec nous ce soir-là, étaient Roger Nielsen, Charles Powiesnik et Michelle Bugliarello. Powiesnik était l'agent spécial. Je ne voyais pas trop ce que je faisais dans le tableau, même si tous savaient que Washington, en la personne de Ron Burns, m'avait dépêché sur place.

— Ce bon Dr Taylor sort de chez lui. Voilà qui pourrait être intéressant, avons-nous entendu, Katz et moi, tard ce soir-là, dans notre radio.

De fait, l'on n'apercevait pas sa maison de l'endroit où l'on était garés.

— Il vient de votre côté. Vous le filez en premier, nous donna pour instruction l'agent spécial Powiesnik.

Katz mit les phares et avança jusqu'à l'angle. Puis l'on guetta le passage de Taylor. Son 4 × 4 Toyota apparut un instant plus tard.

— Il quitte la ville, direction l'Interstate 89, signala Katz. Il roule à soixante-dix environ, en respectant la limite de vitesse, ce qui en fait un suspect, selon mes critères. Il se rend peut-être à sa ferme de Webster. Un peu tard, pourtant, pour la cueillette des tomates.

— Nielsen va le précéder sur l'I-89. Vous restez derrière. Michelle et moi, on sera juste après vous, nous dit Powiesnik.

La chanson m'était connue et, apparemment, l'agent Katz la connaissait aussi car elle marmonna un « ben, ouais », dès qu'elle eut coupé la communication.

Après avoir quitté la 89, Taylor emprunta deux, trois petites routes étroites. Il frisait le cent maintenant.

— On dirait qu'il se magne un peu le train, fit remarquer Peggy.

Puis Taylor vira dans un chemin de terre, semblait-il. On dut rester à bonne distance pour ne pas se faire repérer. Le brouillard était bas sur les champs cultivés. L'on progressa lentement avant de pouvoir se garer en toute sécurité sur le bas-côté de la route. Les autres véhicules du FBI n'étaient pas encore arrivés ; du moins, l'on n'en voyait aucun. Une fois descendus de notre berline, l'on revint sur nos pas par les bois.

L'on aperçut alors le Toyota de Taylor garé devant une ferme fantomatique. Une lumière vacilla bientôt à l'intérieur de la maison, puis une seconde. L'agent Katz se taisait et je me demandai si elle avait déjà participé à une aussi grosse affaire. À mon humble avis, non.

— On aperçoit le Toyota de Taylor devant la maison, signala-t-elle à Powiesnik.

Puis elle se tourna vers moi :

— Maintenant, on fait quoi ? me souffla-t-elle dans un murmure.

— La décision ne nous appartient pas, lui dis-je.

— Et si tel était le cas ?

— J'approcherai à pied. Histoire de voir si le gosse qui a disparu de Holy Cross est là-dedans. On ignore s'il est en grand danger.

Powiesnik nous recontacta.

— On va jeter un coup d'œil. Vous et l'agent Cross restez où vous êtes. Surveillez nos arrières.

L'agent Katz se tourna vers moi en ravalant un rire.

— Powiesnik veut dire qu'on doit surveiller la poussière qu'il fait, hein ?

— Ou bien la bouffer, complétai-je.

— Ou encore ronger notre frein, renchérit en grommelant Katz.

Peut-être n'avait-elle jamais été au feu, mais il lui tardait d'en découdre à présent, semblait-il.

Et j'avais le sentiment que l'agent Katz pourrait bien se voir exaucée.

— Là-bas, en direction de la grange, dis-je en montrant du doigt. C'est Taylor. Qu'est-ce qu'il fabrique ?

— Powiesnik est de l'autre côté. Il ne peut sans doute pas se rendre compte que Taylor est sorti, me dit l'agent Katz.

— Voyons voir ce qu'il mijote.

Katz hésita.

— Vous n'allez pas me faire descendre, hein ?

— Non, répondis-je, avec un peu trop de hâte.

Tout se compliquait brusquement. J'avais envie de suivre Taylor, tout en sentant que je devais aussi ménager Katz.

— Allons-y, finit-elle par me dire, prenant sa décision. Taylor se trouve à l'extérieur de la ferme et se dirige vers le sud-ouest. On le suit, prévint-elle Powiesnik.

On courut tous deux sur une centaine de mètres. L'on avait un peu de terrain à rattraper si l'on ne voulait pas perdre Taylor de vue. Une demi-lune dans le ciel nous y aidait. Mais il était également possible que Taylor nous repère en train d'approcher. Il pouvait nous semer facilement à présent, surtout s'il soupçonnait quelque chose.

Il ne semblait pourtant pas conscient de ce qui se passait autour de lui... du moins pas jusqu'ici. Ce qui me fit penser qu'il avait l'habitude de fureter dans les parages, tard le soir. Sans se préoccuper que quelqu'un le voie. C'était son domaine privé, non ? Je le vis pénétrer dans la grange.

— On devrait rappeler, me dit Katz.

Je n'y voyais pas d'inconvénient, même si l'afflux rapide et bruyant d'autres agents me rendait nerveux par avance. Combien d'entre eux avaient de l'expérience de terrain ?

— Appelez, c'est préférable, finis-je par approuver.

Il fallut deux, trois minutes aux autres agents pour atteindre l'orée du bois où l'on était accroupis derrière de grands fourrés de broussailles. De la lumière filtrait de l'intérieur de la grange par des fissures et des trous dans les planches érodées. L'on ne pouvait ni voir ni entendre grand-chose de là où l'on se tenait tapis.

Puis de la musique éclata quelque part dans la grange. Je reconnus un arrangement choral du groupe Queen. Une chanson qui parlait de balade à bicyclette[1]. C'était totalement loufoque, à cette heure de la nuit, d'entendre ça au beau milieu de nulle part.

— Il n'a aucun antécédent violent à son actif, me souffla Powiesnik en s'accroupissant à mon côté.

— Ni de kidnapping non plus, lui rétorquai-je. Mais il pourrait bien détenir quelqu'un dans cette grange. Le gamin de Holy Cross, peut-être. Taylor connaît l'Antre du Loup, est même au courant de l'iris-scan. Je doute qu'il ne soit qu'un spectateur innocent.

— On va chercher Taylor, ordonna l'agent en charge. Il est peut-être armé. Procédez comme s'il l'était, dit-il à ses hommes.

Il positionna Nielsen et Bugliarello de l'autre côté de la grange pour veiller à ce que Taylor ne tente pas de

---

1. Il s'agit de *Bicycle Race* (1978) (*N.d.T.*).

s'enfuir par là. Powiesnik, Katz et moi allions entrer par la porte que Taylor avait empruntée.

— Ça ne vous pose pas problème ? demandai-je à Powiesnik. De ne pas le laisser souffler ?

— C'est déjà tout vu, fit-il d'une voix tendue.

Alors, passant à l'action, l'on se dirigea vers la porte de la grange. Queen beuglait toujours à l'intérieur : « *I want to ride my bicycle ! Bicycle ! Bicycle ! Bicycle !* » Tout ça faisait sur moi un drôle d'effet. Le Bureau jouissait certes d'excellents moyens pour l'obtention de renseignements, son personnel était fûté (sur le plan théorique) et bien entraîné, mais par le passé, j'avais toujours connu et fait confiance à ceux avec lesquels j'avais participé à une intervention musclée, potentiellement dangereuse.

Taylor ne s'était pas donné la peine de verrouiller la porte en bois de la grange ni même d'y mettre le loquet. L'on pouvait s'en apercevoir à quelques mètres de distance, accroupis dans les hautes herbes.

Soudain, la musique s'arrêta.

J'entendis alors des éclats de voix à l'intérieur. Plus d'une voix. Mais il me fut impossible de distinguer ce qui était dit ou qui parlait.

— Il faut qu'on l'interpelle. Maintenant, chuchotai-je à Powiesnik. On est déjà trop engagés. Faut y aller.

— Ne me dites pas…

— Je vous le dis, fis-je.

Je voulais prendre le pas sur Powiesnik. Il hésitait beaucoup trop à mon goût. Une fois parvenus si près de la grange, il n'aurait pas fallu s'arrêter.

— Je passe en premier. Suivez-moi, dis-je pour finir.

Powiesnik s'abstint de tout contrordre, ne discuta pas. Katz ne pipa mot.

Je courus rapidement jusqu'à la grange, mon arme hors de l'étui. Je l'atteignis en quelques secondes. La porte craqua fortement sous ma poussée. Une vive lumière s'échappa à l'extérieur, me poignardant les yeux une seconde.

— FBI ! hurlai-je à pleins poumons. FBI !

Et dire que c'était moi, bon Dieu, qui criais ça !

Taylor leva vers moi des yeux remplis de surprise et de crainte. Je l'avais en pleine ligne de mire. Il ne s'était pas douté un instant qu'on l'avait pris en flature. Il avait opéré dans sa propre zone de sécurité, pas vrai ? Je percevais ça maintenant.

Je distinguais aussi quelqu'un d'autre dans les ombres de la grange. Attaché par des sangles de cuir à un poteau de bois, lui-même fixé à une poutre du fénil, il ne portait aucun vêtement sur lui. Rien. Son torse et ses organes génitaux étaient ensanglantés. Mais Francis Deegan était vivant !

— Vous êtes en état d'arrestation, Mr Potter.

Le premier interrogatoire de Potter se déroula dans sa petite bibliothèque à la ferme. La pièce, douillette et meublée avec goût, ne livrait aucun indice révélateur sur les actes de barbarie perpétrés par ailleurs sur la propriété. Potter, assis sur un banc de bois, les poignets menottés devant lui, braquait sur moi ses yeux sombres bouillonnants de colère.

Calé dans un fauteuil à dossier droit, je lui faisais face. Un long moment, l'on s'est contenté de se fusiller mutuellement du regard. Puis je laissai le mien errer autour de moi. Rayons de livres et placards construits sur mesure tapissaient tous les murs. Ordinateur et imprimante trônaient sur le grand bureau de chêne, ainsi que des bacs de rangement du courrier et des piles de copies à corriger. On lisait sur un écriteau en bois vert derrière le bureau « Béni soit ce Fourbi ». Rien ici ne trahissait nulle part le vrai Taylor ou « Potter ».

Je déchiffrai le nom des auteurs sur la tranche des livres : Richard Russo, Jamaica Kincaid, Zadie Smith, Martin Amis, Stanley Kunitz.

D'après la rumeur, le Bureau disposait souvent d'une incroyable somme de renseignements sur un sujet avant l'interrogatoire dudit. C'était le cas avec Taylor. Je savais déjà tout sur son enfance passée en Iowa, puis sur ses années d'étudiant à Iowa University et New York U. Personne n'avait soupçonné son côté Hyde. Comptant obtenir de l'avancement et sa titularisation, cette année, il s'était attelé aux finitions d'un ouvrage sur le *Paradis Perdu* de Milton et d'un article consacré à John Donne. Des premiers jets de ces divers projets littéraires étaient posés sur le bureau.

Je me levai et feuilletai ces pages. Il est organisé. Il compartimente à merveille, songeai-je.

— Intéressants, vos travaux, lui dis-je.

— Faites-y attention, m'avertit-il.

— Ah pardon, mais n'ayez crainte, lui répliquai-je, comme si tout ce qu'il avait écrit à propos de Milton ou Donne avait encore une quelconque importance.

Je continuai à examiner ses livres… un *Oxford English Dictionary*, un *Riverside Shakespeare*, des publications trimestrielles sur Shakespeare et Milton, *L'Arc-en-Ciel de la Gravité* de Thomas Pynchon, un *Manuel Merck*.

— Cet interrogatoire est tout à fait illégal, vous le savez très bien. Je veux parler à mon avocat, me dit-il alors que je me rasseyais. Je l'exige.

— Oh, mais il ne s'agit que d'un banal entretien. Nous attendons l'arrivée d'un avocat d'une minute à l'autre. Il n'est question que de faire plus ample connaissance.

— A-t-on prévenu mon avocat ? Ralph Guild, de Boston ? me demanda Taylor. Dites-le-moi. Me racontez pas de conneries.

— Autant que je sache, oui. Voyons voir, l'on vous a interpellé à 20 heures, environ. On l'a contacté à 20 h 30.

Taylor consulta sa montre. Ses yeux noirs flamboyèrent.

— C'est à peine minuit et demi maintenant !

Je haussai les épaules.

— Ma foi, rien d'étonnant à ce que votre avocat ne soit pas là. Vous n'êtes pas encore mis en examen que je sache. Alors, vous enseignez la littérature anglaise, c'est bien ça ? J'aimais les cours de littérature, je lisais beaucoup, je lis encore beaucoup, mais j'adorais les sciences.

Taylor me fusillait toujours du regard.

— Vous oubliez que l'on a conduit Francis à l'hôpital. L'heure a été enregistrée.

Je claquai des doigts avec une petite grimace.

— Juste. Ça, c'est bien sûr. On l'a emmené un peu après 21 heures. J'ai signé le formulaire, moi-même, lui dis-je. J'ai un doctorat, tout comme vous. En psychologie. Délivré par la John Hopkins University de Baltimore.

Homer Taylor se balançait d'avant en arrière sur son banc. Il hochait la tête.

— Vous ne me faites pas peur, sale con. Les petits bonshommes de votre engeance ne m'impressionnent pas, vous pouvez me faire confiance. Je doute que vous ayez un doctorat. Ou alors c'est Alcorn State ou Jackson State qui vous l'ont délivré.[1]

Je ne tombai pas dans le panneau de la provoc.

— C'est vous qui avez tué Benjamin Coffey ? Moi, je crois que oui. On va rechercher son corps un peu plus tard, dans la matinée. Pourquoi ne pas nous épargner cette peine ?

Taylor finit par sourire.

— Vous épargner cette peine ? Et pourquoi donc ?

— Je peux vous donner une assez bonne raison. Parce que vous allez avoir besoin de mon aide, un peu plus tard.

---

1. Ces deux universités d'État du Mississippi accueillent en majorité des étudiants de couleur (N.d.T.).

— En ce cas, je vous épargnerai cette peine un peu plus tard. Une fois que vous m'aurez aidé, moi, fit Taylor en minaudant. Vous êtes qui, vous, d'abord ? me demanda-t-il pour finir. L'idée que se fait le FBI de la discrimination positive ?

Je souris.

— Non. En fait, je suis votre dernière chance. Vous feriez mieux de la saisir.

La bibliothèque de la ferme était vide, excepté Potter et moi. Menotté, pas effrayé pour deux sous, tranquille comme Baptiste, il me fusillait d'un œil menaçant.

— Je veux voir mon avocat, me répéta-t-il.

— Je m'en doute. Je voudrais la même chose à votre place. Je ferais un cirque pas possible.

Taylor sourit derechef. Ses dents étaient salement nicotinées.

— Je peux avoir une cigarette ? Filez-moi n'importe quoi.

Je lui en donnai une. Et j'allais même jusqu'à la lui allumer.

— Où avez-vous enterré Benjamin Coffey ? lui redemandai-je.

— Alors c'est vraiment vous le responsable ? Intéressant, ça. La Terre se meut et le ver de terre mue, hein ?

J'ignorai sa question et sa remarque.

— Où se trouve Benjamin Coffey ? répétai-je. Il est enterré par ici ? Je suis sûr que oui.

— Alors pourquoi me le demander ? Si vous connaissez déjà la réponse.

— Parce que je ne veux pas perdre de temps à creuser dans ces champs-ci ou à faire draguer la mare, là-bas.

— Je ne peux vraiment pas vous aider. Je ne connais pas de Benjamin Coffey. Quant à Francis, il était ici de son plein gré, bien évidemment. Il déteste Holy Cross College. Les Jésuites ne nous aiment pas. Enfin, certains prêtres ne nous aiment pas.

— Les Jésuites n'aiment pas qui ? Qui d'autre est impliqué là-dedans à part vous ?

— Vous êtes un drôle de rigolo pour un lambin de flic. J'aime bien l'humour pince-sans-rire de temps à autre.

J'étendis la jambe, le cueillis à la poitrine et renversai le banc. Il entra durement en contact avec le sol. Que sa tête heurta. Je m'aperçus que ça l'avait secoué, surpris, en tout cas. Ça avait dû lui faire un petit peu mal, du moins.

— C'est censé m'effrayer ? me demanda-t-il, une fois qu'il eut repris son souffle. Il était furieux maintenant, avait le visage rouge, les veines de son cou battaient. C'était un début. Je veux voir mon avocat… je vous demande de façon explicite de voir un avocat ! Un avocat ! Un avocat ! Un avocat ! Personne ne m'entend ici ? se mit-il à hurler sans s'arrêter.

Taylor ne cessa de hurler pendant plus d'une heure… tel un gamin asocial, empêché d'en faire à sa tête. Je le laissai gueuler et jurer tout son soûl jusqu'à ce qu'il s'enroue. Je sortis même me dérouiller les jambes, boire un café et bavarder avec Charlie Powiesnik, qui était plutôt bon mec.

Quand je revins à l'intérieur, Potter me parut avoir changé son fusil d'épaule. Il avait eu le temps de réfléchir à tout ce qui s'était passé à la ferme. Il savait que l'on interrogeait Francis Deegan et que l'on retrouverait aussi Benjamin Coffey. Plus quelques autres peut-être.

Il soupira fortement.

— Je suppose que l'on peut parvenir à un accord qui me convienne. Et qui sera bénéfique pour nous deux.

J'acquiesçai.

— Je suis sûr que l'on peut trouver un accord. Mais il me faut quelque chose de concret en échange. Comment vous êtes-vous procuré ces garçons ? Comment marche le système ? Voilà ce que je veux apprendre de vous.

J'attendis sa réponse. Plusieurs minutes s'écoulèrent.

— Je vais vous dire où se trouve Benjamin, finit-il par me dire.

— Vous me le direz en prime.

Je patientai encore un peu. Fis une autre balade à l'extérieur avec Charlie. Rentrai dans le bureau.

— J'ai acheté ces garçons au Loup, m'avoua Potter pour finir. Mais vous allez regretter de me l'avoir demandé. Et moi aussi, probablement, je vais le regretter. Il va nous le faire payer à tous les deux. À mon humble avis, rappelez-vous que ce n'est qu'un simple prof d'université qui parle, le Loup est l'homme le plus dangereux du monde. C'est un Russe. De la Mafia rouge.

— Où trouve-t-on le Loup ? lui demandai-je. Comment le contactez-vous ?

— J'ignore où il est. Personne ne le sait. C'est un mystère fait homme. C'est son truc à lui, son image de marque. Je crois que ça l'excite.

À l'issue de plusieurs heures de parlote, de marchandage et de négociation, Potter finit par me dire certaines choses que je voulais savoir sur le Loup, ce Russe-mystère qui l'impressionnait tant. Plus tard, ce même jour, je rédigeai la note suivante : Tout cela est encore dépourvu de sens. Rien n'a de sens, en fait. La combine du Loup paraît insensée. Mais est-ce bien le cas ?

Puis j'ajoutai, noir sur blanc, ma dernière conclusion, pour l'instant du moins :

L'astuce de cette combine, c'est peut-être qu'elle n'a pas de sens.

Pour nous.

Pour moi.

IV

À l'intérieur de l'antre

78

Stacy Pollack imposait sa présence solennelle aux agents rassemblés au quatrième étage du Hoover Building. Pas de places assises pour cette réunion. J'avais beau être l'un de ceux campés au fond de la salle, quasiment tout le monde savait qui j'étais, suite à notre succès dans le New Hampshire et à la mise en examen de Potter. Un nouveau captif avait été sauvé... Francis Deegan n'aurait aucune séquelle. L'on avait aussi découvert le corps de Benjamin Coffey et de deux autres hommes, non encore identifiés.

— Bien que peu habituée à voir les événements tourner en notre faveur, débuta Pollack, provoquant des rires, j'entérine ce tout récent rebondissement et j'adresse mes humbles remerciements à qui de droit. C'est une excellente avancée pour nous. Comme nombre d'entre vous le savent, le Loup est l'une des cibles clés figurant sur notre liste de la Mafia rouge, sans doute la cible clé. À ce que colporte la rumeur, il trempe dans tout et n'importe quoi : vente d'armes, extorsion de fonds, trucage sportif, prostitution, traite des blanches. Son véritable nom serait Pasha Sorokin. Il semblerait avoir appris son métier dans les banlieues de Moscou. Je dis bien il semblerait car l'on ne peut jurer de rien, concernant cet individu. Il a manœuvré pour entrer au KGB, où il est resté trois ans.

Puis devenu un *pakhan*, un parrain du milieu russe, il a décidé d'émigrer en Amérique. Où il s'est totalement fondu dans le paysage.

» En fait, on le croyait mort depuis un certain temps. Ce n'est apparemment pas le cas, du moins si l'on en croit Mr Potter. Mais peut-on le croire ?

Pollack fit un geste dans ma direction.

— Voici l'agent Alex Cross, soit dit en passant. Il a prêté son concours à l'arrestation dudit Potter dans le New Hampshire.

— Je pense que l'on peut croire Potter, répondis-je. Il sait qu'on a besoin de lui, car il est parfaitement conscient de ce qu'il a à nous offrir… une piste possible pour remonter jusqu'à Sorokin. Il m'a aussi prévenu que le Loup ne manquerait pas de riposter. Ce dernier s'est fixé pour but de devenir le gangster Numéro Un à l'échelon mondial. Selon Potter, tel est le Loup.

— Alors pourquoi la traite des blanches ? demanda l'un des agents spéciaux en second. Il n'y a pas d'énormes masses de fric à se faire dans ce secteur.

C'est très risqué. Quel serait son intérêt ? Pour moi, c'est des conneries, tout ça. Peut-être qu'on a été eus.

— On ignore ce qui le motive. C'est troublant, j'en conviens. Peut-être cela vient-il de ses racines, de ses schémas de pensée, dit l'un des agents du Groupe russe de l'antenne de New York. Il a toujours été un touche-à-tout. Ça remonte à l'époque des bas-fonds de Moscou. De plus, le Loup est un homme qui aime beaucoup les femmes. Un chaud lapin.

— Je n'appellerais pas ça aimer, rectifia un agent de D.C. de sexe féminin. Franchement, Jeff.

L'agent de New York poursuivit :

— On raconte qu'il y a quelques semaines de ça, il est entré dans une boîte de Brighton Beach et a zigouillé l'une de ses ex-femmes. C'est tout à fait son style. Il a vendu une fois deux de ses cousines germaines à un réseau de traite des blanches. La chose qu'il ne faut surtout pas oublier concernant Pasha Sorokin, c'est qu'il n'a peur de rien. Il s'attendait à mourir jeune en Russie. Il est surpris d'être encore en vie. Il aime bien se trouver sur la corde raide.

Stacy Pollack réoccupa le terrain.

— Laissez-moi vous rapporter deux, trois anecdotes supplémentaires qui vous donneront un aperçu de celui auquel nous avons affaire. Il semblerait que Pasha ait manipulé la CIA pour sortir de Russie à l'origine. Ce qui est vrai, c'est que la CIA l'a transplanté ici. Censé fournir toutes sortes de renseignements, il ne les a jamais livrés. Dès son arrivée à New York, il vendait des nourrissons dans un appartement de Brooklyn. À ce qu'on raconte, en un seul jour, il en aurait vendu six à des couples aisés à raison de dix mille dollars pièce. Dernièrement, il aurait escroqué deux cents millions de dollars à une banque de Miami. Il aime ce qu'il fait et il est évident qu'il le fait bien. Et voilà ce qu'il fait et il est évident qu'il le fait bien. Et voilà que l'on connaît maintenant un site Internet qu'il visite. L'on sera même bientôt en mesure d'accéder à ce site. L'on s'y emploie activement. L'on n'a jamais été aussi près du Loup. Du moins, il nous plaît de le croire.

79

Le Loup se trouvait à Philadelphie ce soir-là, lieu de naissance d'une nation[1], bien que pas la sienne, de nation. Même s'il n'en montrait rien, il était anxieux et aimait bien la charge émotionnelle qui en découlait.

Il s'en sentait d'autant plus vivant. Lui plaisait bien aussi le fait d'être invisible, personne ne sachant où il se trouvait, de pouvoir aller où bon lui semblait et de faire ce que bon lui semblait. Ce soir-là, il assistait au match des Flyers contre Montréal, au First Union Center de Philly. Le match de hockey était l'un de ceux qu'il s'était arrangé pour truquer, mais jusque-là, rien n'avait encore eu lieu dans ce sens, d'où son anxiété et sa rage.

La deuxième période tirait à sa fin, le score étant toujours de 2-1, en faveur des Flyers ! Il était assis au milieu, quatre rangs derrière la prison ou banc des pénalités, au cœur de l'action. Pour se distraire, il observa le public, des plus mélangés... yuppies en costards, cravates dénouées et prolos en maillots XXL des Flyers. Tout ce petit monde, en revanche, semblait bardé de nachos dans des bols en plastique et de gobelets de bière de 50 centilitres.

1. Allusion à la Convention de Philadelphie et à la Constitution du 17 septembre 1787 (N.d.T).

Son regard revint au match. Les joueurs évoluaient sur la patinoire à une vitesse étourdissante, la lame de leurs patins mordant la glace avec un bruit tranchant. Allez, allez ! Faites quelque chose ! les encourageait-il mentalement.

Puis, soudain, il aperçut Ilia Teptev hors de position. Un *slapshot* claqua tel un coup de feu. But... aux Canadiens ! Éruption d'insultes dans le public : « Tu crains, Ilia ! Tu le fais exprès ou quoi ? »

Puis le speaker annonça au micro : « But pour le Canada marqué par le numéro dix-huit, Stevie Bowen. Temps : dix-neuf minutes et trente-deux secondes. »

Le tiers se termina sur ce score de 2-2. Train-train des resurfaceuses de glace Zamboni. Consommation accrue de bière et de nachos. Puis la patinoire redevint aussi lisse qu'une feuille de verre.

Pendant les seize minutes suivantes, le score demeura inchangé : 2-2. Le Loup n'avait qu'une envie : étrangler Teptev et Dobushkin. Puis Bowen, le centre canadien, chargeant sans conviction, déboula dans la zone des Flyers. Il fit une passe le long de la bande droite. Manquée ! Car, récupérée par Alexei Dobushkin... qui se positionna derrière sa cage avec le puck.

Patinant sur sa droite, il fit une relance à travers la glace, droit-fil vers le but adverse, mais le puck fut intercepté, au dernier moment, par Bowen. Que ce dernier relança aussi sec dans la lucarne des Flyers.

But... aux Canadiens !

Le Loup sourit pour la première fois de la soirée. Puis se tourna vers son compagnon, Dimitri, son fils de sept ans, dont l'existence aurait surpris quiconque croyait tout savoir sur le Loup.

— Partons, Dimmie, le match est fini. Les Canadiens vont gagner. Exactement comme je te l'ai annoncé. Je te l'avais bien dit, hein ?

Dimitri n'était pas persuadé du résultat final, mais savait que mieux valait ne pas discuter avec son père.

— T'avais raison, papa, fit le petit garçon. Tu as toujours raison.

80

Ce soir-là, à 23 h 30, je prévoyais de pénétrer dans l'Antre du Loup pour la première fois. J'avais besoin de l'aide de Mr Potter, cependant. Homer Taylor avait été transféré à Washington à cette fin. J'avais besoin de ses yeux.

L'on était assis tout près l'un de l'autre, Taylor menotté, dans une pièce d'opérations au quatrième étage du Hoover Building. Le professeur était nerveux. Je devinais qu'il ruminait de revenir sur notre accord, eu égard au Loup.

— Ne croyez pas qu'il ne ripostera pas. Il est impitoyable. C'est un fou, m'avertit-il une fois encore.

— Je me suis gardé d'autres fous par le passé, lui assurai-je. Notre marché tient toujours ?

— Oui. Je n'ai pas le choix ? Mais vous allez le regretter. Moi aussi, j'en ai bien peur.

— L'on vous protégera.

Ses yeux s'étrécirent.

— Ça, c'est vous qui le dites.

La soirée avait déjà été fort chargée. Le top des experts informatiques du Bureau avaient tenté de cracker les mots de passe logiciels pour pénétrer dans l'Antre du Loup. Jusque-là, tout avait fait chou blanc. Entre autres, une attaque dite en « force brute » qui réussit souvent à décoder des données cryptées en testant des combinaisons de lettres et de chiffres. Rien n'avait fonctionné. L'on avait besoin de Mr Potter pour entrer. Besoin de son œil. Le réseau des capillaires de la rétine et le schéma de pigmentation de l'iris fournissent des moyens uniques d'identification. Le scanner comprend une source lumineuse à basse intensité et un coupleur optique.

Potter appliqua l'un de ses yeux sur l'appareil, se concentrant sur un point rouge. Une empreinte fut prise, puis expédiée. Quelques secondes plus tard, l'accès nous était accordé.

« Ici, Potter », tapai-je tandis que l'on emmenait Taylor hors de la pièce d'opérations.

On le transférerait à la prison fédérale de Lorton pour la nuit avant de le ramener en Nouvelle-Angleterre. S'il me sortit aussitôt de l'esprit, j'eus plus de mal à oublier son avertissement, concernant le Loup.

« On parlait justement de toi », dit quelqu'un dont le nom d'utilisateur était Master Trekr.

« Voilà pourquoi j'avais les oreilles qui sifflaient », tapai-je, en me demandant si j'étais en communication avec le Loup pour la première fois. Était-il en ligne ? Et s'il l'était, où se trouvait-il ? Dans quelle ville ?

J'étais situé au centre de la pièce d'opérations qu'utilisait le SIOC. Une bonne dizaine d'agents et de techniciens étaient réunis autour de moi. La plupart étaient installés aussi devant des ordinateurs. Le lieu avait tout d'une salle de classe très *high-tech*.

Master Trekr : On parlait pas vraiment de toi, Potter.

T parano. Parano un jour, parano toujours.

J'examinai le nom des autres utilisateurs :

Sphinx 3000
ToscaBella
Louis XV
Sterling 66

Aucun Loup. Cela signifiait-il qu'il n'était pas en ligne dans son Antre ? Ou bien était-il Master Trekr ? M'observait-il maintenant ? Passai-je un test ?

J'ai besoin d'un remplaçant pour « Worcester », tapai-je.

Potter m'avait appris que le nom de code de Francis Deegan était Worcester.

Sphinx 3000 : Prends-toi un numéro. On parlait de mon colis. Ma livraison. C'est mon tour. Tu le sais bien, sale pédé.

Je ne réagis pas immédiatement. C'était le premier écueil. Potter s'excuserait-il auprès de Sphinx 3000 ? Je ne le pensais pas. Plus vraisemblablement, il se fendrait d'une réplique caustique. Ou bien non ? Je choisis de me taire pour l'instant.

Sphinx 3000 : Moi aussi, je t'emmerde. Si tu crois que je sais pas ce que tu penses, espèce de salope en chaleur.

Sphinx 3000 : Comme je le disais avant d'être interrompu, j'ai envie d'une belle Sudiste, plus elle sera imbue d'elle-même et égocentrique, mieux ce sera. Je veux une déesse de glace que je prévois de briser. Totalement préoccupée d'elle-même. En Chanel et bijoux Bulgari ou Miu Miu, même pour aller au centre commercial. Talons hauts, bien sûr. Je me moque de sa taille qu'elle soit grande ou petite, c'est du pareil au même. Beau visage. Seins coquins.

ToscaBella : Quelle originalité !

Sphinx 3000 : J'emmerde l'originalité et, désolé de me répéter, mais toi aussi, je t'emmerde. Rien ne vaut une bonne partie de jambes en l'air. J'aime ce que j'aime et je l'ai bien mérité.

Sterling 66 : Et elle doit avoir quoi d'autre ? Cette belle Sudiste de tes rêves ? Vingt ans ? Trente ?

Sphinx 3000 : Ça serait bien. Plus tout ou n'importe quoi, mentionné ci-dessus.

Louis XV : Ado ?

Sterling 66 : Combien de temps comptes-tu la garder ?

Sphinx 3000 : Le temps d'une nuit de merveilleuse extase et d'abandon sauvage... rien qu'une seule nuit.

Sterling 66 : Et puis ?

Sphinx 3000 : Je m'en débarrasserai. Alors, je l'aurai ma DS ?

Il y eut un temps.

Personne ne répondit à la question.

Que se passait-il ? me demandai-je.

Bien sûr que tu l'auras, répondit le Loup. Sois prudent, c'est tout, Sphinx. Sois très prudent. On nous surveille.

Je ne savais trop comment réagir face au Loup ni à son message à Sphinx. Devais-je parler à présent ? Savait-il que l'on était sur ses traces ? Comment aurait-il pu le savoir ?

Sterling 66 : Bon, c'est quoi ton problème, aujourd'hui, Mr Potter ?

C'était ma chance. Je voulais tenter de faire sortir le Loup du bois si possible. Mais pouvais-je réussir mon coup ? J'étais conscient que, dans la pièce d'opérations, tous les yeux étaient braqués sur moi.

J'É pas de problème, tapai-je. Je suis fin prêt pour un autre garçon. Vous savez que j'É les moyens. Ne les ai-je pas toujours eus ?

Sterling 66 : T prêt pour un autre garçon ? Tu viens de réceptionner « Worcester ». Ça fait juste une semaine, c'est bien ça ?

Je tapai : Oui, mais là, il nous a quittés.

Sphinx 3000 : Hum, très amusant. T un drôle de malin, Potter. Un psycho-killer drôlement malin.

Sphinx n'aimait pas Potter, vu ? Je devais assumer que c'était réciproque.

Je tapai : Je T'M moi aussi. On devrait se rencontrer et faire plus ample connaissance.

Sterling 66 : Quand tu dis « Il nous a quittés », je suppose que tu veux dire qu'il est mort ?

Mr Potter : Oui, le cher garçon a trépassé. J'É surmonté mon chagrin, cependant. Prêt à aller de l'avant.

Sphinx 3000 : Hilarant.

Cette bisbille commençait à me taper sur les nerfs. Bon sang, qui étaient ces malades ? Où se trouvaient-ils donc ? Ailleurs que dans le cyberspace ?

J'É quelqu'un en tête. Je l'É à l'œil depuis un petit moment, tapai-je.

Sphinx 3000 : Je parie qu'il É à tomber.

Ah pour ça oui. Unique en son genre. L'amour de ma vie, tapai-je.

Sterling 66 : Tu disais la même chose de Worcester.

Dans quelle ville, il se trouve ?

Boston. Cambridge, en fait. Il est étudiant à Harvard. Il prépare son doctorat. C'est un Argentin, je crois. Il monte des poneys de polo, l'été, tapai-je.

Sterling 66 : Comment T tombé sur celui-là, Potter ?

L'amuse-gueule qui suivit, je le tenais d'Homer Taylor en personne.

À vrai dire, il É vraiment tombé à pic. Il a un corps si ferme.

Sphinx 3000 : Où tu l'as rencontré ? Raconte, allez, raconte.

Lors d'un symposium. À Harvard, tapai-je.

Sphinx 3000 : Qui portait sur quoi ?

Sur Milton. Qui d'autre ? tapai-je.

Sterling 66 : Il y assistait ?

Non, tapai-je. Je suis littéralement tombé sur lui. Dans les toilettes pour hommes. Je ne l'É plus quitté des yeux, le reste de la journée. J'ai découvert où il habitait. Je l'ai observé pendant plus de trois mois.

Sterling 66 : Alors pourquoi avoir fait l'emplette de Worcester ?

Je me doutai que la question allait venir.

Par réflexe, tapai-je. Mais ce garçon de Cambridge, c'est mon véritable amour. Pas une passade.

Sterling 66 : Alors tu as son nom ? Son adresse ?

Oui, tapai-je. Et j'E aussi mon chéquier.

Sterling 66 : On ne retrouvera pas Worcester ? T certain ?

J'entendais la voix de Potter dans ma tête en tapant la réponse :

Bon Dieu, oui. À moins que quelqu'un n'aille nager dans ma fosse septique.

Sphinx 3000 : Bien crade, Potter. Tout ce que J'M.

Sterling 66 : Ma foi, si t'as le chéquier en main.

Le Loup : Non. On va attendre pour ça. C'est trop tôt, Potter. On te recontactera. Comme toujours, j'E apprécié notre conversation, mais d'autres affaires me réclament.

Le Loup se déconnecta. Il était parti. Merde. Il était venu et reparti, aussi simple que ça. L'homme-mystère, comme toujours. Mais qui était donc ce salopard ?

Je restai en ligne à chatter avec les autres quelques minutes de plus... exprimant ma déception devant cette décision, mon impatience à faire une emplette. Puis je quittai moi aussi le site.

Je regardai autour de moi mes collègues dans la pièce d'opérations. Certains, peu nombreux, se mirent à applaudir, certes de façon moqueuse mais surtout pour me congratuler, sincèrement. Un truc de flic-à-flic. Presque comme au bon vieux temps. Je me sentis marginalement accepté par ceux qui se trouvaient là. Pour la première fois, en fait.

L'on attendait du nouveau en provenance de l'Antre du Loup. Tout le monde dans la pièce bondée à craquer avait envie de choper le Loup, terriblement envie. C'était un criminel complexe et tordu, mais ça mis à part, le FBI avait besoin d'un succès ; nombre de ceux qui se cassaient le cul en avaient besoin. Piéger le Loup serait une formidable victoire. Si l'on pouvait seulement le dénicher. Et mettre aussi la main sur tous ces malades et autres salopards ? *Sphinx. ToscaBella. Louis XV. Sterling.*

Cependant, un détail me tracassait. Si le Loup était aussi puissant et riche qu'il semblait l'être, pourquoi était-il impliqué là-dedans ? Parce qu'il avait toujours trempé dans des secteurs de criminalité, divers et variés ? Ou parce qu'il était lui-même accro au sexe ? Était-ce donc ça ? Le Loup était accro ? Où donc cette façon de voir pouvait-elle me mener ?

C'est un accro, par conséquent...

À l'exception des deux, trois heures où je rentrai chez moi pour voir les enfants, je demeurai à l'intérieur du Hoover Building le jour suivant et demi. Tel fut aussi le cas de nombreux autres agents sur l'affaire, Monnie Donnelley comprise, autant impliquée émotionnellement là-dedans que quiconque. On poursuivit la collecte de renseignements, en particulier sur les mafieux d'origine russe aux États-Unis. Mais grosso modo, l'on attendait un message émanant de l'Antre du Loup, adressé à Mr Potter. Un oui ou un non, un on y va ou un on n'y va pas. Qu'est-ce que ce salaud-là attendait donc ?

Je parlai plusieurs fois avec Jamilla… de bonnes conversations… et aussi avec Sampson, les enfants, Nana Mama. Je parlai même avec Christine. Il me fallait découvrir où elle en était dans sa tête au sujet d'Alex Junior. Après notre discussion, je ne fus pas certain qu'elle le sache, ce qui était plus perturbant que… tout. Je décelais déjà une ambivalence dans le ton de sa voix quand elle parlait d'élever Alex, même si elle se disait prête à aller en justice pour obtenir sa garde. Étant donné tout ce qu'elle avait traversé, il m'était difficile de lui en vouloir.

J'aurais préféré perdre le bras droit que mon petit garçon, pourtant. Rien que d'y penser me donnait une migraine qui m'élançait continuellement, empirant encore davantage cette longue attente d'une solution.

Mon portable sonna sur mon bureau vers 10 heures, le second soir et je décrochai aussitôt.

— Tu attendais mon appel ? Comment ça se passe ?

— C'était Jamilla. Elle avait l'air d'être tout près, alors qu'elle se trouvait à l'autre bout du pays, en Californie.

— Ça craint, dis-je. Je suis bouclé dans une petite pièce sans fenêtre avec huit *hackers* du FBI qui puent.

— C'est bon, ça, hein ? J'en déduis donc que l'Homme-Loup ne s'est pas fendu d'une réponse.

— Non. Et il n'y a pas que ça.

Je parlai à Jamilla de mon coup de fil avec Christine. Elle n'avait pas autant d'indulgence pour cette dernière que moi.

— Merde, pour qui elle se prend ? Elle a planté là son petit garçon.

— C'est plus compliqué que ça, lui dis-je.

— Non, Alex, ça ne l'est pas. Tu aimes toujours donner aux autres le bénéfice du doute. Tu crois qu'autrui est fondamentalement bon.

— Je pense bien. C'est la raison pour laquelle je peux faire mon boulot. Parce que la plupart des gens ont un bon fond et ne méritent pas les merdes qui leur arrivent à tour de bras.

Jamilla éclata de rire.

— Mais, toi non plus, tu ne les mérites pas. Réfléchis un peu. Pas plus qu'Alex Junior, Damon, Jannie, Nana Mama. Je sais, tu ne m'as pas demandé mon avis. Donc, je n'en dirai pas plus. Bon, comment avance l'affaire ? Histoire de changer de sujet et de passer à plus agréable.

— On est à la disposition de ce truand russe et de ses barjos d'amis. Je n'arrive toujours pas à comprendre pourquoi il est mêlé à ce réseau de kidnappings.

— Tu es donc au QG du FBI, au Cube Hoover ? C'est bien là que je t'appelle ?

— Oui, mais ce n'est pas un cube *stricto sensu*. Il n'a que six étages sur Pennsylvania Avenue à cause du code d'urbanisme en vigueur à D.C. Et en revanche, dix étages sur l'arrière.

— Ravie de l'apprendre. Tu commences à parler en Fédé. Je parie que ça doit faire bizarre de se trouver là-dedans.

— Non, je me dis simplement que je suis au quatrième. Ça pourrait être dans n'importe quelle partie de l'immeuble.

— Ah ah ah. Non, bizarre de bosser de l'autre côté, je veux dire, du côté obscur de la Force. D'être dans le J. Edgar Hoover Building. D'être un Fédé. Rien que d'y penser, j'en ai des frissons.

— L'attente est la même, Jam. L'attente est partout la même.

— Du moins, tu as de bons amis à qui parler de temps à autre. Du moins, t'as des coups de fil de potes sympa.

— Ça oui, tu l'as dit. Et tu as raison, c'est plus facile d'attendre ici avec toi.

— Je suis heureuse que tu penses ça. Il faut qu'on se voie, Alex. Il faut qu'on se touche. Il y a certaines choses dont il faut qu'on parle.

— Je le sais. Dès que cette affaire sera finie. Je te le promets. Je sauterai dans le premier avion.

Jamilla éclata de rire encore une fois.

— Eh bien, fais des étincelles, mon petit. Attrape le Grand Méchant Loup, ce salopard de psychopathe. Sinon, c'est moi qui prendrai un billet pour la côte Est.

— Promis ?

— Promis.

Une dizaine d'agents, assis un peu partout, dégustaient de gros sandwiches au rosbif et de la salade de pommes de terre à l'allemande, le tout arrosé de thé glacé, quand le contact avec l'Antre du Loup fut rétabli.

Potter. On a pris une décision concernant ta demande, disait le mail. *Contacte-nous.*

Le groupe ne s'arrêta pas pour autant de se restaurer. L'on tomba d'accord qu'il n'était pas nécessaire de répondre au Loup sur-le-champ. Cela éveillerait ses soupçons si Potter paraissait guetter son appel. Un agent tenait déjà le rôle du Dr Homer Taylor à Hanover. L'on avait fait courir le bruit mensonger que le professeur, grippé, n'assurerait pas ses cours pendant un temps indéterminé. À intervalles irréguliers, l'on ménageait des « apparitions » du professeur Taylor... il lui arrivait de regarder par la fenêtre ou d'aller prendre l'air sur la véranda. À notre connaissance, personne ne l'avait réclamé à Dartmouth ni à sa ferme de Webster. Les deux endroits étaient étroitement surveillés par des agents.

J'espérais que ces derniers, des agents de terrain, connaissaient leur affaire. Au point où l'on en était, l'on n'avait aucune idée du degré de prudence du Loup ni si l'on avait éveillé ses soupçons. L'on n'en savait pas assez sur le Russe. Pas même si quelqu'un au Bureau lui fournissait des renseignements.

L'on a décidé que je laisserais s'écouler une heure et demie, puisque je n'étais pas en ligne quand l'on avait établi le contact. Le Loup saurait ça. Le jour précédent, toutes nos tentatives pour rattacher l'Antre du Loup à un propriétaire quelconque ou même à l'un des autres utilisateurs s'étaient révélées infructueuses. Ce qui signifiait sans doute qu'un hacker de haut niveau avait sécurisé le site. Si les experts du Bureau se montraient confiants de briser le code de protection, pour l'heure, ils n'y avaient toujours pas réussi.

L'on avait ramené une fois de plus Homer Taylor à D.C. et l'on remit son œil à contribution pour l'iris-scan. Puis je m'installai devant un ordinateur et me mis à taper. Je suivais le modèle de communication avec l'Antre du Loup que nous avait fourni Taylor comme élément de notre marché.

Ici, Mr Potter, commençai-je. Je peux avoir mon amour ?

J'attendis que le Loup réponde à la question démente de Potter. L'on attendait tous.

Il n'y eut aucune réponse. Merde. Où m'étais-je planté ? J'étais allé trop loin, hein ? Il était intelligent. D'une façon ou d'une autre, il savait ce que l'on fabriquait. Mais comment ?

— Je vais rester en ligne un moment, dis-je en m'adressant à la ronde. Je meurs d'envie de ce qu'il peut m'offrir. Il le sait. Je suis supposé être en manque.

Ici, Potter, tapai-je à nouveau, une poignée de minutes plus tard.

Soudain, un texte apparut sur mon écran. Je lus ce qui suit :

Le Loup : C'est une redondance, Potter. Je sais qui T.

Je tapai quelques mots supplémentaires avec le « ton de voix » strident de Taylor :

T une brute de me faire attendre comme ça. Tu sais ce que je ressens, ce par quoi je passe.

Le Loup : Comment le saurais-je ? C'est toi, le monstre qui fiche la trouille, Potter. Pas moi.

Pas du tout, tapai-je. C'est toi le monstre, le plus cruel d'entre tous.

Le Loup : Pourquoi dis-tu ça ? Tu crois que je détiens comme toi des gens en otage ?

Mon cœur s'emballa. Qu'entendait-il par là ? Le Loup avait-il un otage ? Plus d'un, peut-être ? Elizabeth Connolly était-elle encore vivante après tout ce temps ? Ou quelqu'un d'autre ? Peut-être quelqu'un dont l'on ne savait rien ?

Le Loup : Ben, dis-moi quelque chose, PD. Fais tes preuves à mes yeux.

Faire mes preuves ? Comment ? J'attendis d'autres instructions. Mais, rien.

Je tapai : Que veux-tu savoir ? Je bande, point. Non, pas vraiment. Je suis amoureux.

Le Loup : Qu'est-il arrivé à Worcester ? Tu étais aussi amoureux de lui.

Le « chat » empruntait des voies non balisées. J'y allai au jugé, espérant pouvoir maintenir une apparence de continuité avec ce qu'Homer Taylor avait pu communiquer auparavant. Un autre problème me mettait à cran : était-ce bien au Loup que je parlais ?

Je tapai : Francis était incapable d'aimer. Il m'a mis très en colère. Il est rayé de la carte maintenant, l'on n'en entendra plus jamais parler.

Le Loup : Et il n'y aura aucune répercussion ?

Mr Potter : Je suis prudent. Comme toi. J'M ma vie. J'É pas envie de me faire prendre. Et ça ne m'arrivera pas ! ! !

Le Loup : Dois-je comprendre que les beaux restes de Worcester reposent en paix ?

Je ne sus trop comment répondre à ça. Par un trait d'humour noir de mon cru ?

Quelque chose comme ça, tapai-je en retour. T un rigolo.

Le Loup : Sois plus précis. Donne-moi des détails bien saignants, Potter. Allez, donne !

Mr Potter : C'est un test ? Ces conneries sont inutiles.

Le Loup : Tu sais bien que non.

La fosse septique, je l'ai déjà dit, tapai-je. Je n'obtins pas de réaction du Loup. Il me mettait les nerfs à vif.

Alors, je l'aurai quand, mon nouveau garçon ? tapai-je.

Pause de plusieurs secondes.

Le Loup : Tu as le fric ?

Mr Potter : Bien sûr que je l'É.

Le Loup : Combien tu as ?

Je croyais savoir la bonne réponse sans en être sûr à cent pour cent. Deux semaines plus tôt, Taylor avait retiré cent vingt-cinq mille dollars de son compte chez un gestionnaire de fonds de Lehman Brothers à New York.

Mr Potter : Cent vingt-cinq mille. L'argent n'est pas un problème. Il me brûle les doigts.

Aucune réaction du Loup.

Je tapai : Tu m'as dit de ne pas être redondant.

Le Loup : Alors, très bien. Peut-être qu'on te procurera ce garçon. Mais fais gaffe ! Ça pourrait bien être le dernier !

Je tapai : Ben alors, ça sera les derniers cent vingt-cinq mille dollars !!!

Le Loup : Ça m'inquiète pas des masses. Des barjes dans ton genre, c'est pas ça qui manque. Tu serais étonné.

Mr Potter : Bah. Comment va ton otage ?

Le Loup : Je dois retourner au boulot... encore une question, Potter. Simple mesure de sécurité. Où t'as pêché ton nom déjà ?

Je jetai un regard autour de moi dans la pièce. Ah merde. C'était une précision que j'avais omis de demander à Taylor.

Une voix me chuchota à l'oreille. Celle de Monnie.

— Le livre pour enfants ? On appelle Harry, Mr Potter à l'école Poudlard. Peut-être ? Je ne sais pas.

Était-ce bien ça ? Il fallait que je tape quelque chose ; la bonne réponse. Ce nom venait-il de la série des Harry Potter ? Parce qu'il aimait les jeunes garçons ? Puis un détail du bureau de Taylor à la ferme me retraversa l'esprit en un éclair.

Je posai mes doigts sur les touches. Hésitai un instant. Puis tapai ma réponse : Tout ça est absurde. Mon nom vient de *Mr Potter*, le roman de Jamaica Kincaid. Je t'emmerde !

J'attendis sa réaction. Et le reste de la pièce avec moi. Elle finit par arriver.

Le Loup : Je vais vous procurer ce garçon, Mr Potter.

Retour à la case départ, je bossais à nouveau sur le terrain, comme j'aimais, comme autrefois.

Je m'étais déjà rendu à plusieurs reprises à Boston, appréciant suffisamment la ville pour avoir envisagé de m'y installer. Je m'y sentais à mon aise. Les deux jours qui suivirent, l'on fila un étudiant du nom de Paul Xavier, de son appartement de Beacon Hill jusqu'à ses cours à Harvard, du Ritz-Carlton où il était serveur jusqu'aux clubs bien connus comme No Borders ou Rebuke.

Xavier était « l'appât » tendu au Loup et à son équipe de kidnappeurs.

En fait, Xavier était incarné par un agent de trente ans de notre antenne locale de Springfield, Massachusetts. Le nom de cet agent était Paul Gautier. D'une beauté adolescente, grand et mince, le cheveu bouffant châtain clair, il avait l'air d'avoir à peine dépassé la vingtaine. Il était armé, mais aussi surveillé de près par six agents minimum en permanence, jour et nuit. L'on ignorait où, quand et comment l'équipe du Loup allait tenter de l'enlever, on savait seulement qu'elle le ferait.

Douze heures par jour, j'étais l'un des agents qui surveillaient et protégeaient Gautier. J'avais évoqué les dangers d'utiliser un « appât » pour tenter de choper les kidnappeurs, mais personne n'en avait tenu compte.

Au cours de la deuxième nuit de surveillance, selon le plan prévu, Paul Gautier se rendit aux « Fens [1] », le long de la Muddy River, non loin de Park Drive et Boylston Street. De son vrai nom Back Bay Fens, l'on devait le parc à l'imagination de Frederick Law Olmsted, l'architecte du Boston Common et de Central Park à New York. En fin de soirée, après la fermeture des clubs, le *vrai* Paul Xavier hantait souvent les Fens, comme lieu de drague ; cela expliquait pourquoi l'on avait dépêché là notre agent.

C'était un travail dangereux pour nous tous, mais surtout pour l'agent Gautier. L'endroit était sombre, dépourvu d'éclairage public. Les grands et épais roseaux le long de la rivière fournissaient le cadre idéal pour les liaisons de rencontre… et pour un kidnapping.

Avec l'agent Peggy Katz, l'on se trouvait en bordure des roseaux, qui ressemblaient à de l'herbe à éléphant. Au cours de la demi-heure écoulée, elle m'avait avoué que le sport ne l'intéressait pas vraiment, et avoir acquis ses connaissances en basket et en football pour avoir un sujet de conversation avec ses collègues masculins.

— Les hommes parlent aussi d'autre chose, lui dis-je tout en scrutant les Fens avec mes jumelles à vision nocturne.

— Je le sais. Je peux aussi leur parler fric et bagnoles. Mais je refuse d'aborder les questions de sexe avec vous, bande d'obsédés.

Je partis d'un rire étranglé. Katz avait du répondant. Elle faisait souvent preuve d'un humour désabusé, l'œil malicieux, et semblait rire avec vous, même si

---

1. Autrement dit, les Fagnes (marécages) (*N.d.T.*).

l'on était l'objet de ses vannes. Mais je la savais aussi très coriace, une vraie pure et dure.

— Pourquoi être entré au Bureau ? me demandat-elle en continuant à guetter l'apparition de l'agent Gautier. Ça se passait bien pour vous au PD de Washington, non ?

— Très bien.

Je baissai la voix, lui montrai du doigt un endroit dégagé devant nous.

— Voilà Gautier qui approche.

Ce dernier venait de quitter Boylston Street. Il traversait lentement les Fens en direction de la Muddy River. Je connaissais assez bien les lieux pour y avoir fait un saut un peu plus tôt en préparation. Pendant la journée, l'on surnommait ce même coin du parc le jardin potager. Des résidents y faisaient pousser fleurs et légumes, des écriteaux suppliaient les visiteurs nocturnes de ne pas piétiner les plates-bandes.

La voix de Roger Nielsen, chef de l'équipe, filtra à travers mes oreillettes.

— Le type balèze en bonnet de laine, Alex. Vous le voyez ?

— Oui, vu.

Bonnet de Laine parlait dans un micro épinglé au col de sa chemise sport. N'étant pas l'un des nôtres, ça devait donc être l'un des siens… au Loup.

Je fouillai les environs du regard, à l'affût d'un ou deux complices. Était-ce l'équipe de kidnappeurs ? Sans doute. Qui d'autre ?

— Je crois qu'il a un micro. Vous le voyez ? me fit Nielsen.

— Je confirme qu'il est équipé d'un micro. J'aperçois un autre type suspect. Près des jardins, à notre gauche, dis-je. Il parle aussi dans sa barbe. Ils se dirigent vers Gautier.

Ils étaient trois, des armoires à glace, à converger sur Paul Gautier. Au même instant, l'on a bougé vers eux. J'avais dégainé mon Glock mais étais-je vraiment prêt à ce qui pouvait se passer dans ce petit parc obscur ?

Les kidnappeurs restaient à proximité de Park Drive et j'imaginai qu'ils avaient une fourgonnette ou une camionnette dans la rue. Ils arboraient l'air confiant de ceux qui n'ont peur de rien. Ils avaient déjà fait la même chose : prendre possession d'hommes et de femmes achetés telles des marchandises. C'étaient des ravisseurs professionnels.

— Arrêtez-les. Maintenant, dis-je à l'agent Nielsen. Gautier est en danger.

— On attend qu'ils lui mettent le grappin dessus, me fut-il répondu. On veut faire ça bien. Patience.

Je n'étais pas d'accord avec Nielsen et n'aimais pas ce qui se passait. Pourquoi attendre ? Gautier, isolé, zonait là-bas depuis trop longtemps et le parc était plongé dans le noir.

— Gautier est en danger, répétai-je.

L'un des hommes, un blond, vêtu d'un coupe-vent des Boston Bruins, fit un geste de la main à ce dernier.

Gautier regarda l'homme approcher, acquiesça de la tête, lui sourit. Le blond, du faisceau d'une sorte de petite torche électrique, éclaira le visage de Paul Gautier.

— Je les entendis parler.

— Belle soirée pour se promener, fit Gautier avant d'éclater de rire. D'un rire nerveux.

— Ah, les choses qu'on fait par amour, répondit le blond avec un accent russe.

Tous deux n'étaient séparés que de quelques mètres.

Les autres kidnappeurs se tenaient en retrait, pas très loin de là.

Alors le blond sortit brusquement une arme de la poche de son blouson et la braqua en plein visage de Gautier.

— Tu vas me suivre. On te fera aucun mal. Contente-toi d'avancer avec moi. Te complique pas la vie.

Les deux autres les rejoignirent.

— Vous faites une erreur, leur dit Gautier.

— Ah oui, pourquoi ça ? lui demanda le blond. C'est moi qui tiens le flingue, pas toi.

On y va. Maintenant, ordonna l'agent Nielsen.

— FBI ! Haut les mains. Reculez loin de lui ! hurla Nielsen tandis que l'on s'élançait.

— FBI ! cria-t-on ailleurs. Les mains en l'air, tout le monde !

Alors tout dérailla. Les deux autres kidnappeurs dégainèrent leur arme. Le blond braquait toujours la sienne sur le crâne de l'agent Gautier.

— Arrière ! beugla-t-il ! Ou je le bute ! Lâchez vos flingues. Je le bute, je vous promets ! Je bluffe pas !

Nos agents continuèrent à avancer... lentement.

Puis le pire arriva... le balèze blond tira à bout portant sur Paul Gautier.

Avant même que l'écho de la détonation ne se soit dissipé, les trois types détalèrent sans demander leur reste. Deux coururent vers Park Drive, tandis que le blond qui avait abattu Paul Gautier piquait un sprint en direction de Boylston Street.

Il avait beau être balèze, il fonçait. Je me souvins d'avoir appris de Monnie Donnelley que de grands athlètes russes, y compris d'anciens médaillés des jeux Olympiques, étaient parfois recrutés par la Mafia rouge. Est-ce que Blondinet était un ancien athlète de haut niveau ? À le voir s'activer, on l'aurait cru. La confrontation, la fusillade et le reste me rappelèrent que l'on en savait bien peu sur les mafieux russes. Quelles étaient leurs méthodes de travail ? Et quelle était leur mentalité ?

Je m'élançai à sa poursuite, une surcharge d'adréna-line me sillonnait le corps. J'avais toujours du mal à croire à ce à quoi je venais d'assister. On aurait pu l'éviter. À présent, Gautier était peut-être mort, sans doute mort.

Je hurlai tout en courant.

— Prenez-les vivants !

Ç'aurait dû être évident. Mais les autres agents venaient juste de voir Paul Gautier se faire flinguer. J'ignorais leur expérience en matière d'action sur le terrain ou d'affrontement. Et il nous fallait absolument interroger les kidnappeurs, une fois qu'on les tiendrait.

Je m'essoufflais. Peut-être avais-je besoin d'un surplus d'entraînement physique à Quantico. Ou bien, peut-être, avais-je passé trop de temps le cul sur une chaise dans le Hoover Building, ces dernières semaines.

Je poursuivis le tueur blond à travers un quartier résidentiel, bordé d'arbres. Un instant plus tard, la végétation s'espaça et les tours scintillantes du Prudential Center et de Hancock se profilèrent à l'horizon. Je jetai un coup d'œil derrière moi. Trois agents étaient à la traîne derrière moi, y compris Peggy Katz, l'arme à la main.

Le type qui courait devant approchait du Hynes Convention Center avec quatre agents du FBI à ses trousses. Je gagnai du terrain, mais pas assez. Je me demandai si l'on avait eu de la chance : pouvait-ce être le Loup là-bas devant ? Il avait la réputation de mettre la main à la pâte, non ? Si tel était le cas, alors, on le ferait tomber pour meurtre. Qui que ce fût, il tenait toujours le choc. Un vrai sprinter longue distance.

— Stop ou on tire ! lui hurla l'un des agents derrière moi.

Le Russe blond ne s'arrêta pas. Il vira brusquement, enfilant une rue latérale, plus étroite et plus obscure que Boylston Street. À sens unique. Je me demandai s'il avait cogité d'avance à son itinéraire de fuite. Sans doute pas.

L'extraordinaire, c'était qu'il n'avait pas hésité à tirer sur l'agent Gautier. Je bluffe pas, avait-il dit. Qui pouvait commettre un meurtre avec une telle désinvolture ? Avec tant d'agents du FBI pour témoins ? Le Loup ? Il passait pour n'avoir peur de rien et être

impitoyable, fou peut-être même. L'un de ses lieute-
nants ?... Quelle était la mentalité de ces Russes ?

J'entendais ses chaussures frapper durement la
chaussée devant moi. Je gagnai encore un peu de terrain, retrouvant un second souffle.

Soudain, il pivota sur lui-même... et fit feu sur moi !
Je me précipitai à terre vite fait. Mais me relevai aussitôt, pour mieux me relancer à sa poursuite. J'avais
distingué nettement ses traits : visage large, plat, yeux
sombres, fin trentaine, début quarantaine.

Il se retourna, se campa, tira.

Je plongeai derrière une voiture en stationnement.
Puis j'entendis un cri. Me retournant vivement, je vis
un agent gisant sur le sol. L'un de nos hommes. Doyle
Rogers. Le blond fit volte-face, se remit à courir. Mais,
ayant repris du poil de la bête, je pensai pouvoir le rattraper. Et ensuite ? Il était prêt à mourir.

Un coup de feu claqua dans mon dos ! Je n'en crus
pas mes yeux. Le blond s'effondra de tout son long, sur
le ventre.

Une fois à terre, il ne bougea plus. L'un des agents
qui me suivaient l'avait abattu. Je me retournai,
aperçus Peggy Katz. Elle était encore accroupie, en
position de tir.

Examinant l'agent Rogers d'un coup d'œil, je
découvris qu'il était seulement blessé à l'épaule. Il s'en
tirerait sans trop de bobos. Puis je suis revenu en solo
jusqu'aux Fens. Une fois là, je découvris que Paul
Gautier respirait encore. Mais les deux autres kidnappeurs nous avaient échappé. Ils avaient réquisitionné
manu militari une voiture sur Park Drive et nos agents
avaient perdu leur trace. Mauvaise nouvelle, la pire.
L'opération nous avait explosé en pleine gueule.

Je ne crois pas avoir aussi mal vécu une opération pendant toutes mes années passées au PD de Washington, ni même au cours de toutes mes années de service combinées. Si j'en doutais encore auparavant, ce n'était plus le cas maintenant. J'avais commis une erreur en intégrant le FBI. L'on y faisait les choses très différemment de tout ce à quoi j'étais habitué. L'on appliquait strictement, bêtement, le règlement, et puis tout à trac, plus du tout. L'on y disposait d'énormes ressources et de renseignements en quantités phénoménales, tout en se comportant souvent en amateur sur le terrain. L'on dénombrait parmi les agents autant de superpros que d'incroyables ringards.

À la suite de la fusillade de Boston, je regagnai en voiture l'antenne du FBI. Les agents rassemblés là avaient tous l'air abasourdi, sous le choc. Je ne pouvais le leur reprocher. Quel gâchis ! L'un des pires auxquels il m'ait été donné d'assister. Je ne pouvais m'empêcher de penser que l'agent Nielsen en était le seul responsable. Mais était-ce si important, quel bien cela ferait-il de distribuer des blâmes ? Deux agents bien intentionnés avaient été blessés, dont l'un avait failli mourir. Peut-être n'aurais-je pas dû, mais je m'en sentais en partie responsable. J'avais conseillé à

88

l'agent Nielsen de presser le mouvement, mais il ne m'avait pas écouté.

L'individu blond que j'avais poursuivi dans Boylston Street était mort, malheureusement. La balle de Katz l'avait atteint à la nuque, lui arrachant la gorge en partie. Il avait sans doute succombé sous le coup. Il ne portait sur lui aucune pièce d'identité. L'on trouva un peu plus de six cents dollars dans son portefeuille, mais pas grand-chose d'autre. Son dos et ses épaules étaient tatoués d'un serpent, d'un dragon et d'un ours brun. Et une inscription en cyrillique que l'on n'avait pas encore déchiffrée. Tatouages de prison. On supposait qu'il était russe. Mais l'on n'avait ni son nom ni son identité, aucune vraie preuve.

L'on avait pris des photographies du mort et relevé ses empreintes digitales. L'on avait envoyé le tout à Washington. Pendant que l'on se livrait là-bas à des vérifications, il ne nous restait plus grand-chose à faire à Boston, à part attendre que l'on nous rappelle. L'on retrouva, quelques heures plus tard, le Ford Explorer réquisitionné par les deux autres kidnappeurs dans le parking d'une supérette d'Arlington, Massachusetts. Ils avaient volé un second véhicule sur ce même parking. Et à l'heure qu'il était, ils l'avaient probablement remplacé par un troisième.

Foirade sur toute la ligne. Ça n'aurait pas pu être pire.

J'étais attablé tout seul dans une salle de conférences, le visage dans mes mains, quand l'un des agents de Boston entra. Et pointa un doigt accusateur dans ma direction.

— Le bureau du directeur Burns en ligne.

Ce dernier voulait que je rentre à Washington… aussi simple et direct que ça. Je n'eus droit à aucune explication ni même à aucune récrimination sur ce qui venait de se passer à Boston. Je pressentis qu'il me laisserait dans le noir encore un certain temps quant à ce qu'il en pensait vraiment, à ce que le Bureau en pensait et je ne pouvais tout bonnement pas respecter cette façon d'opérer.

J'atteignis les bureaux du SIOC, situés dans le Hoover Building, à 6 heures du matin. Je n'avais pas fermé l'œil. L'endroit bourdonnait d'activité et je fus ravi que personne n'ait le temps de venir me parler des deux agents flingués à Boston.

Stacy Pollack vint me trouver quelques minutes après mon arrivée. Elle avait l'air aussi fatiguée que je me sentais las. Elle me posa une main sur l'épaule.

— Tout le monde sait ici que vous sentiez Gautier en danger et avais tenté de faire intercepter celui qui a tiré sur lui, plus tôt. J'ai parlé à Nielsen. Il m'a dit que la décision lui en revenait.

J'acquiesçai avant d'ajouter :

— Peut-être auriez-vous dû m'en parler d'abord à moi.

Stacy Pollack plissa les yeux. Mais ne m'en dit pas davantage sur Boston. Puis, finalement, elle lâcha :

— Il y a autre chose. On a eu de la chance. La plupart d'entre nous ont passé la nuit ici. L'argent que l'on a viré à l'Antre du Loup ? Grâce à l'un de nos contacts dans le monde de la finance — un banquier correspondant international de la Morgan Chase —, l'on a pu suivre le transfert depuis les îles Caïmans. Puis l'on a contrôlé tous les types de transactions vers des banques américaines ayant des succursales à l'étranger. On leur a fait scanner, un par un, tous les ordres entrants. C'est là que Robert Hatfield, notre consultant, nous a dit que ça devenait retors. La transaction a rebondi de banque à banque : New York, puis Boston, Detroit, Toronto,

Chicago, plus deux, trois autres. Mais l'on sait où le fric a fini par atterrir.

— Où ça ? lui demandai-je.

— À Dallas. L'argent est allé à Dallas. Et l'on a un nom en notre possession... celui du destinataire des fonds. On espère qu'il s'agit du Loup. En tout cas, on sait où il habite. Vous partez immédiatement pour Dallas, Alex.

Les premières affaires d'enlèvement que l'on a ciblées avaient eu lieu au Texas ; des dizaines d'agents et d'analystes se mirent à effectuer un travail de recherche poussé à leur sujet. Tout ce qui touchait l'affaire se développait, maintenant, à plus large échelle. Le dispositif de surveillance déployé aux abords de la maison du suspect et de son siège social comptait des effectifs parmi les plus impressionnants que j'aie jamais vus. Je doutais que n'importe quelle force de police du pays, à la notable exception, peut-être, de celles de New York et de Los Angeles, puisse aligner les mêmes.

Comme d'habitude, le Bureau avait effectué un boulot exhaustif pour en découvrir le plus possible sur l'homme qui avait encaissé la somme versée par nous, *via* la banque des Caïmans. Lawrence Lipton habitait Old Highland Park, quartier riche du nord de Dallas *intra muros*. Les rues y serpentaient le long de ruisseaux sous une canopée de magnolias, de chênes et de pacaniers indigènes. Le domaine entourant chaque maison ou presque avait reçu les soins dispendieux d'un paysagiste. Le gros de la circulation pendant la journée se réduisait aux allées et venues des fournisseurs, nounous, services de nettoyage et autres jardiniers.

Jusqu'ici, les preuves rassemblées sur Lipton étaient contradictoires, pourtant. Il avait fréquenté St. Mark's, prestigieuse école préparatoire de Dallas, puis l'université du Texas, à Austin. Sa famille et celle de sa femme étaient d'anciennes fortunes du pétrole, originaires de Dallas. Mais Lawrence s'était diversifié et possédait maintenant une distillerie vinicole au Texas, une société de capital-risque et une autre de logiciels, prospère. La connexion avec l'informatique tira l'œil de Monnie Donnelley, et aussi le mien.

Lipton paraissait être blanc-bleu, cependant. Il siégeait aux conseils d'administration du Musée d'art de Dallas et des Amis de la Bibliothèque. Il siégeait également à celui du Baylor Hospital tout en étant diacre à la First United Methodist Church.

Pouvait-il être le Loup ? Cela me semblait impossible.

Dès le surlendemain matin, j'étais à Dallas où avait lieu une réunion au bureau de l'antenne locale. Si Nielsen demeurait l'agent spécial en charge, il était clair pour tout le monde que Ron Burns gardait la haute main sur l'affaire depuis Washington. Je crois que nul d'entre nous n'aurait été très surpris de voir ce dernier se pointer en personne au briefing.

À 8 heures du matin, Roger Nielsen, face à une salle pleine d'agents, leur lut ce qui suit, posé sur sa planchette :

— Ils ont eu une nuit vraiment chargée, là-bas à Washington, dit-il, ne paraissant ni impressionné ni autrement étonné par ce bel effort. Apparemment, c'était devenu la procédure habituelle dans les affaires hyper médiatisées. Je tiens à porter à votre connaissance les tout derniers renseignements recueillis sur Lawrence Lipton. Le plus important est qu'il semble sans liens connus avec le KGB ou des mafieux russes.

Il n'est pas russe lui-même. Peut-être déterrera-t-on quelque chose par la suite ou bien est-il passé maître à dissimuler ses antécédents. Dans les années 1950, son père a quitté le Kentucky pour le Texas afin de chercher fortune dans « la prairie ». Il l'a apparemment trouvée *sous* la prairie, dans les champs pétrolifères de l'ouest du Texas.

Nielsen s'interrompit, jeta un regard circulaire dans la salle de réunion, dévisageant chacun des présents à tour de rôle.

— Mais il y a un fait nouveau intéressant, continua-t-il. Au nombre de ses holdings, le groupe Lipton Micro-Management détient à Dallas une entité du nom de Safe Environs. Ladite entité est une société de sécurité privée. Lawrence Lipton s'est mis dernièrement sous protection armée. Je me demande bien pourquoi ? Est-ce que nous lui causons des inquiétudes ou bien a-t-il peur de quelqu'un d'autre ? Du Grand Méchant Loup, peut-être ?

90

Si ça n'était pas terrifiant à ce point incroyable, ça aurait été ahurissant au dernier degré. Lizzie Connolly était toujours au nombre des vivants. Elle cherchait à rester toujours positive en se projetant ailleurs... n'importe où, sauf ici dans cet horrible placard. Avec ce fou furieux qui faisait irruption deux, trois et jusqu'à cinq fois par jour.

La plupart du temps, elle se perdait dans ses souvenirs. Autrefois, ça lui paraissait si loin, elle surnommait ses filles Merry, Berry et Bobbie Doll, des sobriquets comme « High Hopes » et des airs de *Mary Poppins*.

Elles avaient des réserves inépuisables de pensées positives – que Lizzie appelait des « heureuses pensées » –, une source d'énergie à partager les unes avec les autres, et avec Brendan, bien sûr.

De quoi pouvait-elle se souvenir encore ? De quoi ? De quelle chose ?

La famille avait eu tant d'animaux au fil des années qu'en fait, on leur donnait à chacun un numéro.

Chester, un labrador noir, portait le numéro 16. Le labrador aboyait en permanence, jour et nuit, jusqu'à ce que Lizzie lui montre simplement une bouteille de sauce Tabasco – sa kryptonite perso. Alors, il la bouclait enfin.

Dukie, le numéro 15, était une écaille de tortue à poil ras ; Lizzie croyait que, dans une autre incarnation, elle avait sans doute été une vieille dame juive qui se plaignait toujours, « oh non, non, non, non ».

Maximus Kiltimus portait le numéro 11 ; Chaume, le 31 ; Kitten Little, le 35.

Les souvenirs étaient tout ce qui restait à Lizzie Connolly... car, il ne pouvait y avoir de présent pour elle. Aucun présent.

Elle ne pouvait pas se trouver ici, dans cette maison de l'horreur.

Il fallait qu'elle soit ailleurs, n'importe où mais ailleurs.

Il le fallait !
Il le fallait !
Il le fallait !

Car, il était en elle maintenant.

Le Loup était en elle, bien réel, grognant et donnant des coups de boutoir tel un animal, la possédant, la violant pendant des minutes qui semblaient durer des heures.

Mais Lizzie riait bien qui riait la dernière, pas vrai ?

Elle n'était pas là.

Elle était quelque part ailleurs, dans ses souvenirs.

Puis, enfin, il ne fut plus là, ce Loup terrible, inhumain. Le monstre ! La brute ! Il lui avait accordé une pause salle de bains et donné à manger ; à présent, il était loin. Mon Dieu, quelle arrogance de sa part de la garder prisonnière chez lui ! Quand va-t-il me tuer ? Je vais devenir folle ! Complètement folle !

Elle scrutait de ses yeux larmoyants l'obscurité totale. Il l'avait ligotée et bâillonnée à nouveau. Bizarrement, c'était une bonne nouvelle. Ça voulait dire qu'il la désirait toujours, non ?

Bon Dieu, je suis en vie parce que cette atroce brute me trouve désirable ! Je vous en prie, aidez-moi, mon Dieu ! Je vous en prie, je vous en prie, aidez-moi.

Elle songea à ses gentilles petites filles, avant de tourner ses pensées vers les moyens de s'échapper. Un fantasme, comprit-elle et, par conséquent, une évasion pure et simple.

Désormais, elle connaissait ce placard par cœur, même dans le noir complet. C'était comme si elle pouvait tout voir, comme si elle était devenue nyctalope. Plus que de n'importe quoi d'autre, elle avait conscience de son corps – enfermé ici-dedans – et de son esprit – enfermé lui aussi.

Lizzie laissa ses mains tâtonner au maximum. Il y avait des habits dans ce placard – ceux d'un homme –, les siens à lui. Le plus proche d'elle était un genre de vêtement sport à boutons ronds et lisses. Un blazer, peut-être ? En tissu léger, ce qui la renforça dans l'idée que la ville où elle se trouvait bénéficiait d'un climat clément.

Le suivant était un gilet. Avec, dans l'une des poches, une assez petite balle, dure, une balle de golf, peut-être.

Que pouvait-elle faire d'une balle de golf ? Est-ce que ça pouvait lui servir d'arme ?

Une fermeture Éclair sur la poche. Que pouvait-elle faire d'une fermeture Éclair ? Elle aimerait bien lui coincer son sexe tatoué dedans !

Puis un coupe-vent. Ultra-léger. Imprégné d'une forte odeur de tabac à donner mal au cœur. Et enfin, celui qu'elle préférait, doux au toucher, un pardessus, peut-être en cachemire.

Il y avait d'autres « trésors » dans les poches du pardessus.

Un bouton décousu. Des bouts de papier. Provenant d'un calepin ?

Un stylo-bille, peut-être un Bic. De la menue monnaie : quatre pièces de vingt-cinq cents, deux de dix, une de cinq. À moins qu'il ne s'agisse de devises étrangères ? Elle s'interrogeait indéfiniment.

Il y avait encore une boîte d'allumettes au couvercle luisant avec des lettres en relief.

Que disaient ces lettres en relief ? Pouvaient-elles lui révéler la ville dans laquelle on la retenait captive ?

Un briquet, aussi.

Un demi-paquet de pastilles, à la cannelle, elle le savait, parce qu'elle en avait reniflé l'odeur sur ses doigts.

Et tout au fond de la poche, des bouloches, si insignifiantes et pourtant, si importantes à ses yeux, maintenant.

Derrière le pardessus, il y avait deux paquets de vêtements encore recouverts du plastique d'un pressing. Une sorte de reçu sur le premier paquet. Agrafé dessus.

Elle imaginait le nom du pressing, un numéro d'identification en rouge, écrit par un employé lambda de l'établissement de nettoyage à sec en question.

Tout cela semblait étrangement précieux aux yeux de Lizzie, car elle n'avait rien d'autre à quoi se raccrocher.

Sauf à son puissant désir de vivre.

Et de se venger du Loup.

Je faisais partie de l'énorme dispositif de surveillance, déployé aux abords de la maison de Highland Park ; je me disais que l'on allait interpeller Lawrence Lipton sous peu, peut-être dans quelques heures. L'on nous avait dit que Washington travaillait main dans la main avec la police de Dallas.

Je fixais vaguement la maison : de style Tudor, c'était une grande demeure très luxueuse d'un étage, entourée de plus d'un hectare de terrain. Elle paraissait parfaite en tout point. Une allée de brique rouge reliait la rue à l'arche de l'entrée, donnant elle-même accès aux seize pièces de la maison. La grande nouvelle du jour à Dallas, c'était l'incendie qui avait réduit en cendres un méga manoir de six mille mètres carrés, à Kessler Park. Le domaine des Lipton, qui faisait à peine le tiers de cette surface, n'en restait pas moins impressionnant ou déprimant, au choix.

Il était environ 21 heures. La voix de Joseph Denyeau, agent superviseur de l'antenne de Dallas, retentit dans mon oreillette.

— On vient juste d'en être avisé par le bureau du directeur. Il faut nous replier immédiatement. Je n'y pige rien non plus. L'ordre ne saurait être plus clair, pourtant. Se replier ! Retour au bureau pour tout le

92

monde. Il nous faut faire une reconnaissance et en discuter.

Je regardai l'agent Bob Shaw, mon coéquipier d'un soir, assis près de moi dans la voiture. Ça crevait les yeux que lui non plus ne comprenait pas ce qui avait bien pu se passer.

— Ça signifie quoi, tout ça ? lui demandai-je.

Shaw secouait la tête en levant les yeux au ciel.

— Est-ce que je sais, moi ? On va rentrer à l'antenne se boire un mauvais café et peut-être qu'un gradé daignera nous l'expliquer, mais n'y comptez pas trop.

Il ne nous fallut pas plus d'un quart d'heure pour arriver à destination à cette heure de la soirée. L'on est entrés en file indienne dans une salle de conférences de l'antenne où je n'aperçus qu'agents fatigués, déconcertés et excédés. Personne n'était bavard, pour le moment. L'on avait frôlé une avancée possible dans cette affaire et voilà maintenant que l'on nous ordonnait de reculer. Personne ne semblait comprendre pourquoi.

L'Agent superviseur sortit pour finir de son bureau et se joignit à nous. Joseph Denyeau, l'air complètement dégoûté, balança ses bottes de cow-boy poussiéreuses sur la table.

— Je n'ai pas la moindre idée de ce qui se passe, nous annonça-t-il. Pas l'ombre d'un indice, mes amis. Considérez-vous débriefés.

Donc, une quarantaine d'agents attendaient une explication de la manœuvre de ce soir. Aucune ne vint ou n'était « à disposition », comme l'on disait. L'agent spécial en charge, Roger Nielsen, appela Washington D.C. pour finir et on lui répondit que l'on nous recontacterait. Entre-temps, l'on devait dételer. L'on risquait même de nous renvoyer dans nos foyers, le matin venu.

Vers 23 heures, Denyeau eut une nouvelle mise à jour de Nielsen et nous la transmit.

— Ils bossent dessus, fit-il avec un sourire désabusé.

— Ils bossent sur quoi ? lança quelqu'un du fond de la pièce.

— Et merde, j'en sais rien, Donnie. Ils font bosser leurs pédicures. Ils bossent pour qu'on démissionne du Bureau collectivement. Comme ça, il n'y aura plus d'agents et, je suppose, plus de bavures embarrassantes pour alimenter les médias. Moi, je vais aller faire un somme. Et je vous conseille à tous de m'imiter.

L'on ne se l'est pas fait dire deux fois.

93

L'on était de retour au bureau de l'antenne locale, à 8 heures, le lendemain matin. Plusieurs agents étaient passablement chiffonnés suite à leur nuit de repos. Primo, le directeur Burns était en ligne depuis Washington. J'étais quasi certain que le directeur ne s'adressait que rarement, sinon jamais, à ces hommes de la sorte. Alors pourquoi le faisait-il, maintenant ? Que se passait-il de nouveau ?

Les agents présents dans la salle échangeaient des coups d'œil. Les fronts se plissaient, les sourcils se haussaient. Personne n'arrivait à pénétrer la raison pour laquelle Burns s'impliquait autant. Mais moi, peut-être que oui. J'avais perçu son impatience, son insatisfaction regardant les méthodes d'antan, même s'il ne pouvait effectivement les changer toutes en un bloc. Burns avait débuté comme simple flic à Philadelphie et grimpé tous les échelons jusqu'au grade de commissaire divisionnaire. Peut-être pourrait-il faire bouger les choses au Bureau.

— Je tenais à vous expliquer ce qui s'est passé hier, nous dit-il par haut-parleur.

Chaque agent dans la pièce était intensément à l'écoute, moi le premier.

— Et je tenais aussi à m'excuser auprès de chacun d'entre vous. Tout est devenu un problème territorial, momentanément. La police de Dallas, le maire et jusqu'au gouverneur du Texas s'en sont mêlés. La police de Dallas nous a demandé de nous replier car elle n'avait pas une totale confiance en nous. J'y ai consenti car je désirais arriver à un accord avec ses représentants plutôt que d'imposer notre présence par la force.

» Ils ne voulaient pas de bavure, n'étant pas persuadés que l'individu visé était le bon. La famille Lipton jouit d'une excellente réputation dans cette ville. Lipton lui-même a de très bonnes relations. Bref, la police de Dallas a été étonnée de voir ses inquiétudes prises en compte... et vient de faire machine arrière. En exprimant le plus grand respect pour l'équipe réunie par nos soins.

» L'on va donc poursuivre notre action à l'encontre de Lawrence Lipton, croyez-moi, l'on va interpeller ce salopard. Puis ce sera au tour de Pasha Sorokin, le Loup. Je ne veux pas que vous vous fassiez du souci en raison de bavures passées. Ne vous inquiétez pas du tout d'éventuelles bavures. Faites simplement votre boulot à Dallas. J'ai confiance en vous au plus haut point.

La voix de Burns se tut et le visage de chaque agent présent dans la pièce ou presque s'éclaira d'un sourire. C'était tout à fait magique, en réalité. Le directeur avait exprimé ce que nombre d'entre eux espéraient entendre depuis des années ; apprendre qu'il croyait en leurs capacités et ne s'inquiétait pas d'éventuelles bavures fut particulièrement bien reçu. L'on reprenait la partie ; l'on attendait de nous que l'on fasse tomber Lawrence Lipton.

Quelques instants après la fin de cette communication, mon portable sonna. Je répondis. C'était Burns en personne.

— Alors, vous m'avez trouvé comment ? me demanda-t-il.

Je perçus le sourire dans son ton. Je voyais d'ici le retroussis suffisant de sa lèvre quand il se fendait la pêche. Il connaissait d'avance la réponse à sa question. M'éloignant du groupe, je gagnai un angle reculé de la salle et lui dis ce qu'il désirait entendre.

— Vous avez été très bien. Ils sont regonflés à bloc.

Burns expira.

— Alex, je veux que vous augmentiez la pression sur cette ordure. Je vous ai vendu auprès de la police de Dallas comme l'élément clé de l'équipe. Ils ont dit banco sur vous grâce à votre réputation. Ils savent combien l'on vous croit bon. Je veux que vous mettiez Lawrence Lipton sur la sellette. À votre façon, bien sûr.

Je me surpris à sourire.

— Je verrai ce que je peux faire.

— Et Alex, contrairement à ce que j'ai affirmé aux autres, pas de bavures.

Pas de bavures. Sacré mot de la fin, je devais lui concéder ça. Et drôle au sens sadique, dur à cuire du terme. Je recommençais à bien aimer Ron Burns. Je ne pouvais m'en empêcher. Mais lui faisais-je confiance ?

D'une façon ou d'une autre, j'avais néanmoins l'impression que Burns ne s'inquiétait pas de bavures éventuelles. Il désirait choper les kidnappeurs et Pasha Sorokin, en particulier... même si l'on ne savait pas encore qui il était ni où il vivait. Selon les ordres de Burns, tout ce que j'avais à faire, c'était de trouver un moyen de faire craquer Lawrence Lipton, d'y parvenir rapidement et de ne mettre en aucune manière le Bureau dans l'embarras.

Je consultai Roger Nielsen sur les stratégies possibles... l'on avait déjà repris la surveillance de Lipton. L'on avait décidé que le moment était venu de mettre vraiment la pression sur lui, de lui faire connaître notre présence à Dallas et savoir que l'on en était au courant. À la suite du coup de fil de Burns, je ne fus pas surpris d'avoir été choisi pour affronter Lipton.

Il fut entendu que j'irais trouver Lipton à son bureau, dans l'immeuble de Lakeside Square, à l'angle du LBJ Freeway et du North Central Expressway. Le bâtiment en question comptait dix-neuf étages et n'était qu'une surface de verre réfléchissant : je fus

94

quasiment ébloui en levant les yeux vers le ciel du Texas où brillait le soleil. J'y pénétrai peu après 10 heures. La suite-bureau de Lipton se trouvait au dix-huitième étage. En sortant de l'ascenseur, je fus accueilli par un « Bonjour » enregistré.

J'accédai à un espace de réception d'une superficie démesurée : moquette lie-de-vin, murs beiges, canapés en cuir marron foncé, fauteuils éparpillés un peu partout. Sur les murs, s'encadraient des photos dédicacées de Roger Staubach, Nolan Ryan et Tom Landry.

Une jeune femme très bcbg en tailleur-pantalon bleu foncé me demanda de patienter. Elle trônait, pénétrée de son importance, derrière un élégant bureau en noyer sous l'éclairage d'un plafonnier encastré. Elle avait l'air d'avoir vingt-deux, vingt-trois ans, avec une fraîcheur d'école de maintien. Elle agissait et parlait en parfait accord avec son look.

— J'attendrai, mais faites savoir à Mr Lipton que c'est le FBI et qu'il est important qu'il me reçoive, lui dis-je.

La standardiste me gratifia d'un gentil sourire, comme si elle avait déjà entendu ça auparavant, puis se remit à répondre aux appels téléphoniques qu'elle recevait dans son casque. Je me posai dans un fauteuil et pris mon mal en patience. Au bout d'un quart d'heure d'attente, je me relevai et me redirigeai à pas lents vers le bureau de réception.

— Vous avez prévenu Mr Lipton de ma présence ? demandai-je poliment. Vous lui avez précisé que j'étais du FBI ?

— Oui, monsieur, me répondit-elle d'un ton sirupeux qui eut le don de me prendre à rebrousse-poil.

— Je dois le voir immédiatement, dis-je à cette fille et attendis qu'elle passe un nouvel appel à l'assistante de Lipton.

L'échange fut bref, le regard de la fille se reposa sur moi.

— Vous avez une pièce d'identité, monsieur ? me demanda-t-elle, en fronçant le sourcil, à présent.

— Oui. On appelle ça des « creds ».

— Puis-je les voir, s'il vous plaît ? Vos « creds ».

Je sortis mon badge du FBI tout neuf et elle l'examina comme la caissière d'un fast-food, un billet de cinquante dollars.

— Pouvez-vous regagner la zone assise, s'il vous plaît ? insista-t-elle.

Sauf que maintenant, elle faisait preuve d'une légère nervosité. Je me demandai ce que l'assistante de Lawrence Lipton avait bien pu lui raconter, si on lui avait donné l'ordre de m'éconduire.

— Vous ne paraissez pas comprendre ou bien n'ai-je pas été assez clair, finis-je par lui dire. Je ne suis pas venu ici pour perdre mon temps avec vous, je ne suis pas censé poireauter.

La standardiste opina.

— Mr Lipton est en réunion. C'est tout ce que je sais, monsieur.

J'acquiesçai à mon tour.

— Alors, dites à son assistante de l'arracher à sa réunion immédiatement. Dites-lui bien de dire à Mr Lipton que je ne viens pas l'arrêter, pas encore, du moins.

Je retournai nonchalamment dans la zone assise, sans me donner la peine de m'y poser. Je me plantai là et regardai dehors les pelouses d'un magnifique vert Technicolor qui s'étendaient jusqu'au béton du LBJ Freeway. Je bouillais intérieurement.

Je venais de me comporter en flic de terrain de D.C. Je me demandai si Burns m'aurait approuvé, mais peu importe. Il m'avait donné du mou, mais j'avais aussi décidé que je n'allais pas tout changer parce que j'étais devenu agent du FBI. J'étais à Dallas pour coincer un kidnappeur ; j'étais ici pour découvrir si Mrs Elizabeth Connolly et d'autres étaient encore en vie ou peut-être retenues en esclavage quelque part. J'étais à nouveau sur le coup. J'entendis une porte s'ouvrir derrière moi. Je me retournai. Un individu trapu aux cheveux grisonnants me regardait, l'air furieux.

— Lawrence Lipton, se présenta-t-il. À quoi ça rime, tout ça ?

— À quoi ça rime tout ça ? répéta Lipton, depuis le seuil, très grande gueule, très grand patron.

Il s'adressait à moi comme si j'étais un voyageur de commerce.

— Je croyais que l'on vous avait précisé que j'ai une réunion importante. Qu'est-ce que le FBI me veut donc ? Et pourquoi cela ne peut-il pas attendre ? Pourquoi n'avez-vous pas la politesse de prendre rendez-vous ?

Quelque chose dans son attitude ne collait pas complètement pour moi. Il avait beau tâcher de se faire passer pour un dur, je ne croyais pas qu'il le fût. Il était bêtement habitué à en imposer à d'autres hommes d'affaires. Il portait une chemise bleue, froissée, une cravate, un pantalon à rayures, des mocassins à glands et vingt-cinq bons kilos de surcharge pondérale. Qu'est-ce que ce type-là pouvait avoir de commun avec le Loup ?

Je le dévisageai et lui dis :

— Cela concerne une série de kidnappings et de meurtres. Désirez-vous en parler ici, à la réception ? Sterling.

Lawrence Lipton pâlit et perdit toute sa bravade ou presque.

— Entrez, me dit-il en reculant d'un pas.

95

Je l'ai suivi dans un espace comportant des boxes séparés par des cloisons basses. Du personnel de bureau, beaucoup. Jusque-là, tout se déroulait comme je l'avais prévu. Mais à présent, ça promettait d'être plus intéressant. Lipton pouvait se montrer plus « malléable » que je ne m'y attendais, il n'en jouissait pas moins d'un puissant réseau de relations à Dallas. Cet immeuble de bureaux se dressait dans l'un des quartiers à vocation résidentielle/commerciale parmi les plus classieux de la ville.

— Moi, c'est Mr Potter, lui dis-je en suivant un couloir aux murs tendus de tissu. Du moins, je l'ai incarné la dernière fois que l'on a parlé ensemble dans l'Antre du Loup.

Lipton ne se retourna pas, ne réagit d'aucune manière. L'on pénétra dans un bureau lambrissé dont il ferma la porte. La vaste pièce comportait une demi-douzaine de fenêtres à vue panoramique. Accrochée à un porte-chapeaux près de la porte, il y avait toute une collection de casquettes des Dallas Cow Boys et autres Texas Rangers dûment « autographées ».

— Je ne vois toujours pas où vous voulez en venir, mais je vous accorde cinq minutes pour que vous me l'expliquiez, me dit-il sèchement. Je crois que vous ignorez à qui vous avez affaire.

— Pas du tout, en réalité. Vous êtes le fils aîné d'Henry Lipton. Vous êtes marié, père de trois enfants et possédez une jolie maison à Highland Park. Vous êtes aussi impliqué dans un réseau de kidnappings et de meurtres que l'on suit de près depuis plusieurs semaines. Votre surnom est Sterling et je veux que vous compreniez bien quelque chose – toutes vos belles relations, celles de votre père à Dallas, ne vous seront plus désormais d'aucune aide. D'autre part, j'aimerais protéger votre famille autant que possible.

C'est à vous de décider. Je ne bluffe pas. Je ne bluffe jamais. Votre délit est fédéral, pas local.

— Je vais appeler mon avocat, me dit Lawrence Lipton en se dirigeant vers le téléphone.

— C'est votre droit le plus strict. Mais j'y renoncerais à votre place. Il n'en résultera rien de bon.

Mon ton de voix, ou autre chose, empêcha Lipton de passer le coup de fil. Il n'en résultera rien de bon. Sa main flasque s'éloigna de l'appareil posé sur son bureau.

— Pourquoi ? me demanda-t-il.

— Vous ne m'intéressez pas, lui dis-je. Vous êtes impliqué dans des meurtres. Mais j'ai vu vos enfants, votre femme. On a surveillé votre maison. On a déjà interrogé vos voisins et vos amis. À peine vous serez arrêté, votre famille sera en danger. On peut la protéger du Loup.

Le visage et le cou de Lipton s'empourprèrent ; il éructa :

— Qu'est-ce qui ne tourne pas rond chez vous ? Vous êtes fou ? Je suis un homme d'affaires respectable et respecté. Je n'ai jamais enlevé ni fait de mal à aucun être humain de ma vie. C'est de la démence.

— Non, mais vous en avez donné l'ordre. L'argent est arrivé chez vous. Mr Potter vous a fait parvenir cent vingt-cinq mille dollars. Ou plutôt, le FBI.

— J'appelle mon avocat, hurla Lipton. Tout cela est ridicule et insultant. Je n'ai à supporter ça de personne.

Je haussai les épaules.

— Alors, vous allez tomber de la pire manière. Vos bureaux ici même vont être fouillés sur-le-champ. Puis, viendra le tour de votre maison de Highland Park. Et de celle de vos parents à Kessler Park. On fouillera le bureau de votre père. Ainsi que celui de votre épouse au Musée d'art.

Il décrocha. Je voyais sa main trembler pourtant. Puis il murmura :

— Allez vous faire foutre.

Je sortis ma radio et lançai :

— Qu'on investisse bureaux et domiciles, fis-je.

Puis je me retournai vers Lipton.

— Vous êtes en état d'arrestation. Vous pouvez appeler votre avocat maintenant. Dites-lui que l'on vous conduit à l'antenne du FBI.

Quelques instants plus tard, une dizaine d'agents envahirent le bureau, avec sa magnifique vue sur la ville, son riche et élégant mobilier.

On arrêta Sterling.

Pasha Sorokin rôdait dans les parages ; il observait tout et tout le monde avec le plus vif intérêt. Peut-être était-il temps d'apprendre à ceux du FBI comment ça se passait là-bas, à Moscou, de leur montrer que ça n'avait rien d'un jeu d'enfants auquel l'on jouait selon les règles fixées par la police.

Il se trouvait devant l'immeuble de bureaux de Sterling à Dallas, quand l'équipe du FBI l'avait investi. Plus d'une dizaine d'agents avaient répondu présents à l'appel. Étrange panachage, ça, pas de doute : certains en costume sombre d'hommes d'affaires, d'autres en coupe-vent bleu foncé avec l'acronyme FBI imprimé en jaune dans le dos. Qui espéraient-ils vraiment trouver ? Le Loup ? D'autres membres de l'Antre du Loup ?

Ils n'avaient pas idée de là où ils mettaient les pieds. Leurs conduites intérieures et fourgonnettes sombres étaient garées dans la rue, à la vue de tous. Moins d'un quart d'heure après leur entrée dans le bâtiment, ils en ressortirent avec Lawrence Lipton menotté, qui tentait de dissimuler son visage. Quel lamentable spectacle ! Ils voulaient en mettre plein la vue, c'était ça ? À quoi bon ? se demandait-il. Pour montrer qu'ils étaient des durs ? Ou malins ? Mais ils n'étaient pas malins. Je vous montrerai, moi, combien il va vous falloir l'être, durs et malins. Je vous montrerai comme vous êtes loin du compte dans les deux cas.

Il donna l'ordre à son chauffeur de démarrer. Ce dernier ne se retourna pas vers son patron, installé sur la banquette arrière. Et se tut. Il savait qu'on ne remettait pas les ordres en question. Les façons d'agir du Loup étaient bizarres, non orthodoxes, mais étaient suivies d'effet.

— Double-les, lui commanda-t-il. J'ai envie de les saluer au passage.

Les agents du FBI jetaient alentour des regards nerveux tout en escortant Lawrence Lipton jusqu'à une fourgonnette qui attendait à proximité. Un Black marchait près de Sterling. Grand, dégageant une étrange confiance en lui. Pasha Sorokin savait, grâce à son informateur au sein du Bureau, qu'il s'agissait d'Alex Cross et qu'on le tenait en haute estime.

Comment était-il possible qu'on lui ait confié le commandement du raid ? s'étonnait-il. En Russie, l'on regardait de haut les Noirs américains. Sorokin n'avait jamais dépassé ses préjugés ; et il n'y avait aucune raison pour que ça arrive aux États-Unis.

— Rapproche-moi ! fit-il au chauffeur.

Il abaissa la vitre arrière. À peine sa voiture eut-elle croisé Lipton et Cross que Sorokin sortit une arme automatique et en visa la nuque de Sterling. Alors un truc stupéfiant – quelque chose de totalement imprévu – se passa.

Alex Cross projeta Lipton sur la chaussée et tous deux roulèrent derrière un véhicule en stationnement. Comment Cross avait-il été au courant ? Qu'avait-il vu qui l'avait alerté ?

Sorokin fit feu quand même, au jugé. La détonation résonna fortement. Il venait de transmettre le message. Sterling n'était plus en sécurité nulle part. Sterling était un homme mort.

On emmena Lawrence Lipton au bureau de l'antenne de Dallas où il fut mis sous bonne garde. Je menaçai de le transférer à Washington si jamais la police locale, ou même la presse, intervenait. Je passai un marché avec eux. Je promis aux inspecteurs de Dallas qu'ils auraient leur tour avec Lipton. Dès que j'en aurais fini avec lui.

À 23 heures, ce soir-là, je m'écroulai dans une salle d'interrogatoire sans fenêtre. Elle était nue, claustrophobique ; j'avais l'impression de m'être déjà trouvé dans la même une bonne centaine de fois. Je fis un signe de tête à Lawrence Lipton. Il n'eut aucune réaction ; il avait une mine épouvantable. Moi aussi, probablement.

— L'on peut vous aider, vous et les membres de votre famille. On les mettra en sécurité. Personne d'autre ne peut vous aider à l'heure actuelle, lui affirmai-je. Et ça, c'est la vérité.

Lipton finit par s'adresser à moi.

— Je ne désire plus jamais vous parler. Je vous le répète, je ne suis mêlé à aucune des conneries dont vous m'accusez. Je ne dirai plus un mot. Faites venir mon avocat.

Il me congédia d'un geste.

Au cours des sept heures précédentes, d'autres

agents du FBI l'avaient interrogé. C'était ma troisième séance avec lui et c'était toujours aussi difficile. Ses avocats étaient sur place, mais n'avaient pas insisté. On les avait avertis que leur client risquait d'être mis en examen pour kidnapping et complot en vue de commettre un meurtre et transféré immédiatement à Washington. Son père était lui aussi dans l'immeuble mais l'on ne l'avait pas autorisé à voir son fils. J'avais interrogé Henry Lipton, il avait pleuré et affirmé avec insistance que l'on avait arrêté son fils par erreur.

Je m'assis en face de Lawrence.

— Votre père est dans nos locaux. Aimeriez-vous le voir ? lui demandai-je.

Il éclata de rire.

— Bien sûr. Il me suffit pour ça d'avouer que je suis un kidnappeur et un assassin. Alors, je pourrais voir mon père et lui demander de me pardonner mes péchés.

J'ignorai son sarcasme. Il n'était pas très doué pour cet exercice.

— Vous savez que l'on peut mettre la société de votre père sous séquestre et l'obliger à la fermer ? Votre père fait aussi une cible fort plausible pour le Loup. Notre but n'est pas de causer préjudice aux membres de votre famille, ajoutai-je. À moins que votre père ne trempe là-dedans, lui aussi.

Il fit non de la tête, gardant les yeux baissés.

— Mon père n'a jamais rien eu à se reprocher.

— On ne cesse de me le répéter, lui dis-je. J'ai lu beaucoup de choses sur vous et votre famille depuis un jour ou deux. Je suis même remonté jusqu'à l'époque de vos études à l'université du Texas. Vous avez commis deux, trois légers dérapages à Austin. Vous avez violé deux deux filles avec lesquelles vous sortiez. Aucune des deux affaires n'a connu de suites judiciaires. Votre père vous a sauvé le coup. Ça n'arrivera pas, cette fois.

Lawrence Lipton ne répondit rien. Le regard vide, il avait l'air de ne pas avoir dormi plusieurs nuits d'affilée. Sa chemise bleue était froissée comme un Kleenex usagé, trempée de sueur sous les aisselles. Ses cheveux dégoulinaient d'humidité, imprégnant son col de chemise et ses pattes. Il avait des poches sous les yeux qui se violaçaient sous l'éclairage violent de la salle d'interrogatoire.

— Je ne veux pas que ma famille pâtisse de tout ça, déclara-t-il enfin. Laissez mon père en dehors de ça. Assurez sa protection.

J'acquiesçai.

— OK, Lawrence. On commence par où ? Je suis prêt à mettre votre famille en détention préventive jusqu'à ce qu'on le chope.

— Et ensuite ? me demanda-t-il. Ça ne s'arrêtera pas avec lui.

— Nous protégerons votre famille.

Lipton poussa un profond soupir, puis me dit :

— Très bien. Je suis l'encaisseur. Sterling, c'est bien moi. Je suis peut-être en mesure de vous mener jusqu'au Loup. Mais il me faut des promesses écrites. Beaucoup de promesses.

Je plongeai à nouveau au plus profond des ténèbres, attiré par elles comme la plupart des gens le sont par la lumière du jour. Je ne cessai de penser à Elizabeth Connolly, manquant toujours à l'appel et morte, craignait-on.

Le père de Lipton vint le voir deux, trois fois et les deux hommes pleurèrent ensemble. L'on autorisa Mrs Lipton à voir son mari. Il y eut beaucoup de larmes versées de part et d'autre de la famille. Et cet étalage d'émotion semblait aux trois quarts authentique.

Je demeurai dans la salle d'interrogatoire avec Sterling jusqu'à 3 heures du matin passées. J'étais prêt à y rester plus longtemps, aussi longtemps qu'il le faudrait pour obtenir les renseignements dont j'avais besoin. Plusieurs accords furent passés avec ses avocats au cours de la nuit.

Vers 2 heures, la plus grande partie des avocasseries derrière nous, Lipton et moi nous sommes rassis pour parler. Deux agents de l'antenne de Dallas se trouvaient avec nous dans la pièce. Ils n'étaient là que pour prendre des notes et faire un enregistrement.

C'était à moi de mener l'interrogatoire.

— Comment vous êtes-vous retrouvé embringué avec le Loup ? demandai-je à Lawrence Lipton, après avoir souligné quelques instants le souci que je prenais de sa famille.

Il m'avait l'air d'avoir les idées plus claires, d'être plus concentré que quelques heures plus tôt. Je sentis qu'il était soulagé d'un poids. Celui de la culpabilité, du sentiment de trahir sa famille… et son père, en particulier ? Son dossier universitaire révélait un étudiant brillant mais quelque peu tourmenté. Ses problèmes avaient toujours eu trait à son obsession sexuelle. Mais il n'avait jamais été suivi. Lawrence Lipton était un malade.

— Comment je me suis retrouvé embringué ? répéta-t-il, comme s'il se posait la question à lui-même. J'ai un penchant pour les très jeunes filles, voyez-vous. Les ados, les pré-ados. Beaucoup sont accessibles actuellement. Internet fournit de nouvelles sources d'approvisionnement.

— Pour quoi ? Soyez le plus concret possible, Lawrence.

Il haussa les épaules.

— Pour des malades dans mon genre. Aujourd'hui, l'on peut obtenir ce qu'on veut quand on veut. Et j'ai le truc pour dénicher les sites les plus crades. Au début, je me suis contenté des photos et des vidéos. J'aimais bien surtout les films in extenso.

— L'on en a retrouvé certains chez vous, dans votre bureau.

— Un jour, un homme est venu me voir. Il s'est présenté à mon bureau, tout comme vous.

— Pour vous faire chanter ? lui demandai-je.

Lipton secoua la tête.

— Non, pas pour ça. Il m'a dit qu'il avait envie de savoir ce dont j'avais vraiment envie. Sur le plan sexuel. Et qu'il m'aiderait à l'obtenir. Je l'ai mis à la porte. Il est revenu à la charge le lendemain. Il avait la liste de tout ce que j'avais acheté sur Internet. Alors, de quoi avez-vous vraiment envie ? m'a-t-il redemandé. J'avais envie de jolies filles, très jeunes, sans attaches, sans interdits. Il m'en a procuré deux ou trois par mois. Exactement, comme dans mes fantasmes. Couleur des cheveux, forme des seins, pointure, taches de rousseur, tout ce que je désirais.

— Qu'arrivait-il à ces filles ? Vous les assassiniez ? Vous devez me le dire.

— Je ne suis pas un tueur. J'aimais voir ces filles jouir. C'était le cas pour certaines. On faisait la fête, puis on les relâchait. Toujours. Elles ignoraient qui j'étais et d'où je venais.

— Donc cet arrangement vous satisfaisait ?

Lipton acquiesça, l'œil brillant.

— Beaucoup. J'avais rêvé de ça toute ma vie. La réalité égalait le fantasme. Bien entendu, tout ça n'était pas gratuit.

— On vous demandait de régler une facture ?

— Ben ouais. J'ai fini par rencontrer le Loup, du moins je crois que c'était lui. Il avait délégué l'un de ses émissaires à mon bureau au départ. Puis il est venu me trouver. En chair et en os, il était très effrayant. Il m'a parlé de la Mafia rouge. Il a cité le KGB aussi, mais j'ignore quels étaient ses liens avec cet organisme.

— Qu'attendait-il de vous ?

— Que je fasse des affaires avec lui, que je sois son associé. Il avait besoin des compétences de ma société dans le domaine informatique et d'Internet. Le club sexuel était secondaire pour lui, un simple plus. Il donnait à fond dans l'extorsion, le blanchiment d'argent, la contrefaçon. Le club, c'était mon truc à moi. Une fois notre entente conclue, je me suis mis en quête fan-tasmes de ces obsédés friqués qui voulaient assouvir leurs tasmes. Des malades prêts à dépenser une petite fortune pour un ou une esclave, peu importe. Parfois, la cible était précise, parfois, il s'agissait simplement d'un certain type physique.

— Pour les tuer ? demandai-je à Lipton.

— Pour tout ce qui leur passait par la tête. Laissez-moi vous dire ce que je crois qu'il visait avec ce club. Il avait envie de compromettre des hommes de pouvoir, très riches. L'on en comptait déjà un, un sénateur de Virginie-Occidentale. Il voyait loin.

— Le Loup habite-t-il Dallas ? lui ai-je demandé pour finir. Il faut m'aider si vous voulez qu'à mon tour, je vous aide.

Lipton fit non de la tête.

— Il ne hante pas ces parages. Il ne vit pas à Dallas. Ni au Texas. C'est un individu mystérieux.

— Mais vous savez où il se trouve ?

Il hésita, puis finit par poursuivre.

— Il ne sait pas que je le sais. Il est intelligent, mais pas dégourdi avec les ordinateurs. J'ai réussi à le localiser une fois. Il était persuadé que ses messages étaient sécurisés, mais je les ai fait cracker. J'avais besoin d'avoir quelque chose sur lui.

Alors Sterling me dit où il pensait que je pouvais trouver le Loup. Et aussi, qui il était. À ce qu'il disait, si je pouvais y croire, Sterling connaissait le nom que Pasha Sorokin utilisait aux États-Unis.

C'était Ari Manning.

Installé en haut du cockpit d'un cruiser de luxe, je voguai sur l'Intercoastal Waterway, à Fort Lauderdale, Floride, non loin de la célèbre Millionaires Row. S'approchait-on du Loup ? J'avais besoin d'y croire. Sterling le jurait et n'avait aucune raison de nous mentir, non ? Il n'avait que de bonnes raisons de nous dire la vérité.

Les touristes faisaient par ici des balades en bateau à moteur, aussi imaginai-je que l'on ne nous remarquerait pas d'entrée. En outre, la nuit tombait. L'on passait devant des résidences de style portugais ou méditerranéen pour l'essentiel, mais, à l'occasion, l'une d'elles de style géorgien colonial trahissait censément une « fortune nordiste ». L'on nous avait bien recommandé d'y aller sur la pointe des pieds, de ne pas prendre les riches du coin à rebrousse-poil, ce qui, franchement, tenait du pari impossible. L'on allait rebrousser un maximum de poils en un minimum de temps.

À bord du cruiser, se trouvaient avec moi Ned Mahoney et deux de ses équipes d'assaut de sept hommes. Mahoney n'effectuait pas lui-même de missions d'ordinaire, mais depuis Baltimore, le directeur avait modifié la donne. Le FBI devait se renforcer sur le terrain.

J'observai à la jumelle une grande demeure sur la rive tandis que notre bateau s'avançait vers le débarcadère. Plusieurs yachts et vedettes luxueux se balançaient sur l'eau, non loin de là. On s'était procuré un plan d'architecte de la maison et appris qu'on l'avait acquise pour vingt-quatre millions de dollars, deux ans plus tôt. Ne prenez personne à rebrousse-poil.

Une grande fête battait son plein dans la propriété, qui appartenait à Ari Manning. D'après Sterling, il ne faisait qu'un avec Pasha Sorokin, le Loup.

— L'on dirait que tout le monde se paie du bon temps, me lança Mahoney depuis le pont. Bon Dieu, j'adore les fêtes. La bouffe, la musique, danser, boire du champ'.

— Ouais, c'est plutôt animé. Et les invités-surprises ne sont même pas encore arrivés, fis-je.

Ari Manning était connu à Miami et Fort Lauderdale pour les réceptions qu'il donnait, jusqu'à deux par semaine, parfois. Ses fêtes étaient réputées pour leur extravagance, leurs invités-surprises, tels, entre autres, les entraîneurs de l'équipe de football des Miami Dolphins ou de basket du Miami Heat, les tout récents numéros musicaux ou comiques à succès de Las Vegas, des hommes politiques, diplomates, ambassadeurs et jusqu'au personnel de la Maison Blanche.

— J'imagine que, ce soir, ça sera nous les invités-surprises de dernière minute, me dit Mahoney avec un rictus.

— En arrivage direct par avion depuis Dallas, ai-je renchéri. Avec notre cour de quatorze personnes.

Les invités, l'aspect tapageur de la fête elle-même rendaient l'opération délicate, ce qui nous obligeait sans doute, Mahoney et moi, à plaisanter un peu pour soulager la tension. L'on avait envisagé de prendre notre temps mais l'HRT désirait intervenir tout de go, tant que l'on savait que le Loup y était. Le directeur avait accordé son feu vert et pris de fait la décision finale.

Un type en costume marin d'opérette nous adressait des signes vigoureux pour qu'on s'éloigne du débarcadère. L'on continua à aller de l'avant.

— Il nous veut quoi ce connard sur le quai ? me demanda Mahoney.

— C'est complet ! Vous arrivez trop tard ! nous cria le type sur la rive.

Sa voix dominait la musique qui tonitruait, provenant de l'arrière de la maison.

— La fête est incomplète sans nous, lui répondit Mahoney.

Puis il lâcha un coup de klaxon.

— Non, non ! Passez votre chemin ! beugla Costume Marin. Allez-vous-en !

Mahoney actionna le klaxon derechef.

Le cruiser tamponna un hors-bord Bertram et je vis le moment où le type sur le quai allait avoir une attaque.

— Faites attention, bon Dieu. C'est une fête privée ! On n'entre pas ici comme dans un moulin. Êtes-vous des amis de Mr Manning ?

Mahoney klaxonna de plus belle.

— Tout à fait. Voici mon invitation !

Et il déploya badge et flingue.

J'avais déjà débarqué et je courais vers la maison.

Je me frayai un passage dans la foule des invités très huppés de la réception qui se dirigeaient vers les tables éclairées à la bougie. L'on servait le dîner à présent. Steaks et homards, flots de champagne et de vins hors de prix. Tout le monde et n'importe qui semblait avoir endossé son Dolce & Gabbana, son Versace ou son Yves Saint Laurent. Moi, j'étais en jeans délavé et en coupe-vent bleu du FBI.

Des têtes bien coiffées se tournaient vers moi, me décochant des regards comme si j'étais un trouble-fête. Ce que j'étais bel et bien. Un trouble-fête d'enfer. Ces gens-là n'ont pas idée.

— FBI, criai-je dans mon dos Mahoney à la tête de ses équipiers, lourdement armés, fendant la cohue.

Sterling m'avait donné le signalement de Pasha Sorokin et je me dirigeai droit sur lui. Il se trouvait bien là. Le Loup portait un luxueux costume gris sur un T-shirt en cachemire bleu. Il discutait avec deux hommes près d'une tente à rayures bleues et jaunes, gonflée par le vent, où les grils s'activaient. Des chefs suants et souriants, uniquement blacks ou latinos, accommodaient d'énormes morceaux de viande et de poisson.

Je sortis mon Glock. Pasha Sorokin me dévisagea sans tressaillir d'un muscle. Il me dévisagea, point trait. Il ne fit pas un mouvement, pas mine de s'enfuir. Puis il sourit, comme s'il m'attendait et était heureux de me voir arriver enfin. Ça voulait dire quoi ?

Je le vis faire un signe bref de la main à un homme à cheveux blancs qui serrait de près une blonde bien roulée qui avait la moitié de son âge.

— Atticus ! le héla Sorokin.

L'homme rappliqua plus vite qu'un marmiton.

— Atticus Stonestrom, je suis l'avocat de Mr Manning, se présenta-t-il. Vous n'avez pas le moindre motif d'être ici, d'investir la demeure de Mr Manning de la sorte. C'est totalement déplacé et je vous demande instamment de vous retirer.

— Ça n'est pas près d'arriver. Poursuivons cet entretien privé à l'intérieur. Rien que nous trois, dis-je à Stonestrom et à Sorokin. À moins que vous ne préfériez que l'arrestation ait lieu au vu et au su de tous vos invités.

Le Loup jeta un coup d'œil à son avocat, puis haussa les épaules, comme si ça lui importait peu. Il se dirigea vers la maison. Puis se retournant, il feignit de se rappeler quelque chose.

— Votre petit garçon se prénomme Alex, si je ne me trompe ? me lança-t-il.

Elle n'était pas morte ! C'était ça, la bonne nouvelle ? C'était si stupéfiant que ça ?

Elizabeth Connolly était à nouveau perdue dans son monde, le meilleur endroit pour elle où se trouver. Elle arpentait une plage parfaite sur le rivage nord d'Oahu. Elle y ramassait les coquillages les plus étonnants, l'un après l'autre, en comparant leur texture.

Puis elle entendit crier… FBI !

Elle n'en crut pas ses oreilles.

Le FBI, ici ? Dans la maison ?

Son cœur battit à grands coups, avant de manquer s'arrêter, puis de repartir à cogner encore plus fort.

Venaient-ils enfin la sauver ? Que feraient-ils ici sinon ? OhbonDieudebonDieu !

Lizzie tremblait comme une feuille des pieds à la tête. Des larmes mouillèrent ses joues. Il fallait qu'on la découvre et qu'on la fasse sortir d'ici tout de suite. L'arrogance du Loup allait lui brûler les ailes !

Je suis ici-dedans. Je suis ici ! Ici et pas ailleurs !

La réception devint subitement silencieuse. Tout le monde chuchotait et il était difficile d'ouïr quelque chose. Mais elle entendait prononcer nettement « FBI » et s'échafauder des hypothèses quant à la raison de sa présence dans les lieux. « Affaire de drogue. » C'était apparemment l'avis général.

Lizzie pria qu'il ne s'agisse pas de drogue. Et si l'on emmenait le Loup en prison ? Elle resterait enfermée ici. Elle ne pouvait s'empêcher d'en trembler.

Il fallait qu'elle fasse savoir aux agents du FBI qu'elle était là. Mais comment ? Elle était toujours ligotée et bâillonnée ! Ils étaient si près… Je suis dans le placard ! Je vous en supplie, regardez dans le placard !

Elle avait conçu des dizaines de plans d'évasion. Mais tous présupposaient que le Loup ouvre la porte et lui permette, une fois en laisse, d'aller à la salle de bains ou de se balader dans le corps principal de la maison. Lizzie savait qu'elle n'avait aucun moyen de s'échapper du placard fermé à clef. Pas ficelée comme elle l'était. Elle ne savait comment signaler sa présence au FBI.

Puis elle entendit quelqu'un faire une annonce à la ronde. D'une voix mâle et grave. Calme et suintant l'autorité.

— Je me présente : Mahoney, agent du FBI. Que tout le monde évacue sur-le-champ l'intérieur de la maison. Je vous demande de vous rassembler sur la pelouse, à l'arrière. Tout le monde doit vider les lieux immédiatement ! Mais personne ne quitte le périmètre de la propriété.

Lizzie entendit des chaussures piétiner le plancher… en hâtant le pas. Les invités se retiraient. Et puis quoi, ensuite ? Elle resterait toute seule. Si jamais l'on embarquait le Loup… qu'allait-elle devenir ? Il devait bien y avoir quelque chose à faire pour signaler au FBI qu'elle était enfermée ici dedans. Mais quoi ?

Un dénommé Atticus Stonestrom parlait d'une voix forte.

Puis elle entendit celle du Loup et cela lui glaça le sang. Il était toujours dans la maison. Il discutait avec

quelqu'un. Elle n'aurait su dire avec qui ni la teneur
exacte de leurs propos.

Que puis-je faire ? Quelque chose ! N'importe
quoi !

Mais quoi, quoi ?

À quoi n'ai-je pas encore pensé ?

Alors, Lizzie eut une idée. En fait, elle l'avait déjà
eue, mais l'avait toujours écartée.

Car ça la terrifiait plus que tout.

102

— Pas fâché que vous soyez ici, Atticus, pour veiller à ça en personne, dit le Loup à son avocat. Je suis soumis à un harcèlement d'une débilité totale. Vous le savez mieux que quiconque. Tout cela est insultant au plus haut point.

Il me jeta un regard.

— Avez-vous idée du nombre de mes associés que vous avez insultés au cours de cette réception ?

Je me contenais toujours. Je voulais éviter de réagir à ses menaces sur ma famille, sur Alex Junior. Je n'avais pas envie de l'alpaguer mais carrément de le buter.

— Vous pouvez me croire, dis-je à son avocat. Nous sommes venus arrêter votre client pour kidnapping.

Sorokin leva les yeux au ciel.

— Mais vous avez perdu la tête ? Vous savez qui je suis ? me demanda-t-il.

Bon Dieu, l'on m'avait tenu quasiment le même discours à Dallas.

— Il se trouve que oui, lui dis-je. Votre vrai nom est Pasha Sorokin, et non pas Ari Manning. Certains disent de vous que vous êtes le parrain de la mafia russe. Que c'est vous le Loup.

Sorokin m'écouta jusqu'au bout avant de partir d'un fou rire.

— Quels imbéciles vous faites. Vous, tout particulièrement.

Il me montra du doigt.

— Vous n'y êtes pas du tout.

Soudain des cris s'élevèrent d'une autre pièce du rez-de-chaussée. « Au feu ! » hurlait quelqu'un.

— Viens, Alex ! me dit Mahoney.

Lui et moi, laissant Sorokin entre les mains de trois agents, avons couru voir ce qui pouvait bien se passer, bon sang. Comment le feu avait-il pu prendre ? Là, maintenant ?

Il y avait bien, semblait-il, un départ d'incendie dans un placard du vaste bureau jouxtant le grand salon. Des volutes de fumée passaient en dessous de la porte. D'épaisses volutes.

Je saisis la poignée, qui était brûlante. Le placard était verrouillé. J'assenai contre le battant un violent coup d'épaule. Puis un autre. Cette fois-ci, le bois se fendit. Je cognai à nouveau. La porte s'effondra. Et une épaisse fumée noire tourbillonna dans le bureau.

Je m'approchai, tentant de distinguer à l'intérieur.

Puis je vis bouger.

Quelqu'un se trouvait là. J'aperçus un visage.

Celui d'Elizabeth Connolly... et elle avait pris feu !

103

J'inspirai un bon coup, puis plongeai dans ce nuage de fumée ardente. Je sentis la peau de mon visage se mettre à brûler. Je me faufilai en force à l'intérieur du placard-penderie. Je m'accroupis, saisis Elizabeth Connolly dans mes bras et ressortis en titubant avec elle. Mes yeux pleuraient et ma figure était couverte de cloques, à ce que je ressentais. Elizabeth me regarda avec effarement lui ôter son bâillon. Ned Mahoney s'attaqua aux cordes qui lui liaient les bras.

— Merci, chuchota-t-elle d'une voix rendue rauque par la fumée. Oh, merci, merci, hoqueta-t-elle.

Ses larmes, en coulant, maculaient ses joues de suie. Mon cœur battait follement alors que je lui tenais la main en attendant l'arrivée d'une ambulance. J'avais du mal à croire qu'elle soit en vie, mais tout ça en avait donc valu la chandelle.

Je n'eus que quelques secondes pour savourer mon contentement. Des coups de feu éclatèrent. Je sortis en courant du fumoir-bureau, tournai l'angle et vit deux agents à terre, mais vivants.

— Un garde du corps est entré en tirant, me dit l'agent le plus proche de moi. Manning et lui se sont enfuis en haut.

Je grimpai l'escalier en hâte, Ned Mahoney sur mes talons. Qu'allait faire le Loup à l'étage ? Ça n'avait pas de sens pour moi. D'autres agents vinrent se joindre à nous. L'on a fouillé chaque pièce. Rien ! Impossible de retrouver le Loup ou son garde du corps. Pourquoi s'étaient-ils enfuis en haut ?

Mahoney et moi avons fouillé toutes les pièces tant du premier que du second étage. La police de Fort Lauderdale, qui avait commencé à débarquer, nous aidait à boucler le périmètre.

— J'vois pas comment il a pu sortir d'ici, me dit Mahoney.

L'on se trouvait dans le couloir du premier, perplexes et écœurés.

— Faut bien qu'il y ait une issue quelque part. Jetons encore un coup d'œil.

L'on revint sur nos pas, contrôlant plusieurs chambres d'amis. Tout au bout du couloir, il y avait un autre escalier, réservé sans doute au personnel. On l'avait déjà inspecté. Et condamné en bas. Alors un petit détail, que j'avais laissé passer, m'a frappé.

Je dévalai les marches jusqu'au rez-de-chaussée. Il y avait là une croisée à alcôve et une banquette. Exactement comme je m'en souvenais. Deux petits coussins gisaient par terre. Je soulevai le couvercle du siège de la banquette.

Ned Mahoney poussa un grognement sonore. Il comprit ce que je venais de découvrir. Le moyen d'évasion. Le Loup était passé par ici !

— Il se trouve peut-être encore là-dedans. Voyons où ça mène, lui dis-je.

En me penchant sur l'ouverture, j'aperçus une demi-douzaine d'étroites marches en bois. Mahoney tint une torche au-dessus de ma tête pendant que je les descendais.

— C'est bien par là, Ned, lui criai-je par-dessus mon épaule.

Je vis comment ils avaient pu s'échapper. Une fenêtre était ouverte. Je distinguais de l'eau quelques mètres plus bas.

— Ils sont entrés dans l'Intercoastal, ai-je crié à Mahoney. Ils sont dans l'eau !

Je pris part activement aux recherches sur le canal et dans le voisinage, mais il faisait déjà nuit. Mahoney et moi avons sillonné en tous sens les rues étroites, bordées de propriétés. Puis l'on a longé en voiture Las Olas Boulevard, espérant qu'un témoin y aurait repéré deux hommes en vêtements trempés. Mais personne n'avait vu le Loup ni son garde du corps.

Je ne voulais pas renoncer. Je regagnai le quartier résidentiel d'Isla Bahia. Quelque chose me chiffonnait. Pourquoi personne n'avait aperçu deux hommes correspondant à ce signalement ? Je me demandai s'il y avait eu des tenues de plongée dans ce réduit. Jusqu'à quel point le Loup avait-il préparé son échappée ? Quelles précautions avait-il prises ?

Puis je laissai mes pensées suivre un cours différent : Il est l'arrogance et l'intrépidité personnifiées. Il ne croyait pas qu'on le démasquerait et qu'on viendrait l'interpeller ici. Il n'avait pas prévu d'itinéraire de fuite ! Alors peut-être se cache-t-il encore à Isla Bahia.

Je communiquai mes réflexions à ceux de l'HRT. Mais ils avaient déjà entamé l'enquête de proximité, allant d'une propriété à l'autre. Il y avait à présent des dizaines d'agents et de policiers locaux qui passaient au crible ce quartier huppé de Fort Lauderdale. Je ne renoncerai pas, ne permettrai à personne de le faire. Et

ce qui m'y poussait – la persévérance ? l'obstina-
tion ? – avait payé auparavant. Mais l'on ne retrouva
pas le Loup et l'on ne découvrit personne qui l'ait vu à
Isla Bahia.

— Rien ? Aucune trace de lui ? Personne n'a rien
vu ? demandai-je à Mahoney.

— Rien de rien, me répondit-il. On a trouvé un
cocker en vadrouille. Et ça s'arrête là.

— Et le propriétaire du chien, on sait qui c'est ? lui
demandai-je.

Mahoney leva les yeux au ciel. Je ne lui en voulus
pas.

— Je vais voir.

Il s'éloigna et revint au bout de quelques instants.

— Il appartient à Mr et Mrs Steve Davis. Les Davis
habitent au bout de la rue. On va leur rendre leur chien.
Satisfait ?

Je fis non de la tête.

— Pas vraiment. On va leur ramener le chien tous
les deux, dis-je. Je ne vois pas pourquoi un chien se
baladerait en liberté si tard le soir. Il y a quelqu'un chez
eux ?

— Ça n'en a pas l'air. Tout est éteint dans la
maison. Voyons, Alex. Bon sang. Ça ne mène nulle
part. Tu te raccroches à des broutilles. Pasha Sorokin
n'est plus dans le coin.

— On y va. Embarque le chien, lui dis-je. On se
rend chez les Davis.

L'on roulait vers le domicile des Davis avec le cocker brun et blanc, quand la radio de bord nous balança cette nouvelle : Deux suspects, deux hommes. Ils se dirigent vers Las Olas Boulevard. Ils nous ont repérés ! On les poursuit !

N'étant qu'à deux, trois rues du quartier commerçant, on l'atteignit en quelques minutes. Le cocker aboyait sur la banquette arrière. Les véhicules de patrouille de la police de Fort Lauderdale et les berlines du FBI encerclaient déjà un magasin Gap. D'autres voitures de patrouille surgissaient, leurs sirènes hurlant dans la nuit. La rue était bondée et les policiers du coin avaient du mal à endiguer le flot des piétons.

Mahoney s'avança jusqu'au barrage. Après avoir laissé une vitre entrouverte pour le chien, Ned et moi, l'on sauta de la voiture et l'on courut vers le magasin Gap. On portait des gilets pare-balles et des armes de poing.

Le magasin était violemment éclairé. J'apercevais des gens à l'intérieur. Mais pas de Loup parmi eux. De garde du corps, non plus.

— On croit que c'est lui, nous dit un agent, une fois à proximité du magasin.

— Il y a combien de suspects armés à l'intérieur ? demandai-je.

— On en dénombre deux. Deux, dont l'on est sûrs. Il pourrait y en avoir davantage. Y a pas mal de confusion.

— Ah ouais, sans déc', fit Mahoney. J'ai un peu eu cette impression.

Les quelques instants qui suivirent, rien de bien utile ne se produisit… si ce n'est l'arrivée sur les lieux de nouvelles voitures de patrouille de Fort Lauderdale. Ce fut aussi le cas d'un véhicule blindé du SWAT, lourdement armé. Un négociateur de prise d'otages se pointa. Puis ce fut le tour de deux hélicos des médias qui survolèrent le magasin Gap et les boutiques avoisinantes.

— Personne ne répond au téléphone là-dedans, bordel, signala le négociateur. Il se contente de sonner.

Mahoney me jeta un regard inquisiteur et je haussai les épaules en réponse.

— On ignore même si ce sont eux qui se trouvent à l'intérieur.

Le négociateur s'empara d'un porte-voix.

— Ici, la police de Fort Lauderdale. Quittez immédiatement le magasin. On ne va pas parlementer. Sortez, les mains en l'air. Que tous ceux qui sont là-dedans sortent, maintenant !

Cette façon de faire ne me parut pas la bonne. Trop rentre-dedans. Je rejoignis le négociateur.

— Agent Cross, FBI. Est-il nécessaire de le pousser dans ses derniers retranchements ? C'est un individu violent. Extrêmement dangereux.

Le négociateur était un type râblé à épaisse moustache ; il portait un gilet pare-balles, qu'il ne s'était même pas donné la peine de boucler.

— Lâchez-moi, bordel ! me gueula-t-il en pleine poire.

— C'est une affaire fédérale, beuglai-je en retour en lui arrachant le mégaphone des mains.

Le négociateur en vint aux poings, mais Mahoney le maîtrisa au sol. Les journalistes étaient aux premières loges ; qu'ils aillent se faire foutre. On avait du boulot.

— Ici, le FBI ! fis-je dans le porte-voix. Je désire parler à Pasha Sorokin.

Alors, tout à trac, se produisit le truc le plus étrange de la soirée ; et sur le plan étrange, la soirée n'avait pas été en reste. Je faillis ne pas en croire mes yeux.

Deux hommes franchirent l'entrée du magasin Gap. Ils se masquaient la figure de leurs mains pour se protéger des appareils photo et caméras, ou peut-être bien de nous.

— Allongez-vous par terre ! leur hurlai-je.

Ils ne s'exécutèrent pas.

Mais je pus enfin les apercevoir : c'était bien Sorokin et son garde du corps.

— On n'est pas armés, me cria Sorokin, assez fort pour être entendu à la cantonade. Nous sommes d'innocents citoyens. On n'a pas de flingues.

Je ne savais pas si je devais le croire. Aucun de nous ne savait comment gérer ça. L'hélicoptère de la télé au-dessus de nos têtes nous survolait de trop près.

— À quoi il joue ? me demanda Mahoney.

— Ch'ais pas… couchez-vous ! leur ai-je crié encore une fois.

Le Loup et son garde du corps continuèrent à se diriger vers nous. Lentement, précautionneusement.

Je m'avançai avec Mahoney, armes dégainées. Était-ce un piège ? Que pouvaient-ils tenter avec des dizaines de fusils et de pistolets braqués sur eux ?

Le Loup sourit en me voyant. Et merde, pourquoi ce sourire ?

— Alors vous nous avez capturés, s'écria-t-il. Ah la

belle affaire ! C'est sans importance, vous savez. J'ai une surprise pour vous, Mister du FBI. Prêt ? Je m'appelle bien Pasha Sorokin. Mais le Loup, ça n'est pas moi.

Il partit d'un éclat de rire.

— Je ne suis qu'un quidam qui fait ses courses chez Gap. J'avais besoin de vêtements de rechange, les miens étaient trempés. Ça n'est *pas* moi le Loup, Mr FBI. C'est pas marrant, ça, dites-moi ? Ça vous éclate pas ? Moi, ça m'éclate. Et ça éclatera le Loup, lui aussi.

Pasha Sorokin n'était pas le Loup. Était-ce possible ? Il n'existait aucun moyen de le savoir avec certitude. Pendant les quarante-huit heures suivantes, il nous fut confirmé que les hommes capturés par nos soins en Floride étaient bien Pasha Sorokin et Ruslan Federov. Ils appartenaient à la Mafia rouge, mais tous deux soutenaient n'avoir jamais rencontré le Loup en personne. Ils déclaraient avoir joué le « rôle » qu'on leur avait attribué — celui de simple doublure, selon eux. Ils se montraient maintenant désireux de marchander le meilleur accord possible.

Il n'existait aucun moyen pour nous de savoir avec certitude ce qui se passait, mais le marchandage se poursuivit pendant deux jours. Le Bureau aimait marchander. Moi, pas. Des contacts furent pris au sein de la Mafia ; ce qui sema à nouveau le doute sur le fait que Pasha Sorokin et le Loup ne fassent qu'un. L'on retrouva pour finir les agents de la CIA qui avaient exfiltré le Loup de Russie et on les amena dans la cellule de Pasha. Ils déclarèrent qu'il n'était pas celui qu'ils avaient aidé à quitter l'Union soviétique.

Puis, Sorokin nous livra l'un des noms qu'on voulait... un nom qui m'en boucha un coin, comme à nous tous. Ça faisait partie du « deal » le concernant. Il nous donna Sphinx.

Le lendemain matin, quatre équipes d'agents du FBI attendaient devant le domicile dudit Sphinx qu'il en sorte pour se rendre au travail. L'on était tombés d'accord de ne pas l'interpeller chez lui. Je ne voulais pas que ça se passe ainsi. Je ne le pouvais carrément pas.

De l'avis général, Lizzie Connolly et ses filles n'avaient déjà que trop dégusté. Il n'était pas indispensable qu'elles voient Brendan Connolly – autrement dit, Sphinx – se faire arrêter au domicile familial, à Buckhead. Il n'était pas indispensable qu'elles apprennent l'atroce vérité de la sorte.

J'étais posté dans une berline bleu foncé, garée deux blocs plus loin dans la rue, mais avec la grande demeure de style géorgien dans mon champ de vision. Je me sentais comme engourdi. Je me rappelais la première fois où j'étais venu ici. Je me souvenais de ma conversation avec les fillettes, et aussi de mon entretien avec Brendan Connolly dans son fumoir. Il avait eu l'air sincèrement peiné, au même titre que ses petites filles.

Évidemment, personne n'avait soupçonné qu'il avait trahi sa femme, qu'il l'avait vendue à un autre homme. Pasha Sorokin avait fait la connaissance d'Elizabeth lors d'une réception chez les Connolly. Il l'avait désirée. Brendan Connolly ne la désirait plus : le juge collectionnait les aventures depuis des années. Elizabeth rappelait à Sorokin Claudia Schiffer, le top model, qui avait été placardée sur des panneaux publicitaires un peu partout dans Moscou à l'époque où il y était gangster. Alors, l'horrible transaction avait eu lieu. Un mari avait vendu sa propre femme en connaissance de cause ; il s'était débarrassé d'elle de la pire façon imaginable. Comment avait-il pu en arriver à détester autant Elizabeth ? Et comment avait-elle pu l'aimer, elle ?

Ned Mahoney était près de moi dans l'habitacle, attendant de passer à l'action, qui nous restait encore inaccessible, cette prise de second ordre était notre prix de consolation.

— Je me demande si Elizabeth connaissait la vie secrète de son mari ? marmonna Mahoney.

— Peut-être soupçonnait-elle quelque chose. Il leur arrivait de ne plus coucher ensemble. Quand j'ai visité la maison, Connolly m'a montré son fumoir. Il y avait là un canapé lit… défait.

— Tu crois qu'il va se rendre au travail aujourd'hui ? demanda Mahoney.

Il croquait calmement une pomme. Très cool de bosser avec lui.

— Il sait qu'on a arrêté Sorokin et Federov. J'imagine qu'il va se montrer prudent. Et probablement se tenir à carreau. Difficile à dire.

— Peut-être qu'on devrait l'alpaguer chez lui. À ton avis ?

Il mordit à nouveau dans sa pomme.

— Alex ?

Je refusai de la tête.

— Je ne peux pas faire ça, Ned. Pas à sa famille.

— D'acc'. Je posais juste la question, mon pote.

L'on patienta. Peu après 9 heures, Brendan Connolly finit par sortir de la maison. Il se dirigea vers une Porsche Boxster gris métallisé, garée dans l'allée circulaire. Il portait un costume bleu et un sac de gym noir. Il sifflotait.

— L'ordure ! murmura Mahoney. Puis il parla dans son talkie-walkie : Ici, Alpha Un… Sphinx quitte la maison. Il monte dans sa Porsche. Préparez-vous à converger sur lui. La voiture est immatriculée V6T-81K.

L'on eut un retour immédiat : « Ici Braves Un… Sphinx est visible pour nous aussi. On va le couvrir. Il est à nous. »

Puis : « Ici, Braves Trois, en place au second croisement. On le guette. »

— Il devrait être là-bas dans dix à quinze secondes. Il descend vers la rue. Et tourne à droite.

Je dis tranquillement à Mahoney.

— J'ai envie de me le farcir, Ned.

Ce dernier regarda droit devant lui à travers le pare-brise. Ne me répondit pas. Mais ne me dit pas non.

J'observai la Porsche rouler à une vitesse de croisière vers le prochain carrefour. La Boxster ralentit dans le virage. Et puis Brendan Connolly démarra à fond la caisse !

— Ah zut, fit Mahoney qui en balança sa pomme.

Ce message fut craché via les ondes courtes : « Le suspect se dirige vers le sud-est. Il nous a sans doute repérés ! »

J'ai foncé dans la direction où la Porsche venait de disparaître. Je m'arrangeai pour que la berline ne roule pas à moins de cent dans l'étroite rue tortueuse, bordée de portails de *McMansions*[1]. Toujours pas de Porsche gris métallisé à l'horizon.

— Je me dirige vers l'est, ai-je signalé par radio. Je prends le pari qu'il va chercher à atteindre la route à grande circulation.

Je ne savais quoi faire d'autre. Je croisai plusieurs véhicules dans cette artère tranquille. Deux, trois chauffeurs gardèrent la main appuyée sur le klaxon. Ce que j'aurais fait moi aussi à leur place. Je faisais du cent vingt dans une zone résidentielle.

— Je le vois ! hurla Mahoney.

J'appuyai sur le champignon. Enfin je regagnai du terrain. J'ai repéré une berline bleue qui s'approchait de la Porsche par l'est. C'était Braves Deux. L'on pre-

---

1. Terme péjoratif formé de Mc (comme dans McDonald) et *mansion* (manoir). Les Américains disent aussi « faux château » (dans l'original) (*N.d.T.*).

naît Brendan Connolly en tenaille. La question était maintenant de savoir s'il allait ou non se rendre.

Soudain, la Porsche quitta la route pour pénétrer dans un fourré buissonneux, s'élevant plus haut que le toit de la voiture. La Porsche bascula vers l'avant et disparut sur une pente raide.

Je n'ai pas ralenti sauf à la dernière seconde, alors j'ai freiné à mort, ce qui m'entraîna dans un dérapage contrôlé mais secoué.

— Nom de Dieu ! gueula Mahoney sur le siège passager.

— Je croyais que t'étais de l'HRT, lui dis-je.

Mahoney éclata de rire.

— Bon, d'accord, collègue ! Allons cueillir le méchant !

Je me suis enfoncé en berline dans les buissons et retrouvé sur une colline parsemée de gros rochers et d'arbres. Une fois que les branches se raréfièrent, ma visibilité n'en demeura pas moins réduite à cause des autres arbres. J'aperçus alors la Porsche emplafonner un chêne de plein fouet et se coucher sur le côté. La voiture glissa encore sur cinquante mètres avant de s'arrêter définitivement.

Sphinx était terrassé.

Allons cueillir le méchant !

Moi et Mahoney, on voulait choper Sphinx, j'en faisais une affaire personnelle, peut-être que nous deux, l'on en faisait une affaire personnelle. Je laissai rouler la berline encore une cinquantaine de mètres. Puis je freinai et arrêtai la voiture. Mahoney et moi sommes sortis d'un bond. L'on a failli dévaler la pente raide de la colline, glissante de boue.

— Espèce de dingue, sale fils de pute ! cria Mahoney, tandis que l'on avançait en trébuchant.

— Quel autre choix avait-il ? Il fallait bien qu'il s'enfuie.

— Pas lui, toi. T'es un vrai dingue ! Tu parles d'une virée.

L'on a vu Brendan Connolly sortir en titubant de la Porsche accidentée. Il pointait une arme dans notre direction. Connolly fit feu à deux reprises, rapidement. Même s'il n'était pas très doué avec un flingue, il tirait à balles réelles.

— Enculé !

Mahoney déchargea en faisant mouche sur la Porsche... pour indiquer à Connolly que l'on pouvait le descendre s'il nous y obligeait.

— Posez votre arme à terre ! lui intima Mahoney. Posez votre arme à terre !

Brendan Connolly se mit à dévaler la colline en courant, mais il trébuchait pas mal. Mahoney et moi, on le talonna peu à peu jusqu'à, pour finir, ne plus être qu'à une trentaine de mètres derrière lui.

— Laisse-moi faire, dis-je.

Brendan Connolly jeta un regard par-dessus son épaule au même instant. Je vis qu'il était fatigué, effrayé ou bien les deux. Il tricotait des jambes et des bras selon un rythme décousu. Il avait beau aller au fitness, il n'était pas préparé à ça.

— Reculez ! Je vais tirer ! me cria-t-il… presque en plein visage.

Je l'ai touché : l'on aurait juré qu'un semi-remorque coupable d'un excès de vitesse percutait une deux-portes quasi à l'arrêt. Connolly tomba, roulant-boulant dangereusement. Je restai debout ; sans même perdre l'équilibre. Ça, c'était le bon côté de la chose. Qui compensait presque certains de nos coups d'épée dans l'eau et autres échecs.

La calamiteuse cabriole de Connolly s'arrêta pour finir au bout de vingt mètres. C'est alors qu'il commit sa plus grosse erreur… il se remit debout.

Je tombai sur le râble de Sphinx, la seconde d'après. Je lui suis rentré dedans comme j'en mourais d'envie. Mano a mano avec ce salopard. Il avait vendu sa propre femme… la mère de ses enfants.

Je filai un direct du droit sur l'arête du nez de Connolly. La perfection ou presque. Je le lui ai proba-blement cassé, à en juger par le craquement que j'ai entendu. Il toucha terre du genou… mais se releva une fois de plus. Hier encore, un athlète universitaire. Hier encore, un dur à cuire. Un bel enfoiré, aujourd'hui.

Son nez était tordu. Beau travail. Je lui ai balancé un uppercut au creux de l'estomac. Et ça m'a tellement plu que j'ai remis ça. Je lui ai enfoncé une nouvelle droite dans le bide, qui s'assouplit sous le choc. Puis un crochet bien vif et bien dur à la mâchoire. Je reprenais des forces.

J'ai expédié un jab sur le nez cassé de Connolly qui gémit. Je l'ai frappé d'un autre jab. J'ai amorcé un coup de pied circulaire, l'ai cueilli au menton, pan dans le mille. Les yeux bleus de Brendan Connolly chavirèrent. Tombant dans les pommes, il s'affala dans la boue où il resta, sonné pour le compte. La boue, son milieu naturel.

J'entendis une voix dans mon dos.

— C'est comme ça qu'on fait à D.C. ? me demanda Mahoney, quelques mètres plus haut, à flanc de colline.

Je relevai la tête vers lui.

— Oui, c'est comme ça qu'on fait, Natty Bumppo [1]. J'espère que t'as pris des notes.

---

1. Archétype du *Frontier Man*, personnage des *Pionniers* de Fenimore Cooper (*N.d.T.*).

Les deux, trois semaines qui suivirent furent d'un calme... perturbant, à rendre fou. Je découvris que l'on m'avait assigné au QG à Washington, comme directeur adjoint du département Investigations chapeauté par le directeur Burns. « Une sinécure mahousse », de l'avis général. À mes oreilles, ça ressemblait à un boulot de bureau et je n'avais pas envie de ça. Je voulais m'occuper du Loup. Je voulais être sur le terrain. Je voulais de l'action. Je n'avais pas rejoint le Bureau pour faire le *desk jockey* dans le Hoover Building.

L'on m'a octroyé une semaine de congé. Nana, moi et les enfants sommes allés partout ensemble. Pourtant, une tension certaine régnait à la maison. On attendait des nouvelles de Christine Johnson, de savoir ce qu'elle allait faire.

Chaque fois que je regardais Alex, mon cœur se serrait ; chaque fois que je le tenais dans mes bras ou le bordais dans son lit en fin de journée, je songeais qu'il risquait de quitter la maison pour de bon. Je ne pouvais pas laisser faire une chose pareille, mais mon avocat m'avait avisé que c'était de l'ordre du possible.

Le directeur exprima le besoin de me voir dans son bureau, un matin, pendant ma semaine de liberté. Ça n'était vraiment pas un problème. J'y fis un saut après avoir déposé les enfants à l'école. Tony Woods, l'assistant de Burns, parut particulièrement content de me voir.

— Vous êtes une sorte de héros du moment. Profitez-en, me conseilla-t-il d'un ton évoquant, comme toujours, un prof de l'Ivy League. Ça ne durera pas longtemps.

— Toujours optimiste, Tony, lui répondis-je.

— C'est ce qui me rend apte à ma fonction, jeune homme.

Je me demandai si Ron Burns confiait beaucoup de choses à son assistant et aussi ce que le directeur avait derrière la tête ce matin-là. J'eus envie de demander à Tony en quoi consistait cette sinécure pour laquelle l'on m'avait désigné. Mais je m'abstins. J'imaginais qu'il ne voudrait rien me dire de toute façon.

Du café et des viennoiseries m'attendaient dans le bureau de Burns. Mais de directeur, point. Il était 8 h 30 passées. Je me demandai même s'il était déjà arrivé sur place. Il m'était difficile d'imaginer Ron Burns menant sa vie en dehors du bureau, même si je savais qu'il avait une femme et quatre enfants, qu'il habitait en Virginie, à une heure environ de D.C.

Burns s'encadra enfin dans la porte, en chemise bleue et cravate, les manches retroussées. Bien, je savais à présent qu'il avait eu au moins un rendez-vous avant celui qu'il avait pris avec moi. En fait, j'espérais que cet entretien n'avait pas pour but de me plonger dans une nouvelle affaire. À moins qu'elle ne soit en rapport avec celle du Loup.

Burns sourit largement en me trouvant assis là. Il déchiffra mon regard sur-le-champ.

— À vrai dire, j'ai deux, trois vilaines affaires à vous confier. Mais ce n'est pas pour ça que j'ai voulu vous voir, Alex. Buvez votre café. Détendez-vous. Vous êtes en congé, hein ?

Il entra dans la pièce et vint s'asseoir en face de moi.

— Je veux faire un peu le point avec vous. Le boulot d'inspecteur de la criminelle ne vous manque pas ? Vous voulez toujours rester au Bureau ? Vous pouvez partir si vous le désirez. Au PD de Washington, l'on réclame votre retour. Vous leur manquez salement.

— Ça fait du bien à entendre, qu'on me réclame. Quant au Bureau, que dire ? Vos ressources sont stupéfiantes. Il y a plein de bons éléments ici, des gens géniaux. J'espère pour vous que vous en êtes conscient.

— Je le suis. Je suis un fan de notre personnel, en grande partie, en tout cas. Mais les points noirs ? me demanda-t-il. Les zones problématiques ? Les choses à réformer ? J'ai envie de connaître votre avis là-dessus. J'en ai besoin. Dites-moi la vérité, telle qu'elle vous apparaît.

— La bureaucratie. C'est un mode de vie. C'est presque la culture d'entreprise du FBI. Et la peur. Elle est surtout à caractère politique et inhibe l'imagination des agents. J'ai bien cité la bureaucratie ? C'est un mauvais point, terriblement handicapant. Il vous suffit d'écouter vos agents.

— C'est ce que je suis en train de faire, me rétorqua Burns. Poursuivez.

— On ne leur permet pas d'être aussi bons qu'ils pourraient l'être. Bien sûr, l'on entend les mêmes récriminations dans la plupart des boulots, n'est-ce pas ?

— Même dans votre ancien poste au PD de Washington ?

— Pas autant qu'ici. Mais parce que j'esquivais un

tas de paperasseries et autres conneries qui se mettaient en travers de mon chemin.

— Bien. Continuez à esquiver ces conneries-là, Alex, me dit Burns. Même si j'en suis à l'origine.

Je souris.

— C'est un ordre ?

Burns acquiesça posément. Je sentis qu'il avait autre chose en tête.

— J'ai subi une réunion pénible avant que vous n'arriviez. Gordon Nooney quitte le Bureau.

Je secouai la tête.

— J'espère que je n'y suis pour rien. Je ne connais pas Nooney suffisamment pour porter un jugement sur lui. Franchement, pas.

— Je le déplore, vous n'êtes pas étranger à cette mesure. Mais c'est moi qui en ai pris la décision. Je garde le bébé et l'eau du bain, moi. Et j'aime qu'il en soit ainsi. Pour ma part, je connais suffisamment Nooney pour le juger. C'est lui, l'auteur des fuites au *Washington Post*. Ce fils de pute faisait ça depuis des années. Alex, je songe à vous confier le poste de Nooney.

Je fus choqué d'entendre ça.

— Je n'ai jamais formé qui que ce soit, je n'ai même pas terminé ma propre formation.

— Mais vous pourriez former nos agents.

J'étais loin d'en être certain.

— Peut-être que je pourrais m'en tirer. Mais j'aime le terrain. J'ai ça dans le sang. J'ai appris à l'accepter.

— Je sais. Je pige ça, Alex. N'empêche, j'ai envie que vous bossiez ici même, dans le Hoover Building. On va faire bouger les choses. On y gagnera plus qu'on n'y perdra. Bossez sur les grosses affaires, ici au QG, avec Stacy Pollack. C'est l'un de nos meilleurs éléments. Dure, intelligente, elle se retrouverait à la tête de cet endroit, un jour ou l'autre, que ça ne m'étonnerait pas.

— Je peux travailler avec Stacy, dis-je en m'en tenant là.

Ron Burns me tendit la main et je la pris.

— Ça va très bien se passer. C'est excitant comme tout, me dit-il. Ce qui me rappelle une promesse que j'ai faite. Il y a ici un créneau pour l'inspecteur John Sampson et tout autre flic de D.C. qu'il vous plaira de désigner. N'importe qui pourvu que ce soit un battant. Car on va gagner, Alex.

Je lui serrai la main, là-dessus. Le fait est que je voulais gagner, moi aussi.

Le lundi matin, je me trouvais dans mon nouveau bureau au quatrième étage, au QG à Washington D.C. Plus tôt dans la matinée, Tony Woods m'avait gratifié d'une visite guidée des lieux ; je fus frappé par d'étranges, de drôles de petits détails que je ne pus m'ôter de la tête. Par exemple... la porte des bureaux était métallique dans tout l'immeuble, sauf à l'étage directorial, où elles étaient en bois. Le plus bizarre, cependant, c'était que ces portes en bois ressemblaient à s'y méprendre à celles qui étaient métalliques. Bienvenue au FBI.

Bref, j'avais pas mal de lecture à faire et j'espérais que je m'habituerais à rester confiné dans une pièce de quatre mètres et demi sur trois, plutôt spartiate. Le mobilier semblait avoir été prêté par le GAO (Government Accounting Office) ; outre bureau et fauteuil, il y avait un meuble classeur équipé d'un gros verrou à combinaison et un porte manteau où j'accrochai mon gilet noir en Kevlar et mon blouson « raid » en nylon bleu. Le bureau donnait sur Pennsylvania Avenue, sorte de cerise sur le gâteau.

Peu après 14 heures, cet après-midi-là, je reçus un appel téléphonique, le premier, en fait, que je recevais dans mon nouvel espace. C'était Tony Woods.

110

— Alors bien installé ? me demanda-t-il. Vous avez besoin de quelque chose ?

— J'arrive à peine, Tony. Ça va aller. Merci de votre sollicitude.

— Bien. Alex, vous quittez la ville d'ici une heure. On a une piste concernant le Loup à Brooklyn. Stacy Pollack vous accompagne, alors, c'est pas de la gnognote. Vous vous envolez de Quantico à 15 heures pile. Cette affaire n'est pas finie.

J'appelai chez moi, puis rassemblai de la doc sur le Loup, attrapai le baise-en-ville que l'on m'avait recommandé de tenir prêt dans mon bureau et me dirigeai vers le garage. Stacy Pollack descendit quelques minutes plus tard.

Elle prit le volant et, moins d'une demi-heure plus tard, on arriva au petit aérodrome privé de Quantico. En route, elle me parla de la piste de Brooklyn. L'on avait soi-disant aperçu le Loup, le vrai. À Brighton Beach. Au moins, l'on n'avait pas renoncé à le traquer.

L'un des hélicos Bell noirs paré à décoller n'attendait que nous. Stacy et moi sommes descendus de la berline et avons marché côte à côte jusqu'à l'appareil. Le ciel d'un bleu vif était strié de nuages qui semblaient s'effilocher dans le lointain.

— Belle journée pour une catastrophe ferroviaire, me dit Stacy avec un grand sourire.

Un coup de feu éclata dans les bois, juste dans notre dos. J'avais rejeté la tête en arrière en éclatant de rire à la vanne de Stacy. Je la vis être touchée, le sang gicler. Je me couchai au sol en lui faisant un bouclier de mon corps.

Des agents couraient sur le tarmac. L'un d'eux fit feu en direction du tireur embusqué. Deux autres piquèrent un sprint vers nous : le reste mettait le cap vers les bois, vers l'endroit d'où le coup était parti.

J'étais allongé sur Stacy, tâchant de la protéger, j'espérai qu'elle n'était pas morte tout en me demandant si la balle ne m'était pas réservée.

Vous ne choperez jamais le Loup, avait dit Pasha Sorokin en Floride. C'est lui qui vous chopera. La menace se révélait vraie.

Le briefing, ce soir-là, dans le Hoover Building, fut le plus chargé d'émotion auquel j'aie assisté au Bureau jusque-là. Stacy Pollack était vivante, mais dans un état critique, au Walter Reed Hospital. La plupart des agents respectaient énormément Stacy et avaient du mal à croire qu'on l'ait visée. Je me demandai toujours si cette balle lui était destinée. Elle et moi, l'on se rendait à New York pour s'occuper du Loup, ce qui en faisait le principal suspect de la fusillade. Mais était-il aidé ? Quelqu'un travaillait-il pour lui au sein même du Bureau ?

— L'autre mauvaise nouvelle, annonça Ron Burns à notre groupe, ce soir-là, c'est que la piste de Brighton Beach s'avère bidon. Le Loup n'est pas à New York et n'y a pas été vu récemment, semblerait-il. Les questions auxquelles il nous faut répondre sont : A-t-il su qu'on le suivait à la trace ? S'il l'a su, comment l'a-t-il appris ? L'un d'entre nous l'a-t-il prévenu ? Je vous promets que rien ne sera épargné pour apporter des réponses à ces questions.

À l'issue de la réunion, je fus l'un des agents invités à participer à un briefing plus restreint qui se tint dans la salle de conférences du directeur. L'humeur était toujours sombre, grave et courroucée. Burns tint à nouveau le crachoir, plus bouleversé que quiconque qu'on ait abattu Stacy Pollack, à ce qu'il semblait.

— Quand je vous ai dit qu'on allait faire tomber ce salopard de Ruskof, je ne faisais pas d'effet de manches. Je suis en train de créer une équipe BAM pour aller le chercher. Sorokin a déclaré que le Loup s'en prendrait à nous, c'est chose faite. Maintenant, c'est à notre tour de nous en prendre à lui, avec toutes les ressources à notre disposition.

Des signes de tête marquèrent l'approbation générale. J'avais entendu parler de l'existence d'équipes BAM au FBI, sans savoir si elles existaient ou pas. Je connaissais le sens de l'acronyme : *By Any Means* (Par N'importe Quel Moyen). C'était pile poil ce que l'on avait besoin d'entendre en ce moment. C'était ce que moi, j'avais besoin d'entendre.

BAM.

Tout donnait l'impression d'aller beaucoup trop vite, comme si ça virait hors de contrôle. Peut-être était-ce vrai. L'affaire échappait à notre contrôle... le Loup menait le bal.

Je reçus un appel chez moi, le surlendemain, en pleine nuit. À 3 h 15 du matin.

— Y a intérêt que ça soit une bonne nouvelle.

— Hélas, non. C'est un souk monstrueux, Alex. La guerre ou quasiment.

C'était Tony Woods au bout du fil et il avait l'air sonné.

Je me massai le front en lui parlant.

— Quelle guerre ? Racontez-moi ce qui est arrivé.

— On vient de nous en aviser du Texas, il y a quelques minutes. Lawrence Lipton est mort. On l'a assassiné. Dans sa cellule.

Je me réveillai vite fait.

— Comment ça ? Il était bien détenu dans nos locaux, non ?

— Deux agents ont été tués en même temps que Lipton. Il l'avait prédit, hein ?

— Ouais, fis-je en acquiesçant.

— Alex, ils ont eu aussi la famille de Lipton. Ils sont tous morts. L'HRT est en route pour se rendre chez vous et aussi chez le directeur, même chez

111

Mahoney. Quiconque a bossé sur cette affaire est considéré comme vulnérable et en danger.

Ça me jeta au bas de mon lit. Je sortis mon Glock du petit meuble près de mon lit.

— Je vais attendre l'HRT, dis-je à Woods.

Puis je dévalai au rez-de-chaussée, l'arme à la main. Le Loup était-il déjà ici ? me demandai-je.

Notre maison fut sur le pied de guerre quelques minutes plus tard et, même s'il s'agissait de l'HRT, rien n'aurait pu être plus effrayant. Nana Mama, debout, accueillit les agents du FBI lourdement armés en les fusillant du regard mais en leur proposant aussi du café. Puis elle et moi sommes allés réveiller les enfants le plus doucement possible.

— Ça n'est pas bien, Alex. Pas chez nous, me chuchota Nana en montant à l'étage chercher Jannie et Damon. Il faut bien tracer une frontière quelque part, non ? Ça, ça n'est pas bien.

— Je le sais. Tout est devenu ingérable. Ça se passe comme ça dans le monde d'aujourd'hui.

— Alors, qu'est-ce que tu vas faire ? Qu'est-ce que tu envisages de faire ?

— Pour l'instant, réveiller les enfants. Les serrer contre moi, les embrasser. Les emmener loin de cette maison quelque temps.

— Non, mais tu t'entends ? me dit Nana en arrivant devant la porte de la chambre de Damon. Il était déjà assis dans son lit.

— Papa ? me fit-il.

Ned Mahoney surgit dans mon dos.

— Alex, tu peux venir une seconde ?

Qu'est-ce qu'il fabriquait ici ? Qu'était-il arrivé d'autre ?

— Je vais les réveiller, me dit Nana. Parle à ton ami.

Je restai en arrière avec Mahoney.

— Qu'y a-t-il, Ned ? Ça ne peut pas attendre deux, trois minutes, merde ?

— Ces salopards ont attaqué le domicile de Burns. Tout le monde va bien. On est arrivés là-bas à temps. J'ai fixé Mahoney au fond des yeux.

— Et ta famille ?

— Je l'ai évacuée de la maison. Pour l'instant, ils sont en sécurité. Il faut qu'on le retrouve et qu'on le brûle.

J'acquiesçai.

— Il faut que je fasse lever les enfants, tu permets.

Vingt minutes plus tard, les membres de ma famille furent conduits sous bonne escorte jusqu'à une fourgonnette garée à l'extérieur. Ils y montèrent tels des réfugiés terrifiés en zone de combat. Telle était l'évolution du monde, n'est-ce pas ? Chaque ville, petite ou grande, représentait un champ de bataille potentiel. On n'était plus en sécurité nulle part.

Juste avant de grimper dans la fourgonnette, j'aperçus un photographe planté sur l'autre trottoir, juste en face de chez nous, sur la 5ᵉ Rue. L'on aurait dit qu'il photographiait l'évacuation de notre maison. Pourquoi donc ?

Sans savoir d'où me venait cette certitude, je sus qui il était. Ce n'est pas un photographe de presse, pensai-je. Je sentis monter en moi un trop-plein de rage et de dégoût. Il bosse pour les avocats de Christine.

112

Le chaos.

Le lendemain, plus les deux jours d'après, je me suis retrouvé à Huntsville, Texas, où était sise la prison fédérale où l'on avait assassiné Lawrence Lipton alors qu'il était détenu par le Federal Bureau. Personne ne s'expliquait comment l'on avait réussi à tuer Lipton et les deux agents.

Ça s'était passé pendant la nuit. Dans sa cellule. À vrai dire, la petite suite où on le tenait sous bonne garde. Aucune caméra de surveillance n'avait enregistré de visiteurs. Aucun des entretiens ou des interrogatoires n'avait livré de suspect. Lipton avait eu la quasi-totalité des os du corps brisés. *Zamochit.* L'image de marque de la Mafia rouge.

On avait utilisé la même méthode pour liquider une grande figure de la mafia italienne du nom d'Augustino Palumbo, l'été précédent. Selon la rumeur, l'assassin de Palumbo était un mafieux russe : le Loup, peut-être. Le meurtre avait eu lieu à la prison de très haute sécurité de Florence, Colorado.

Le lendemain matin, j'arrivai au Colorado. Je venais rendre visite à un tueur du nom de Kyle Craig, ancien agent du FBI et aussi l'un de mes anciens amis. Kyle était l'auteur d'une dizaine de meurtres, l'un des pires tueurs psychopathes qui ait jamais été. C'était moi qui l'avais capturé. Mon ami d'avant.

L'on se rencontra dans une salle d'interrogatoire du couloir de la mort, dans l'unité d'isolement. Kyle avait l'air étonnamment en forme. La dernière fois que je l'avais vu, il était émacié, très pâle, de grands cernes noirs sous les yeux. Il me parut avoir repris au bas mot quinze kilos, rien qu'en muscles. Je me demandai pourquoi... qu'est-ce qui avait redonné de l'espoir à Kyle ? Quoi que ce fût, cela m'effraya un peu.

— Tous les chemins mènent à Florence ? fit-il d'un ton railleur avec un grand sourire en me voyant entrer dans la pièce. Certains de tes collègues du Bureau sont venus, pas plus tard qu'hier. Ou bien était-ce avant-hier ? Tu sais, la dernière fois qu'on s'est vus, Alex, tu m'as dit que tu te foutais complètement de ce que je pensais. Ça m'a fait mal.

Je corrigeai le tir, ce qui, je le savais, agacerait Kyle.

— Ce n'est pas tout à fait ce que j'ai dit. Tu m'as accusé d'être condescendant et tu as ajouté que tu n'aimais pas ça. Et moi, je t'ai répondu : Qui en a quelque chose à foutre de ce que tu aimes ou pas, dorénavant ? Je suis loin de me foutre de ce que tu penses. C'est la raison de ma présence ici.

Kyle éclata de rire à nouveau. Et le braiment qui en résulta, découvrant ses dents, me glaça le sang.

— T'as toujours été mon préféré, me dit-il.

— Tu m'attendais ? lui demandai-je.

— Hmm. Difficile à dire. Pas vraiment. Peut-être dans quelque temps, plus tard.

— Tu m'as l'air d'avoir de grands projets. Tu pètes la forme.

— Quels projets veux-tu que j'aie ?

— La routine. Folie des grandeurs, fantasmes criminels, viol, massacre des innocents.

— Je déteste quand tu joues au psy, Alex. T'as pas réussi dans ce domaine pour une bonne raison.

Je haussai les épaules.

— Je la connais, Kyle. Aucun de mes patients à Southeast n'avait d'argent pour me payer. Il fallait que je me construise une clientèle à Georgetown. Peut-être qu'un jour, c'est ce que je finirai par faire.

Il rit encore une fois.

— Et c'est toi qui me parles de folie des grandeurs. Bon, pourquoi t'es là ? Non, attends, laisse-moi deviner. L'on m'a reconnu victime d'une terrible erreur judiciaire et l'on va me libérer. Et c'est toi qui m'apportes la bonne nouvelle.

— La seule erreur que l'on ait commise, c'est de ne pas t'avoir exécuté, Kyle.

Les yeux de ce dernier étincelèrent. J'étais l'un de ses préférés.

— Très bien, maintenant que tu me tiens sous ton charme, qu'est-ce que tu veux de moi ?

— Tu le sais très bien, Kyle, lui répondis-je. Tu sais parfaitement pourquoi je suis ici.

Il applaudit bruyamment.

— *Zamochit ! Le Russe fou !*

Au cours de la demi-heure suivante, je racontai à Kyle tout ce que je savais sur le Loup ; enfin, presque tout. Puis je lui portai l'estocade :

— Il t'a rencontré le soir où il est venu ici pour tuer Palumbo dit « Petit Mec ». C'est toi qui as organisé ce meurtre pour lui ? En tout cas, quelqu'un l'a fait.

Kyle se rejeta en arrière, semblant examiner l'éventail de ses possibilités, mais je savais qu'il avait déjà décidé ce qu'il comptait faire. Il avait toujours un ou deux tours d'avance.

Finalement, il se repencha en avant en me faisant signe de venir plus près. Kyle ne me faisait pas peur, du moins, pas physiquement, pas même avec ses kilos de muscle supplémentaires. J'espérais presque qu'il tenterait quelque chose.

— Je fais ça pour l'amour de toi et à cause du respect que je te porte, dit Kyle. J'ai bien rencontré le Russe, l'été dernier. Impitoyable, ce garçon. Aucune conscience. Il m'a bien plu. L'on a joué aux échecs. Je sais qui c'est, mon ami. Ça se pourrait bien que je sois en mesure de t'aider.

113

Je dus passer un jour de plus à Florence, mais j'ai réussi à négocier avec Kyle l'obtention d'un nom. Maintenant, pouvait-on le croire ? Le nom en question fut vérifié et revérifié à Washington ; le Bureau était de plus en plus confiant qu'il nous avait livré le chef de la Mafia rouge. J'avais des doutes… venant de la part de Kyle. Mais l'on n'avait pas d'autres pistes.

Peut-être Kyle tentait-il de me mener en bateau ou de mettre le Bureau en difficulté. Ou, peut-être encore, désirait-il nous démontrer son intelligence, la qualité de ses relations, sa supériorité sur nous tous. Le nom, le poste de l'individu en question rendaient son arrestation risquée et sujette à controverse. Si l'on s'en prenait à cet homme et que l'on eût tout faux, l'embarras qui en résulterait collerait à la peau du Bureau.

Alors, l'on attendit presque une semaine. L'on recoupa tous nos renseignements une fois de plus en effectuant plusieurs interrogatoires de terrain. Le suspect fut mis sous surveillance.

Une fois terminé ce déploiement de zèle, j'eus une réunion avec Ron Burns et le directeur de la CIA dans le bureau du premier. Ron alla droit au but.

— On croit que le Loup, c'est lui, Alex. Craig dit sans doute la vérité.

Thomas Weir, de la CIA, acquiesça à mon intention.

— L'on avait ce suspect à l'œil, à New York, depuis un certain temps déjà. L'on pensait qu'il avait fait partie du KGB russe, mais sans aucune preuve concluante. On ne l'a jamais soupçonné d'être de la Mafia rouge ni même le Loup. Pas lui. Étant donné son poste au sein du gouvernement russe.

Weir avait l'air tendu.

— L'on a augmenté le champ de surveillance audio en l'étendant à l'appartement qu'occupe le suspect à Manhattan. Il est en train de prendre ses dispositions pour s'attaquer à nouveau au directeur Burns.

Ce dernier me regarda.

— Il n'oublie rien, ne pardonne pas, Alex. Moi, non plus.

— C'est donc ça ? On va à New York pour l'arrêter ?

Burns et Weir opinèrent avec solennité.

— Ça devrait mettre un terme à tout ça, fit Burns. Allez m'interpeller le Loup. Et apportez-moi sa tête.

114

Ça devrait mettre un terme à tout ça : Droit de la bouche du directeur Burns à l'oreille de Dieu.

Le Century est un célèbre immeuble d'habitation Art déco de Central Park Ouest, au nord de Columbus Circle, à New York. Depuis des décennies, il sert de résidence de choix à des acteurs, des artistes et autres hommes d'affaire nantis, en particulier à ceux assez humbles pour partager le même espace que les familles des classes laborieuses qui se sont transmis leurs appartements, de génération en génération[1].

L'on est arrivés devant l'immeuble vers 4 heures du matin. L'HRT a mis immédiatement sous contrôle les trois entrées principales sur Central Park, les 62ᵉ et 63ᵉ Rues. C'était la plus vaste opération coup de poing à laquelle j'aie jamais participé et, sans conteste, la plus compliquée : la police de la ville de New York, le FBI, la CIA, et le Secret Service y avaient partie liée. L'on en était sur le point d'interpeller une personnalité russe de premier plan. Le chef de la délégation du commerce international à New York. Lui-même homme d'affaires, censément au-dessus de tout soupçon. Il y aurait de sérieuses répercussions si

---

1. Grâce au *rent control*, variante de notre défunte Loi de 1948 (*N.d.T.*).

jamais l'on se trompait. Mais comment pouvait-on se tromper ? Pas cette fois.

Je me trouvais au Century avec mon coéquipier de cette dernière semaine. Ned Mahoney était bosseur, honnête et coriace en cas de crise. Le chef de l'HRT était venu chez moi et avait même passé haut la main l'inspection de Nana, surtout parce qu'il avait grandi dans les rues de D.C.

Ned, moi et une dizaine d'autres grimpions l'escalier menant au penthouse sur deux étages, puisque l'appartement du suspect occupait respectivement le vingtième et le vingt et unième. C'était un homme riche et puissant. Il jouissait d'une bonne réputation à Wall Street et auprès des banques. Était-il le Loup ? Si tel était le cas, pourquoi son nom n'avait-il pas fait surface auparavant ? Parce que le Loup était très bon, très prudent ?

— Je serai content quand tout ça sera fini, me dit Mahoney en montant les marches sans suer ni souffler.

— Comment l'opération a pu dégénérer à ce point ? demandai-je. Il y a bien trop de monde ici.

— Toujours trop de politiques. Mieux vaut s'y faire. C'est le monde dans lequel on vit. Beaucoup trop de bureaucrates, pas assez de travailleurs.

On atteignit enfin le vingtième. Ned, moi et quatre autres agents, on s'est arrêtés. Le reste de l'équipe a continué jusqu'au vingt et unième. On a attendu qu'ils se mettent en position. On était à pied d'œuvre. J'espérais qu'on y était. Le vrai Loup se trouvait-il à l'un de ces deux étages ?

J'entendis une voix pressante dans mon oreillette : « Le suspect sort par une fenêtre ! Un homme en sous-vêtements vient de sauter de la tour ! Nom de Dieu ! Il s'est récupéré sur le terre-plein entre les deux tours. Il est sur le toit. Il s'enfuit. »

Mahoney et moi, on a compris ce qui venait de se passer. On est redescendus dare-dare au dix-neuvième étage. Le Century possédait deux tours, s'élevant à partir du dix-neuvième. Un large terre-plein les reliait.

On a débouché sur le toit et, aussitôt, on a aperçu un homme pieds nus, en sous-vêtements. Il était costaud, chauve, barbu. Il s'est retourné et a fait feu sur nous avec un pistolet. Le Loup ? Chauve ? Costaud ? Pouvait-ce être lui ?

Il a eu Mahoney !

Il m'a eu !

On a touché rudement terre. Atteints en pleine poitrine ! Ça faisait un mal de chien ! J'en avais le souffle coupé. Heureusement que l'on portait nos gilets en Kevlar.

Le type en sous-vêtements, lui, n'en avait pas.

Le coup de feu en retour de Mahoney lui bousilla une rotule ; ma première balle le frappa au gras de l'estomac. Il s'abattit, crachant du sang et en beuglant.

On accourut aux côtés d'Andrei Prokopev. Mahoney a éloigné son flingue du pied.

— Vous êtes en état d'arrestation ! hurla Ned en plein visage du Russe blessé. On sait qui vous êtes !

Un hélicoptère apparut entre les tours du Century. Une femme criait à l'une des fenêtres, plusieurs étages au-dessus de nos têtes. Et voilà maintenant que l'hélicoptère atterrissait ! Et merde, ça rimait à quoi tout ça ?

Un homme surgit à une fenêtre de la tour, se laissa tomber sur le toit.

Puis un autre. Des tireurs professionnels, à les voir. Des gardes du corps ?

Rapides à la détente, ils se mirent à tirer, à peine touchèrent-ils le toit. L'HRT riposta. Plusieurs coups de feu furent échangés. Les deux hommes de main, touchés, s'effondrèrent. Ni l'un ni l'autre ne se releva. Ceux de l'HRT étaient vraiment l'élite.

L'hélicoptère se posait sur le toit. Ce n'était ni les médias ni la police. Il venait à la rescousse du Loup et l'embarquer à notre nez et à notre barbe, non ? On nous canarda depuis l'hélico. Mahoney et moi avons riposté en flinguant le cockpit. Une nouvelle fusillade, rapide, s'ensuivit. Puis les coups de feu cessèrent du côté de l'hélicoptère.

Pendant quelques secondes, on n'entendit plus sur le toit que le vrombissement flippant des pales du rotor.

— La voie est libre ! hurla pour finir l'un de nos agents. Ils sont kaput dans l'hélico !

— Vous êtes en état d'arrestation ! cria Mahoney au Russe en sous-vêtements. Vous êtes le Loup. Vous avez attaqué le directeur et sa famille à leur domicile !

J'avais autre chose en tête, un autre genre de message à lui faire passer. Je me penchai tout près et lui glissai : *C'est Kyle Craig qu'il faut remercier pour ça.*

J'avais envie qu'il le sache et le fasse payer un jour peut-être à Kyle.

Peut-être par la voie du *zamochit.*

115

J'espérais que tout était bel et bien fini maintenant. Comme nous tous. Ned Mahoney reprit l'avion pour Quantico, ce matin-là. Moi, je passai le reste de la journée à l'antenne du FBI à Lower Manhattan. Le gouvernement russe avait émis des protestations partout où c'était possible. Andrei Prokopev était toujours en garde à vue et des représentants des Affaires étrangères avaient envahi les locaux du FBI. Même une poignée de sociétés financières de Wall Street avaient contesté l'arrestation.

Jusque-là, l'on ne m'avait pas autorisé à reparler au Russe. Il devait subir une intervention chirurgicale, mais ses jours n'étaient pas en danger. Quelqu'un le cuisinait, mais ce n'était pas moi.

Burns m'atteignit finalement sur le coup de 16 heures au bureau dont je me servais à l'antenne de New York. « Alex, je veux que vous rentriez à Washington, me fit-il. L'on a pris toutes les dispositions pour votre vol. L'on vous attend ici. » Voilà ce qu'il se borna à me dire.

Burns raccrocha avant que j'aie eu l'occasion de lui poser une seule question. Il était évident qu'il n'y tenait pas. Vers 19 h 30, j'arrivai au Hoover Building où l'on me dit de monter à la zone de conférences du SIOC au quatrième. J'étais attendu. Enfin, pas tout à fait, puisqu'une réunion sur le pouce était déjà en cours. Ron Burns siégeait à la table, ce qui n'était pas bon signe. Tout le monde avait l'air tendu et épuisé.

— Permettez-moi de mettre Alex au courant, dit Burns en me voyant entrer. Posez-vous, relax max. Il y a eu un nouveau couac. Aucun d'entre nous ne s'en réjouit vraiment. Vous ne le serez pas non plus.

Je secouai la tête, pris place avec une légère nausée. Les nouveaux couacs, je m'en serais passé allègrement ; j'en avais déjà eu plus que mon content.

— Les Russes coopèrent vraiment pour une fois, me dit Burns. Il semblerait qu'ils ne nient pas qu'Andreï Prokopev ait des accointances avec la Mafia rouge. C'est le cas. Eux-mêmes le surveillent depuis quelque temps. Ils espéraient l'utiliser pour infiltrer l'énorme marché noir qui continue à sévir depuis Moscou.

Je m'éclaircis la voix.

— Mais il y a un mais.

Burns opina.

— Oui. Les Russes nous disent – aujourd'hui – que Prokopev n'est pas l'homme que l'on recherche. Ils en sont persuadés.

Je me sentis totalement vidé.

— Pourquoi ?

Ce fut au tour de Burns de secouer la tête.

— Ils savent à quoi ressemble le Loup. Il a fait partie du KGB, ne l'oublions pas. Le Loup, le vrai, nous a piégés pour que l'on croie qu'il ne faisait qu'un avec Prokopev. Andreï Prokopev était l'un de ses rivaux au sein de la Mafia rouge.

— Pour le poste de parrain russe ?

— De parrain tout court… russe ou autre.

Je pinçai les lèvres, repris ma respiration.

— Les Russes savent-ils qui est vraiment le Loup ?

Burns plissa les yeux.

— S'ils le savent, ils ne nous le diront pas. Pas encore, en tout cas. Peut-être ont-ils peur de lui, eux aussi.

Tard ce soir-là, je me mis au piano sur la véranda, l'un des poèmes de Billy Collins me trottant par la tête. Celui intitulé « Le Blues ». Il m'inspira tellement que je composai une mélodie pour l'accompagner. On avait perdu contre le Loup. Ça arrivait souvent dans la police, même si personne n'aimait à le reconnaître. On avait sauvé des vies, cependant. On avait retrouvé Elizabeth Connolly et deux, trois autres. Brendan Connolly était derrière les barreaux. Andrei Prokopev avait été capturé. Mais il semblait qu'on eût perdu le grand méchant numéro un... pour l'instant, du moins. Le Loup était toujours dans la nature. Le parrain était libre d'agir à sa guise et ça n'était une bonne nouvelle pour personne.

Le lendemain matin, j'arrivai en avance à Reagan National pour accueillir Jamilla Hughes à sa descente d'avion. Malgré mon trac habituel avant l'atterrissage de l'appareil, je mourais d'impatience de revoir Jam. Nana et les enfants avaient insisté pour m'accompagner à l'aéroport. Une petite manifestation de soutien... en faveur de Jamilla. Et en ma faveur. En faveur de nous tous, en fait.

L'aéroport était bondé mais semblait relativement calme et paisible, en raison de ses hauts plafonds probablement. Ma famille et moi attendions à l'une des

116

sorties du Terminal A, près du portique de sécurité. J'aperçus Jam, puis ce fut le tour des enfants, qui m'expédièrent des coups de coude. Elle était vêtue de noir des pieds à la tête ; elle me parut plus magnifique que jamais et Dieu sait que Jamilla était toujours magnifique à mes yeux.

— Elle est si belle et si cool, me dit Jannie en m'effleurant le dos de la main. Tu le sais ça, pas vrai, papa ?

— Oui, elle est tout ce que tu dis, tombai-je d'accord, regardant maintenant Jannie au lieu de Jamilla. Elle est intelligente, aussi. Sauf avec les hommes, on dirait.

— On l'aime vraiment beaucoup, reprit Jannie. Et toi ?

— Oui. Je l'aime beaucoup, moi aussi.

— Mais est-ce que tu l'aimes tout court ? me demanda Jannie à sa façon habituelle d'aller droit au but, sérieuse comme un pape. Oui ou non ?

Je ne lui répondis pas. Cette question-là ne concernait que Jam et moi.

— Eh bien... oui ou non ? renchérit Nana.

Je ne répondis pas non plus à Nana, qui secoua la tête et leva les yeux au ciel.

— Qu'en pensent les garçons ? fis-je en me tournant vers Damon et Alex Junior.

Mon grand garçon battait des mains en souriant, je sus donc à quoi m'en tenir.

— Elle est carrément trop, ajouta Damon avant de sourire de plus belle.

Il devenait toujours un peu bébête quand Jamilla était dans les environs.

Je m'avançai à sa rencontre et tous trois me laissèrent y aller seul. Je leur jetai un dernier coup d'œil par-dessus mon épaule : ils étaient là tout souriires telle une famille entière de chats du Cheshire. J'avais une boule dans la gorge. Sans savoir pourquoi. Je me sentais la tête dans les nuages et un peu mou du genou. Sans savoir pourquoi non plus.

— J'en crois pas mes yeux : ils sont tous là, me dit Jamilla en se glissant entre mes bras. Ça me rend heureuse, Alex, je ne peux pas te dire à quel point. Wouah. Je crois bien que je vais pleurer. Même moi, un inspecteur de la crime, dure de chez dure. Alors, ça va ? Ça ne va pas, à ce que je vois.

— Oh si, ça va bien maintenant.

Je la serrai fort, puis la soulevai du sol avant de la reposer. On s'est tu un instant.

— On va se battre pour Alex Junior, me fit-elle.

— Bien sûr, répliquai-je.

Puis je dis à Jamilla quelque chose que je ne lui avais encore jamais dit, même si je l'avais eu sur le bout de la langue de nombreuses fois.

— Je t'aime, lui murmurai-je. Plus que tu ne peux l'imaginer. Plus que je ne peux l'imaginer.

Une larme roula sur la joue de Jamilla. Je l'essuyai d'un baiser.

Puis je repérai le photographe qui nous mitraillait.

Le même que celui posté devant la maison, le jour où on l'avait évacuée par mesure de sécurité.

Celui qu'avait engagé l'avocate de Christine.

Avait-il enregistré la larme de Jamilla sur pellicule ?

117

Elles se présentèrent à la maison de la 5ᵉ Rue, une semaine environ après que Jamilla fut repartie en Californie.

Encore elles.

L'un des jours les plus tristes de ma vie.

Indescriptible.

Inimaginable.

Elles : à savoir, Christine, son avocate, la tutrice légale d'Alex Junior et une représentante des services de protection de l'enfance. C'est la présence de cette dernière, sa plaque d'identité en plastique autour du cou, qui m'insupporta sans doute le plus. Mes enfants avaient été élevés avec tellement d'amour et d'attention, n'avaient jamais été ni maltraités ni négligés. La protection de l'enfance n'avait rien à faire ici. Gilda Haranzo avait porté l'affaire en justice et obtenu du tribunal une ordonnance confiant à Christine la garde temporaire d'Alex Junior. Et l'avait obtenue en affirmant que j'étais « un paratonnerre de tous les dangers », attirant la foudre sur la tête de l'enfant.

L'ironie de la chose était si profonde qu'elle en était quasi insupportable. Moi qui m'efforçais d'être le genre de flic dont rêvent la plupart des gens, c'était donc là mon salaire pour ma peine ? Un paratonnerre de tous les dangers ? Voilà donc ce que j'étais devenu ?

Pourtant, je savais parfaitement comment je devais me tenir ce matin-là, sur la 5e Rue. Dans l'intérêt d'Alex Junior. Je mettrais de côté toute ma colère pour me concentrer sur ce qui était le mieux pour lui. Je ne m'opposerais pas à son départ. Si c'était possible, je ne laisserais rien ni personne effrayer mon grand garçon ni le bouleverser. Je tenais même prête à l'intention de Christine la liste de ce qu'aimait et de ce que n'aimait pas Alex.

Malheureusement, Alex ne voulut rien entendre du tout. Il courut se réfugier entre mes jambes pour se cacher de Christine et de l'avocate. Je lui ai caressé doucement la tête. Il tremblait de tout son corps, frémissant de rage.

— Peut-être devriez-vous aider Christine à conduire Alex Junior jusqu'à la voiture, me suggéra Gilda Haranzo. Vous voulez bien, s'il vous plaît ?

J'ai enveloppé tendrement de mes bras mon grand garçon. Puis Nana, suivie de Damon et Jannie, se sont accroupis près de lui pour une embrassade générale.

— On t'aime, Alex. On viendra te voir, Alex. Et toi, tu viendras nous voir, Alex. N'aie pas peur.

Nana tendit à Alex son livre préféré, *Whistle for Willie* d'Ezra Jack Keats, Jannie lui donna Meuh, sa vache en peluche usée par les baisers, Damon serra son petit frère contre lui et ses larmes se mirent à couler.

— Je vous parlerai ce soir. À toi et à Meuh, lui murmurai-je.

Et j'embrassai l'adorable frimousse de mon fils. Je sentais son cœur qui battait fort.

— Je te parlerai tous les soirs. Pour toujours et à jamais, mon garçon chéri. Pour toujours et à jamais.

Et Alex Junior de me lancer :
— Pour toujours, papa.
Puis elles ont emmené mon fils loin de moi.

ÉPILOGUE

Un loup peut en cacher un autre

Pasha Sorokin devait comparaître devant le tribunal de Miami, le lundi à 9 heures du matin. Le fourgon servant au transfert était escorté depuis la prison fédérale par une demi-douzaine de véhicules ; l'itinéraire ne fut communiqué aux chauffeurs qu'au tout dernier moment, avant le départ.

L'attaque eut lieu à un feu rouge, juste avant que le convoi ne s'engage sur l'autoroute à péage de Floride. On se servit d'armes automatiques et même de lance-roquettes, ce qui neutralisa la majorité de l'escorte en moins d'une minute. Il y avait des corps et du métal fumant partout.

Le fourgon noir dans lequel on transportait Pasha Sorokin fut rapidement entouré par six hommes en costume sombre, sans masques. L'on ouvrit les portières du véhicule et on tabassa les gardiens avant de les abattre sur place.

Un homme de haute taille, ayant tout d'un colosse, s'avança jusqu'à l'ouverture de la portière et jeta un œil à l'intérieur. Il eut un sourire espiègle, comme si un petit enfant se trouvait dans le fourgon.

— Pasha, fit le Loup, je me suis laissé dire que tu allais me balancer. Du moins, si j'en crois mes sources. Des sources très bien informées, grassement payées. Explique-moi un peu ça.

— C'est faux, répondit Pasha, recroquevillé sur la banquette médiane du fourgon.

Vêtu d'une combinaison orange, ses poignets et ses chevilles entravés par des chaînes, son bronzage floridien n'était plus qu'un lointain souvenir.

— Peut-être bien que oui, peut-être bien que non, lui dit le Loup.

Puis il tira sur Pasha au lance-roquettes, à bout portant. Et ne le rata pas.

— *Zamochit*, fit-il en éclatant de rire. L'on n'est jamais trop prudent par les temps qui courent.

James Patterson
dans Le Livre de Poche

Lune de miel   n° 37185

Les maris de Nora, aussi fortunés que séduisants, connaissent tous une fin précoce, au profit de leur veuve… éplorée ! John O'Hara, un inspecteur du FBI qui se fait passer pour un agent d'assurances, parviendra-t-il à confondre la mante religieuse sans succomber à son charme vénéneux ?

LES ENQUÊTES D'ALEX CROSS

Le Masque de l'araignée   n° 7650

À Washington D.C., Alex Cross, un détective noir, enquête sur deux kidnappings d'enfants : celui de Michael, fils du ministre des Finances, et celui de Maggie Rose, fille d'une star et d'un financier célèbre. Cross n'est pas un détective comme les autres : il est docteur en psychologie, et sa femme a été assassinée par un des tueurs anonymes qui hantent le ghetto. Sur cette affaire, il n'est pas seul. Le FBI et les services secrets ont d'autres intérêts. Le « masque » n'est pas non plus porté par celui qu'on croit. Qui, en définitive, le fera tomber ?

2ᵉ chance

n° 37234

Leur extrême brutalité mise à part, rien ne semble relier les meurtres en série qui viennent secouer San Francisco. Mais l'inspecteur Lindsay Boxer subodore qu'il y a anguille sous roche... Appelant à la rescousse ses amies du « Women Murder Club », elle décide d'y voir clair dans cet imbroglio. Certains indices ont sans doute échappé à la sagacité et à la vigilance de leurs patrons et collègues masculins. En unissant ses forces et sa détermination à celles de Cindy, journaliste au *Chronicle*, de Jill, adjointe du procureur, et de Claire, médecin légiste, Lindsay réussira-t-elle à percer le mystère qui entoure les crimes ?

Terreur au 3ᵉ degré

n° 37267

À San Francisco, la demeure d'un millionnaire explose. Dans les décombres, on découvre trois corps et un message : « Que la voix du peuple se fasse entendre. » Quelques jours plus tard, un homme d'affaires est assassiné en d'étranges circonstances. Là encore, un message déclare la guerre aux « agents de la corruption et du profit ». Lindsay Boxer, inspectrice de la brigade criminelle, va demander à ses trois amies – Jill, substitut du procureur, Claire, médecin légiste, et Cindy, journaliste au *Chronicle* – de l'aider dans son enquête, les crimes se succédant avec une effrayante régularité. Et le sommet du G8 approche... Dans ce troisième volet de la série policière qui met en scène le « Women Murder » Club, James Patterson, écrivant à quatre mains avec Andrew Cross, mène l'intrigue à un rythme endiablé, multipliant péripéties et coups de théâtre.

En 2008, dans Le Livre de Poche, paraîtra la suite des aventures du « Women Murder Club » :

4 fers au feu

Du même auteur :

ET TOMBENT LES FILLES, Lattès, 1996.
JACK ET JILL, Lattès, 1997.
LA DIABOLIQUE, Lattès, 1998.
AU CHAT ET À LA SOURIS, Lattès, 1999.
SOUFFLE LE VENT, Lattès, 2000.
COURT LE FURET, Lattès, 2001.
LE MASQUE DE L'ARAIGNÉE, Lattès, 2001.
ROUGES SONT LES ROSES, Lattès, 2002.
BEACH HOUSE, Lattès, 2003.
PREMIER À MOURIR, Lattès, 2003.
NOIRES SONT LES VIOLETTES, Lattès, 2004.
DEUXIÈME CHANCE, Lattès, 2004.
TERREUR AU TROISIÈME DEGRÉ, Lattès, 2005.
QUATRE SOURIS VERTES, Lattès, 2005.

Composition réalisée par FACOMPO (Lisieux)

Achevé d'imprimer en mai 2008 en Espagne par
LITOGRAFIA ROSES
08850 GAVA
Dépôt légal 1re publication : juin 2008
LIBRAIRIE GÉNÉRALE FRANÇAISE – 31, rue de Fleurus – 75278 Paris Cedex 06

31/2305/6